प्यार का देवता

लेखक

विजय दीक्षित

डायमंड बुक्स

www.diamondbook.in

प्रकाशक : डायमंड पॉकेट बुक्स (प्रा.) लि.
X-30 ओखला इंडस्ट्रियल एरिया, फेज-II
नई दिल्ली - 110 020
फोन : 0111-40712200
ई-मेल : sales@dpb.in
वेबसाइट : www.diamondbook.in

PYAR KA DEVTA
By : Vijay Dixit

समर्पित

अपनी साथी, प्रियतमा और पत्नी कल्पना को
जिसका सहयोग और परामर्श
जीवन के हर मोड़ पर
सदैव बना रहा।

❀ ❀ ❀

अपनी बात

जीवन जैसे बहता है कहता चलता है। वह और-और जीवन के लिए अपने अनुभव, तर्क, प्रतितर्क छोड़ता जाता है, पदचिह्नों की तरह। आने वाली पीढ़ियां उन्हें देखती, परखती, पलटती, जो भला और प्रीतिकर लगता है, उसे उठा लेती हैं। मुझे लगता है कि उपन्यास की यात्रा भी ऐसे ही यहां-वहां बिखरे अनुभवों, जिनमें भोगे हुए यथार्थ के साथ अध्ययन और मालूम हुए अनुभव भी शामिल होते हैं। इस उपन्यास को लिखते हुए मुझे लगा जैसे जीवन जो अपने कथा प्रदेश में गुजरा उसे ही समेट रहा हूँ या कि उसे भाषा का लिवास पहना रहा हूँ।

जैसे-जैसे आंखों के आगे चित्र और भाव आते वे आकार ले लेते और पात्र खड़े हो जाते। उनकी जीवन यात्रा के संघर्ष कथावस्तु के संघर्ष हैं। जिन्हें अहसास की जमीन पर मैंने जिया है। मनुष्य की वियासाओं में सबसे बड़ी और अंतहीन प्यास 'प्रेम' है। वह प्रेम को देख नहीं पाता, महसूस करता है। वह हर पल घटनाऐक्य से खाद-जनी पता बदलता रहता है। स्थान और परिवेश के साथ। लेकिन अन्तरबोध सब कुछ पदार्थ जगत में जुटा लेने के बाद भी अनंत प्रेम के लिए व्याकुल रहता है। वह प्रेम और अवलंगन जो प्रकृति में दिखाई देता है, उसे हासिल करना या उसमें उतर जाना एक कोशिश है मनुष्य की, जो वह करता रहता है। इन्हीं कोशिशों का नाम रचनाएं हैं, फिर उनका स्वरूप चाहे जैसा हो।

'प्यार का देवता' प्रेम की उर्वर जमीन पर मनुष्य की असमाप्त तलाश है। उसके हर पात्र में एक बेचैनी है, एक तड़फ है। यह अकुलाह प्रेम की स्थिरता का अनुसंधान है। यद्यपि ऐसा दिखाई नहीं पड़ता, लेकिन अपने सम्पूर्ण अस्तित्व में परिक्षित अवश्य होता है। इसलिए वह नहीं है अथवा उसका अस्तित्व नहीं है या उसे सिर्फ राग कहें ऐसा कहना ठीक नहीं है।

राग कभी प्रेम नहीं होता। राग में किसी वस्तु का या अभिप्राय का स्पष्ट होना जरूरी होता है, लेकिन प्रेम में ऐसा ही अनिवार्य नहीं होता।

मेरी पूर्व की अनेक रचनाओं को पाठकों ने सराहा, उन सभी का आधार और साधुवाद। इसके पूर्व 'प्यार के उस पार' उपन्यास को भी आपने दिल में जगह दी उसका भी साधुवाद! मेरा यह उपन्यास मेरे मित्र भाई प्रदीप पंडित के बिना पूरा नहीं हो पाता, उनका भी अभिवादन! और इसका, कलेवर और प्रकाशन के लिए भाई नरेन्द्र वर्मा का भी आभार।

धन्यवाद।

-विजय दीक्षित

पता : बी-109, डिफेन्स कॉलोनी, नई दिल्ली

फोन न. 011-45629687

ई-मेल : vijaydixit3105@gmail.com

वह तेज बारिश भरी दोपहर थी और अजय आज भी कहीं निकल नहीं पाया था। भूरे बादलों के बीच से कभी-कभी बिजली कौंध जाती। बारिश की बूंदे जिस इत्मीनान से अपने लक्ष्य को खोज रहीं थी, अजय उतना ही बेचैन था। छत पर पड़ती बूंदे देखकर वह सोचता यदि हर चीज का गंतव्य तय है तो संघर्ष का अर्थ क्या है? यदि परिणति तय है तो प्रयास के मतलब क्या है? वह अपने बिछौने से नाचती बूंदों की सरगम देख रहा था कि उसका एक अजीज दोस्त बरसते पानी में अजय को खोजता घर आ गया। अनिल आकाशवाणी में काम करता था और इंदौर के राजमोहल्ले में रहता था। अजय का घर आड़ा बाजार के पास था। लिहाजा; आते-जाते अनिल कुछ देर के लिए अजय के घर रुक जाता। इसकी एक और वजह थी कि अजय अपने शहर का ख्यातिलब्ध फोटोग्राफर भी था। वह कहा करता 'फोटोग्राफी क्षण बांधने की कला का नाम है।' रेनकोट के बावजूद अनिल भीग गया था। रेनकोट उतारते हुए उसने अजय से पूछा क्या बात है आज शहर की बारिश की तस्वीर नहीं लेंगे। नहीं आज तो दिल नहीं कर रहा लेकिन कल पूरे दिन मैंने तैरते बादल, नाचती बूंदें, नहाए पत्ते, ऐसी ढेरों तस्वीरें लीं, मगर मन भरा नहीं। लगता रहा कि कहीं कुछ छूट रहा है। रंग, नर्तन इनकी जब भी तस्वीरें उतारीं हैं, वे भली भी हैं, प्रीतिकर भी, आकर्षक भी लेकिन हर बार एक अतृप्ति रह जाती है दोस्त! जो उस क्षण में आंखों ने देखा बिल्कुल वही मैं दूसरे की आंखों तक पहुँचाना चाहता हूं। वैसा ही जस का तस! 'बड़ी दार्शनिक बांते करने लगे हो अजय भाई! इसके दो ही अर्थ हैं या तो तुम जल्दी ही शहर में

किसी इश्तहार की तरह मशहूर होने वाले हो या अध्यात्म की तरफ बढ़ने वाले हो।

अरे! नहीं अनिल! तुम्हारी किसी काबिलियत पर कोई दाद देदे यानी प्रशंसा कर दे तो वह प्रेम नहीं कर रहा होता है। दूसरी बात जो तुमने कही अध्यात्म का अब तक तो सिर्फ इतना ही अर्थ समझ में आया है कि कहे हुए शब्द और उसके प्रचलित अर्थों के बीच भी ढेर सारा अनकहा बचा हुआ हो। इससे ज्यादा अध्यात्म की समझ नहीं मुझको!

यार! क्या बात करते हो तुम्हें रवीन्द्रनाथ पसंद है, गांधी और अरविंद पसंद है, हिन्दी कवियों में नरेश मेहता, धर्मवीर भारती और अज्ञेय पसंद है तो कोई तो बात होगी जो इनकी पंक्तियों के बीच से तुम्हें अध्यात्म की तरफ ले जाती होगी।

देखो जैसे नरेश मेहता की 'बुधत्व' या 'खुशबू सा बिखर जाता हृदय का दर्द' धर्मवीर भारती की। अरे नहीं भाई डॉ. धर्मवीर भारती की तो एक ही कविता मुझमें बनी रहती है वह यह है–'बर्बाद मेरी जिंदगी इन फिरोजी होंठो पर गुलाबी पंखुरियों पर हल्की सुरमयी आभा कि ज्यों कल लती कभी बरसात की दुपहर इन फिरोजी होंठो पर' अजय कहता हुआ शरारती मुस्कान के साथ चाय बना लाया। अनिल उसकी इसी मासूमियत पर फिदा था। वह जानता था कि अजय एक न एक दिन कुछ करेगा। अजय महज़ कदमताल करने वाला शख्स नहीं है। वह यूनानी कथा के सिसिफस की तरह गड्ढे में पड़े पत्थर को रोज शिखर तक ले जाने और उसके पुनः गड्ढे में लौट आने पर उसे फिर शिखर पर चढ़ाने की जद्दोजहद में खर्च होने वाला पुरुष नहीं है खैर! यार! अजय मैं कहने यह आया था कि आकाशवाणी के एस.डी. को कहीं से पता लग गया है कि तुम कविताएं भी लिखते हो। यह तो मुझे भी नहीं मालूम। यदि तुम वास्तव में लिखते भी हो तो उन्होंने तुम्हें बुलवाया है आज शाम 5 बजे से पहले उनसे मिल लेना। बूंदे धीरे-धीरे पलकों की तरह झिपझिपा रही थी। होना तो यह था कि जाते हुए दोस्त की तरफ अजय का ध्यान होता लेकिन वह न जाने कहाँ खोया हुआ था। उसे हर बूंद एक पात्र नजर

आ रही थी। उसकी विस्फारित आंखों पर हाथ हिलाते हुए अनिल बोला, चलता हूं यार! तुम आओगे तो वहीं मालवा हाउस में मुलाकात होगी।' अपनी विचार सरणि में निमज्जित अजय उसे जब तक सुनने के लिए कहता अनिल सीढ़ियां उतर गया।

अजय, अनिल के जाते ही फिर रोमानी ख्यालों में खो गया। ख्यालों की तन्द्रा गनीमत थी कि जल्दी टूट गई उसे भान हो आया कि अनिल उसे आकाशवाणी बुला गया है। वैसे अजय आकाशवाणी इंदौर के लिए फोटोग्राफी करता रहता था। मगर उसके लिए उसके पास निमंत्रण दो-तीन रोज पहले आ जाता था। वह सोचने लगा आखिर उन्होंने क्यों बुलाया है? जवाब आने से पहले उसे वहाँ के कुछ दोस्तों का ख्याल आ गया। कुछ वहाँ प्रोड्यूसर थे और कुछ कार्यक्रम निष्पादक! दो-एक एनांउसर थे। उद्घोषक तक पहुंचते-पहुंचते वह एक ठिठका देने वाली रेशमी आवाज में उलझकर रह गया। कुछेक ख्यालों से सिर झटकाकर आकाशवाणी के लिए रवाना हो गया। इस दौर में अजय के पास 'प्रिया' स्कूटर था। किक लगाते ही फिर उस सुरीली आवाज के आगोश में था जिसके आगोश में उस समय कह सकते हैं पूरा मालवा था। जहाँ-जहाँ तक उस अवाज की रेंज थी वहाँ-वहाँ तक उसके अन्यतम प्रशंसक थे। उसकी आवाज अजय को देह से मन तक दबोच लेती। शायद ही उसकी कोई प्रस्तुति हो जो उसने सुनी न हो। अनुराधा जब भी सामने पड़ती अजय उसे एक शेर जरूर सुनाता–

'गले में उसके खुदा की अजीब बरकत है
वो बोलती है तो रोशनी सी होती है।'

मूल शेर में हालांकि बोलती नहीं बोलता है, मगर अजय उसे संपादित करके सुनाता। आज भी ऐसा ही हुआ। जैसे ही उसका स्कूटर भीतर पहुँचा, पार्किंग से पहले ही अनुराधा 'युवक संगम' कार्यक्रम का द्वार खोलकर बाहर आ रही थी। अजय को देखते ही उसने चहककर पूछा आ गए 'अजय!' लो अच्छा हुआ थोड़ा जल्दी आ गए। अजय ने पूछा बात क्या है?

बात बाद में बताऊंगी आज दो शेर नहीं सुनाओगे? अनुराधा ने पूछा–

अरे! क्यों नहीं! उसे तो मैं कई लोगों को सुना चुका और कई को याद भी हो गया है।

अच्छा! अच्छा! तुम स्कूटर पार्क करो और एस.डी. से मिल लो वे ही बताएंगे कि करना क्या है?

अजय ने फुर्ती से स्कूटर पार्क किया और तेजी से एसडी के कमरे की ओर बढ़ चला। इस दरमियां अनुराधा स्टूडियो में चली गई थी। एस.डी. थे तो दक्षिण भारतीय लेकिन हिन्दी पर उनका अधिकार खासा था। उन्होंने कहा अजय! मैंने सुना है कि फोटोग्राफी के अलावा तुम लिखने–पढ़ने के भी शौकीन हो।

अजय ने झिझकते हुए हामी भरी। उन्होंने हौंसला अफजाई करते हुए कहा तुम अनुराधा के साथ 'युवक संगम' कार्यक्रम प्रस्तुत करो। मुझे लगता है इससे हम प्रदेश के युवकों को और अधिक जोड़ सकेंगे। अजय की बड़ी इच्छा थी कि उसे कार्यक्रम प्रस्तुत करने को मिले, लेकिन उसने कभी यह बात किसी से जाहिर नहीं की थी।

वह बहुत खुश था और उसकी खुशियां सारे वंदनवारों को अपने सामने देख रही थी। उधर अनुराधा के साथ कार्यक्रम देना वैसा ही था जैसे किसी की मनचाही नदी के पास क्यारी खिलाने का काम मिल गया हो या मुंदी पलकों देखा गया कोई ख्वाब पलक खुलने पर हकीकत बन गया हो। अजय अपनी छोटी काठी में बेहद मेहनती था। एक बार जो ठान लेता उसे पूरा करता। उसके पास अपनी बात के समर्थन में मौजूं तर्क होते। वह प्रतितर्कों की चिंता नहीं करता। यूं वह रहने वाला यूपी का था, लेकिन इंदौर में कुछ इस तरह रच–बस गया कि उसे ज्यादातर जानने वाले पसंद करने लगे। उसकी शायद एक वजह यह थी कि वह अपने तर्कों को अपनी कहन के सहारे परिमाण में व्यक्त करता, मात्रात्मक हिसाब उसकी कहन से दूर रहते। यानी वह किसी से कभी कुछ डिमांड नहीं करता। लेकिन चुटकुले, मुक्तक और शेर इत्र की तरह लुटाता रहता। अनुराधा भी उससे कभी–कभार शायरी के अशआर मांग लिया करती। दोनों के

बीच बिना अपनी बात कहे अपने को व्यक्त करने का यह सबसे सरल और प्रचलित प्रयोग था। शेर चाहे किसी का हो लेकिन मौके पर आपने इस्तेमाल किया तो वह आपकी बात ही संप्रेषित करता है। दूसरे दिन अजय को 'युवक संगम' कार्यक्रम प्रस्तुत करना था। वह जानता था कि अनुराधा की वजह से उसे भी सब जगह सुना जाएगा। उसने मन लगाकर मेहनत की और कार्यक्रम प्रस्तुत किया। पहले आकाशवाणी के सह-कर्मियों ने, एस.डी. ने सराहा फिर तो जैसे कतार लग गई। सुनने वालों को 'लाइव परफारमेन्स' की तरह आनंद आया। फिर तो इसमें सहभागिता की होड़ लग गई। इंदौर के सैकड़ों नवयुवक-युवतियाँ इसमें भागीदारी के लिए आवेदन करने लगे। मगर अजय स्वयं को उद्घोषक से आगे यानी एक रचनाकार मानता था और अपनी रचना स्वीकृति के लिए उद्विग्न भी रहता था। वह सदैव यह मानता था कि आज का आदमी अप्राकृतिक जीवन जीने को अभिशप्त है। वह सोचता रहता है आखिर इसकी वजह क्या है? कैसे आदमी फिर प्रकृति के निकट जा पाएगा, जा भी पाएगा या नहीं। उसकी प्रकृति और समय की चिंता ने ही उसे फोटोग्राफर बना दिया था। वह मनुष्य को स्वभाव के विरूद्ध काम करते देखता तो बेचैन हो जाता। यह भी एक वजह थी जिसने अजय को बेहद संवदेनशील बना दिया था। यूपी से लौटने के बाद चिट्ठी आती तो बहुत आकुल हो जाता अजय, लेकिन जवाब में हमेशा यही लिखता कि स्वीकार का वह दिन आ जाए तो आ जाऊंगा।

धीरे-धीरे 'युवक संगम' की निरंतरता ने उसकी लोकप्रियता को बुलंदी पर पहुंचा दिया। इसी कारण अजय से अनुराधा की मुलाकातें भी निरंतर होने लगी। एक सोमवार इंदौर में फोटोग्राफी की प्रदर्शनी होनी थी। उसमें अजय की खींची तस्वीरें भी थी। कोई पूछता तो अजय उन तस्वीरों को समझाता भी, तभी अनुराधा भी आ गई। उसने तस्वीरे देखने के बाद अजय से पूछा इतने सारे फोटोग्राफर्स ने रंगीन तस्वीरे लगाई है, लेकिन तुम्हारी हर तस्वीर 'ब्लेक एण्ड व्हाइट' है, क्यों? उसने कहा इसका जवाब पास के जूस कार्नर में बैठकर दूंगा। प्रदर्शनी राजवाड़ा के गणेशहॉल में

लगी थी। उसके आसपास अनेक दुकाने हैं और जूस कार्नर भी। वहीं के एक जूस कॉर्नर तक वे पैदल ही गए। बैठते ही अजय ने कहा–तुमने पूछा था–अनुराधा कि मेरी तस्वीरें 'ब्लैक एण्ड व्हाइट' क्यों हैं? 'करेक्ट' तपाक से अनुराधा बोल पड़ी।

इसकी वजह यह है कि मुझे लगता है कि जीवन में अनेक रंग होते हैं, लेकिन रंगों में जीवन नहीं होते है। जीवन की हर बारीक चीज को यदि आप फिर से जीवन में 'समावेश' करना चाहते हैं तो आपको संवेदना की तरफ जाना होगा। मुझे लगता है 'संवेदना प्रिज्म' की तरह है। उसमें से गुजरते हुए दूसरी तरफ सात रंग दिखते हैं, लेकिन वह सफेद होता है। कहते भी है कि सफेद में सभी रंग शामिल है। काला विषाद का प्रभाव है जिसे आप नासमझी में रंग कहते हैं। वह रंग नहीं होता। वह रंग की अनुपस्थिति है। इसलिए जब मैं एक आदिवासी औरत को रोटी सेकते देखता हूं तो वह मेरे लिए रंगीन तस्वीर का मसाला नहीं, एक छोटे बच्चे के बिलखते आंसू, झिपझिपाती पलकें जिसमें अंधेरा-उजेरा दिखता रहता है, कभी रंगीन फोटोग्राफी का मसला नहीं हो सकता।

– अरे! बस-बस! अजय बाबू! तुम तो सिर्फ बटन क्लिक नहीं करते बहुत सोच समझकर फोटोग्राफी करते हो। मैं सोच ही रही थी कि तुम्हारी तस्वीरों को आखिर वाक्-सिद्धि क्यों है?
– मतलब?
– मतलब वे जैसा चाहती है ठीक वहीं संप्रेषित (कम्युनिकेट) होता है।
– हां! 'ब्लेक एण्ड व्हाइट' तस्वीरों की यह खास बात है। फिर तुम्हीं देखो ना! हँसने और रोने का क्या कोई रंग बताएगा? नहीं–
– ठीक कह रहे हो– तुम्हारे साथ बैठकर बातें करने पर तुम और भी अलग अजय लगते हो।
– कैसे?
– बस! इससे ज्यादा इस मुलाकात में नहीं समझा पाऊंगी, तुम्हें भी फिर से प्रदर्शनी जाना होगा।

हाँ! वह तो है कहते हुए दोनों उठ खड़े हुए और अपने-अपने गंतव्य को रवाना हो गये। अजय को उसके अपने चुने लक्ष्य ने कभी पस्त नहीं किया, अपितु वह अपने छोटे-छोटे लक्ष्यों को सधे हुए कदमों से हांसिल कर लेता था। काम से जरा भी फुर्सत होती तो वह दोस्तों में समय व्यतीत करता। उनकी दिक्कतों में सहभागिता करता। इसीलिए वह अपने समूह का चहेता था। प्रदर्शनी स्थल तक चलते हुए अजय अनजाने ही अनुराधा की आंखों में ठिठक गया। काली बरौनी, बड़ी-बड़ी पलकें, मांसल देह और करीने से काटे गए हाथ के नाखून बरबस किसी को भी ठिठका देते। अजय से यूं तो उसकी बातचीत लगातार होती रही, लेकिन हमेशा पारिवारिक, शिष्टाचार और जरूरी सदाचार लिए। लेकिन आज अजय कुछ अलग महसूस कर रहा था। उसकी आंखों की भाषा का मनचाहा अनुवाद करने की जिद मन कर रहा था और मस्तिष्क उसे इससे लगातार रोक रहा था। इसी कशमकश में वह राजवाड़ा गणेश हॉल पहुंच गया, जहां प्रदर्शनी लगी थी। वहां अपरिचित दर्शकों में कई परिचित और प्रगाढ़ मित्र भी थे। इनमें दो महिला और दो पुरुष साथी थे। अजय को देखते ही वे सोल्लास उसकी तरफ मुड़े और फिर शुरू हो गया बधाइयों का तांता। आशा और मालती अजय फैन्सक्लब के सदस्य थे। मालती छरहरी थी और बातूनी भी। उसे अपनी बात दृढ़ता से रखना आता था। वह अजय के काम को सरेआम बेलॉस तरीके से सराहती कुछ ऐसे कि दूसरे हक्के-बक्के रह जाते। फिर खुद ही थोड़ा लजाने का अभिनय करती। आज भी दूसरे लोगों की टिप्पणियां आने से पहले ही उसने चहककर कहा गजब की 'एग्जीबीशन' है। वाह! तुमने तो अजय सबकी छुट्टी कर दी। सभी कहना तो करीब-करीब यही चाह रहे थे, लेकिन संयत वाक्य थोड़ा विरामित होता है। फिर भी सब रुक कर हंस पड़े। फिर सुदेश और मनोज ने कहा चलो! आज पार्टी पक्की। प्रदर्शनी का वक्त पूरा होने के बाद बैठते हैं। अजय कुछ कहता उसके पहले ही मालती बोली नहीं भाई! आप लोगों की पार्टी तक रुक सकते हैं न उसमें बैठ सकते हैं। हम लोग तो कॉफी हाउस में पार्टी दे भी सकते हैं और ले भी सकते हैं।

आशा विस्फारित आंखों से मालती को देख रही थी। मालती ने समझ भी लिया और उसी ओर संबोधित कर बोली–हाँ तो ठीक ही तो कह रही हूं। इस पर अजय ने बात संभाली कहा जरूर–जरूर! पहले कॉफी हाऊस चलेंगे। थोड़ी ही देर में प्रदर्शनी का वक्त पूरा हो गया और सभी कॉफी हाउस की ओर रवाना हो गए। सड़क पर आशा और मालती थोड़ा पीछे चल रहे थे और ये तीनों थोड़ा आगे। तभी आशा ने कहा–हमें अपनी संवेदनाएं चौराहे–चौराहे फेंकते नहीं रहना चाहिए। काम अच्छा भी हो तो भी उसकी सराहना पटाखे चलाने की तरह तो नहीं करनी चाहिए। क्यों? इसमें बुरा क्या है? अच्छा लगा तो कह दिया। मगर तुम्हें क्यों बुरा लग रहा है? कहीं ऐसा तो नहीं कि तुम खुद कहना चाह रही थी और बाजी मैंने मार ली। क्या बकवास करती हो।

कॉफी हाउस में डोसा और कॉफी के ऑर्डर के बाद बात फिर प्रदर्शनी की और वार्ता पर चली गई। सुदेश का कहना था कि तुम्हारी तस्वीरें यथार्थ को व्यक्त करना एक जरूरी दस्तावेज है, जिसमें आदिवासियों पर खींची गई दर्जन भर तस्वीरों में उनकी पूरी सभ्यता नजर आती है। लेकिन मुझे लगता है कि शहरी समाज की तस्वीरों पर और काम होना चाहिए। अजय के जवाब से पहले सूत्र आशा ने थाम लिया। उसने कहा शहरी सभ्यता पश्चिमी रंग–ढंग का भारतीयकरण है। भारतीयकरण का आप अनुवाद मत कीजिए भारत में होने की वजह से कहा है। लेकिन वस्तुतः सभ्यता आदिवासियों में आदिम युग की तरह अपने स्वभाव में सांस ले रही है। आपका यथार्थ आदिवासियों का यथार्थ कभी नहीं हो सकता। इसलिए पेन्टिंग हो या फोटोग्राफी तभी महान मानी जा सकती है जब वह अपूर्ण व्यक्त को संपूर्ण रूप से व्यक्त करे। अजय ने ताईद करते हुए आशा से कहा आपकी सोच किसी के भी अनिश्चित विचारों को निश्चित आयाम दे सकती है। बाकी सब हंस पड़े लेकिन आशा मुस्कराकर रह गई। थोड़ी देर में आशा और मालती रुखसत हो गए तो दोस्त एकाएक बेतकल्लुफ हो गए। मनोज ने कहा यार! तुम्हारी प्रदर्शनी से ज्यादा मजा इनकी काम्पीटिशन में आया। अजय ने नासमझी दिखाते हुए पूछा कैसे?

अरे! तुम समझे नहीं दिन-दहाड़े लाइन मार रही थी। इस पर अजय थोड़ा गंभीर होते हुए बोला-जाने भी दो यार! पर्याप्त समय से जानती हैं दोनों! ऐसी कोई बात नहीं है। बतियाते-बतियाते सभी अजय के कमरे तक पहुंच गए। दोनों ने लगभग समवेत स्वर में कहा-अब तुम हमें यहाँ से 'बाय' नहीं कर सकते बच्चू! अभी तो शाम शुरू हुई है।

फिर गप्पों की महफिल सजी और ढाली गई ह्वीस्की। यूं अजय आदतन पीता नहीं था, लेकिन दोस्तों के संग कभी-कभार उसे पीने से एतराज भी नहीं था। इसलिए साथ निभाने को नाम मात्र को पीता। मनोज पहले घूंट के साथ ही बोल पड़ा यार! सारा मामला एकदम फिट है। ढेर सारी लड़कियां तुझ पर निछावर रहती हैं। हाथ में हुनर है। हम जैसे कभी न बदलने वाले दोस्त है। जिंदगी में एक युवक को और क्या चाहिए?

ऐ! भाई! होल्ड करो! निछावर रहती हैं का अर्थ क्या है? निछावर नहीं समझते! जो चाहो वह करने को उद्यत रहती हैं। वे इसलिए ऐसी दिखती है कि भाई! मैं कुछ चाहता नहीं। मेरी नजर में स्नेहिल साथ पर्याप्त होता है। क्या बात करते हो अजय! सुदेश ने कहा। उर्वशी में पुरूखा से पूछा नहीं कि 'रूप की आराधना का मार्ग आलिंगन नहीं तो और क्या है?' यार! तुम पूरी किताब पढ़ा करो। संदर्भ देने से पहले कुछ आगे-पीछे का याद है? इसके पहले उर्वशी ने कहा है 'दृष्टि का जो पेय है वह रक्त का भोजन नहीं है, रूप की आराधना का मार्ग आलिंगन नहीं है।' तुम्हे पता भी है देह की लालसा में जब पुरूष अपलक नारी को निहारता रहता है उस समय के लिए दिनकर जी ने ही कहा है कि यदि प्रमदा चाहे तो वह पुरूष से अपने लिए 'कौमुदी का दुकूल' यानी चांदनी का दुपट्टा मंगवा सकती है। इसलिए मेरी अभीप्सा साथ हो सकती है, प्रेम हो सकती है, लेकिन सिर्फ देह नहीं हो सकती और न है। यही वजह है कि तुम लोगों को मेरे आसपास इतनी लड़कियां दिखती रहती हैं। अजय बोले जा रहा था तो सुधेश ने उसे टोकते हुए कहा-बड़ी बड़ी बाते सिर्फ किताबी है। वो कहते हैं ना-'आंखें हसीन हो तो खिजां भी बहन है।' अब यह नजर का नहीं नजरिये का मसला है। नजरिये को आप जितना चाहें विस्तार कर

समझा या बता सकते हैं, लेकिन नजर में अलग 'डेंसिटी' होती है। वह उतना ही चाहती है जितना देख पाती है। जो उसने देखा नहीं उसे चाहती भी नहीं। इसलिए तुम यहां-वहां की बातें न करते हुए सीधे-सीधे विषय पर आ जाओं कि तुम्हारे मन में किसने कितनी जगह बना डाली है।

अजय दोस्त की बातों में उलझ गया और अपने विचारों में भी। उसे अनुराधा का कांधा छूकर जाना अद्‌भुत लग रहा था। मगर न जाने क्यों एतबार करने से संकोच कर रहा था। उसे याद आ रही थी 'अहमद फराज की गजल कि -

भरी बहार में इक शाख पर खिला है गुलाब
कि जैसे तूने हथेली पर गाल रक्खा है।

वह बुदबुदाया ही था कि सुधेश ने कहा यह भी क्या पर्देदारी है। जो बात आ रही हो उसे कहना तो चाहिए। फिर हम सब तो दोस्त ही है। अजय ने कुछ देर ठहर कर शेर पढ़ दिया कि 'जैसे तूने हथेली पर गाल रक्खा है' लाइन पूरी हुई नहीं कि मनोज ने कहा फिर तुम देह को छोड़कर प्रेम की बात क्यों करते हो। तुम तो ऐसे कह रहे हो जैसे देह प्रेम नहीं करती या यों कहें देह किसी काम की नहीं जिसके मन में आपके लिए प्रेम न हो। इसे उलटकर भी कह सकते हैं कि जिसके प्रति आपके मन में प्रेम न हो उसका क्या कीजिएगा।

अजय अब तुम बुरा मान जाओगे। कहूँ। सुधेश ने पूछा तो अजय ने सहमति में सर हिलाया। तुम यह बताओ कि तुम्हारा प्रेम कहाँ पाया जाता है? देश में, समाज में, घर में, दंपतियों में, कहाँ? जहाँ भी देखिए एक अज्ञात किस्म की खींचतान है। हर शख्स अपनी आकांक्षाओं को सिर पर लादे दौड़ रहा है। उसे पूरा करने में जो भी जहाँ भी, जितना भी साथ देता है, वे उतना ही साथ चल पाते हैं। प्रेम तुम्हें कहाँ दिखाई देता है। दिखाई देती है प्रतिस्पर्धा, संघर्ष, वैमनस्य! प्रेम कहाँ है? वैसा प्रेम जिसे तुम कविताओं और शायरी में खोजते हो अजय! इस तरह की गलतफहमियों से कुछ नहीं होगा। जीवन चलाने के लिये परिवार बढ़ाने के लिए साथी की जरूरत है। बेहद वैज्ञानिक बात है। इसमें दर्शन खोजने से नहीं चलेगा।

तो तुम्हें क्या लगता है प्रेम होता ही नहीं? अजय ने वाक्य में थोड़ी-थोड़ी तल्खी लाते हुए पूछा। मैं वही तो तुमको समझाने की कोशिश कर रहा हूं कि आदत प्रेम नहीं होती। एक कुत्ते के साथ भी कुछ दिन रहो तो उसकी भी आदत हो जाती है। उसका भी विछोह सहन नहीं होता। इसका कारण प्रेम नहीं है। इसका कारण है मनुष्य की विस्तारवादी और हर चीज में अपनी मिल्कियत देखना। कुत्ता मेरा है तो कहीं और कैसे जा सकता है? पति मेरा है तो मेरे कहे बिना वह कुछ भी कैसे कर सकता है या पत्नी मेरी है वह कोई भी फैसला अकेले कैसे ले सकती है। इस तरह की धारणाओं के बीच तुम्हें कहाँ प्रेम दिखता है जिसे तुम जैसे लोग अमर्त्य कहते हो। मुझे सीरियसली लगता है कि हाब्स, लॉक, रुसो सही कहते थे यह सब सामाजिक समझौता है। 'सोशल कांट्रेक्ट' प्रेम कहीं नहीं है। इसे ढूंढोगे तो ढूंढते ही रह जाओगे और उम्र गुजर जाएगी।

अरे नहीं भाई! आंखों में घिरते लाल डोरों के बीच अजय ने अपनी बात शुरू की। देखो जैसे फूल में सौन्दर्य नहीं होता। वह तो उसके रंग आपके भीतर पैदा होने वाले बोध की देन है। यदि परमात्मा को मानते हो तो मानना होगा कि प्रेम है प्रारंभ और परमात्मा है अंत। प्रेम का दिया यदि एक बार कहीं प्रज्ज्वलित हो जाए तो वह स्थल को मंदिर बना देता है। तुम जो बात कह रहे हो वह व्यवस्था की बात है। व्यवस्था जरूरी है, लेकिन व्यवस्था अहसास नहीं होती। प्रेम अहसास का नाम है। यह सिर्फ स्त्री-पुरुष में ही हो ऐसा नहीं यह मनुष्य और पशु में भी हो सकता है। जिसके भीतर से प्रेम उठकर अपनी सुवास बिखेरता है उसका 'औरा' बड़ा हो जाता है। सुधेश! औरा समझते हो ना! तुमने ईश्वर के नाम से बनाए और बाटे जाने वाले चित्रों में उनके चेहरे के आसपास प्रकाश का एक गोला देखा होगा। उसे ही औरा कहते हैं।

शायद तुम्हें पता न हो कि हाल ही में किरलियान की फोटोग्राफी खोजी गई। किरलियान ने साबित किया कि जैसे आप अपने हाथ का पंजा कहीं रखते हो तो दिखाई तो पंजा देगा, लेकिन उसके आसपास ऊष्मा की रेखाएं होती है। 'औरे' की तरह। इन्हें 'ध्यान' से लोग विकसित

करते है, इसलिए 'स्पर्श' को कीमिया माना गया। तुमने सुना होगा ह्वेल और सील जैसी खूंखार मछलियों पर प्रयोग किए गए। उन्हें वैज्ञानिकों ने हाथ से छू दिया फिर वे जब भी सागर के आसपास जाते मछलियां बिना लहरों को स्पंदित किए सतह तक आती। यह सब प्रिय! प्रेम है। वह है और सब तरफ फैला हुआ मगर छुपा हुआ है। दिक्कत यह है कि हम प्रेम को अपनी व्यवस्था और अपेक्षा की थर्मस में रखना चाहते हैं। अच्छा चलो यार! फिर कभी बात करते हैं। रात बहुत हो गयी है। उनके चले जाने के बाद अजय को लगा था कि नींद तपाक से आ जाएगी, लेकिन ऐसा हुआ नहीं। नींद पूरी तरह उचट चुकी थी। कुछ देर तो वह सोचता रहा कि ऐसे भी लोग होते हैं जो प्रेम की उपस्थिति से इनकार करते हैं। होता क्या होगा इन्हें कभी प्रेम मिला ही नहीं। मगर ऐसा कैसा हो सकता है? चारों दिशाओं में फैला प्रेम इन्हें न मिला हो या ये लोग सिर्फ अपनी अपेक्षाओं पर दूसरों को कसकर उन्हें सही या गलत ठहराते हों। बहुत देर तक अजय उलझता रहा ऐसे ही अनेक सवालों से। पलकें बोझिल होते-होते उसे अनुराधा का ख्याल आ गया। उसकी बड़ी-बड़ी आंखों में वह अपने को डूबता-उतरता महसूस करने लगा। उसे लगा कि उसकी आवाज किसी सुरमई के अंदाज में रजाई सी उसे लपेटती जा रही है। लेकिन वह इस लबालब अहसास को किसी को कैसे बताए? क्या बताए? बताए भी या नहीं। फिर उसे लगा कि मुझे जैसा लग रहा है वैसा अनुराधा को भी लग रहा होगा या नहीं। वह भी मेरी तरह हसरत से हरारत तक का सफर तकिए पर कर रही होगी। बड़ी देर की कसमसाहट और भावनाओं के ज्वार-भाटा के बाद उसे एकाएक लगा कि हो सकता है वह गलत दिशा में सोच रहा हो। वह ख्वामोख्वाह अपने फटे रूमाल में इत्र लगा रहा है। फिलहाल सोना अच्छा है। फिर कभी इस तरह का व्यवहार होगा तब सोचेंगे और वह निढाल हो गया।

सुबह जब आंख खुली तो दिन निकल आया था। उठने में थोड़ी देर हो गई थी। पेइंग गेस्ट होने से उसे ज्यादा कुछ करना नहीं होता था। अखबार के साथ चाय उसका इंतजार कर रहे थे। अखबार के सिटी पेज

पर उसकी प्रदर्शनी की खबर देखकर उसका मन नाच उठा। खबर में अलग से उसके फोटो पर टिप्पणी भी थी और साइड में एक फोटो भी थी। उसने जल्दी-जल्दी चाय सुड़की और आकाशवाणी की तरफ अनचाहे ही निकल गया। पहले उत्साह में तेजी से स्कूटर चलाया मन में आया भी कि इतनी जल्दी अनुराधा न आई होगी तो फिर लगा कि मुलाकात हो न हो मिलन की तमन्ना क्या कम है। आकाशवाणी पहुँचकर पहले एसडी से मुलाकात की। वे अखबार पढ़ चुके थे लिहाजा उन्होंने मुक्त कंठ से उसकी प्रशंसा की और अपने नए कार्यक्रम के लिए माँडू की फोटोग्राफी करने की गुजारिश भी की। अजय खुश हुआ कि इस बहाने माँडू की सैर करने को मिलेगी। उसे जब भी ऐसा कोई काम मिलता शेष प्रबंध आकाशवाणी से हो जाता था। वहाँ से निकलकर वह देवेश के कमरे में दाखिल हो गया। देवेश प्रोड्यूसर थे। उन्होनें उसके कमरे में घुसते ही कहा कि आओ! अजय तुम्हारे लिए खुशखबरी है आकाशवाणी माँडू में एक नृत्योत्सव करने जा रही है, जिसका संचालन अनुराधा करेगी और तुम्हे फोटोग्राफी करनी है। तुम उस टीम के साथ जा रहे हो। अजय का मन बल्लियों उछलने लगा। उसे अचानक तीन खुशिया मिल गई। पहली मांडू जाना। इसके बारे में उसने सुना कि यहां की इतिहास कथाओं में बाजबहादुर और रूपमति की कहानी सर्वाधिक प्रसिद्ध है। उनकी प्रेम-गाथाएँ आसपास के नालन्दा, धार और इंदौर तक पसरी हुई हैं और आज भी सुनाई जाती है। रूपमती बेहतरीन नर्तक थी। और बाजबहादुर शानदार तबला बजाते थे। यहाँ का हिंडोला महल हो या जहाजमहल सभी जगह उनके प्रेम-गीत और अकथ कहानी कही-सुनी जाती है। कुछ इस तरह जैसे वे पुरानी प्राचीर पर उत्कीर्ण हो। दूसरा कारण यह था अजय की खुशी का कि अनुराधा उस कार्यक्रम का संचालन करने वाली थी। स्वाभाविक था कि इससे उसका संसर्ग प्राप्त होगा। तीसरी खुशी की वजह यह थी कि मल्लिका सारभाई और ओडिसी नर्तक कोलूचरण महापात्र की तस्वीरें उतार पाएगा। वह मानता था कि नृत्य मनुष्य की खोजी हुई पहली आंगिक अभिव्यक्ति है। यह अकेली विद्या है जो पूरी दुनिया के किसी

भी शख्स को घनघोर निराशा और उदासी के बीच भी प्रसन्न करने का उसे उर्जस्वित करने का माद्दा रखती है। ऐसे में किए गए बारीक अंग संचालन को उन क्षणों को पकड़ना बेहद उत्तेजक होता है। वह सोच ही रहा था कि संदली खुशबू ने प्रवेश किया और उसके साथ गूंजी उसकी रेशमी आवाज हलो देवेश...व्हाट्स अप आओ! अुनराधा! अरे! अजय तुम! मैं तुम्हारे बारे में ही सोच रही थी। अभी ड्यूटी रूम से पता चला कि तुम इधर आए हो। हाँ! अभी-अभी आया। इन्होंने बताया कि मांडू जाना है। 'गुड-गुड' अच्छी पिकनिक रहेगी और काम करने का मजा भी आएगा। फिर तुम जैसे दोस्त साथ चलेंगे तो मजा दुगुना हो ही जाता है। अजय को कोई जवाब नहीं सूझा, लेकिन उसके मन में साहचर्य के अनेक भाव कुलबुला रहे थे। यात्रा शुरू होने से पहले वह दिवा-स्वप्न की स्थिति में था। वह और अनुराधा नजदीक बैठे हैं। उसके केसुओं की खुशबू उसके नासपुटों में भर रही है और उसकी देह की कमनीयता उसकी धड़कनों के प्रवाह को और तेज करने में जुटी हैं। देवेश और अनुराधा कार्यक्रम निष्पादन की बारीकियों में उलझे हुए थे कि अजय से दिवा-स्वप्न में उतरता चला गया। वह सोचने लगा किसी के प्रति आसक्त हो जाना शरीर का तर्क तो होता नहीं, गर कुछ होता है तो वह दिमाग की कसरत होती है। अचानक अनुराधा से अनकहे ही वह अनेक कही-सुनी का एतबार करने लगा। उनकी बातचीत हुई तो अनुराधा ने पूछा अजय तुम बैठोगे या चलोगे! उत्तर देने के बजाय अजय उठ खड़ा हुआ। दोनों साथ ही बाहर निकले तो अजय जैसे यथार्थ में लौटा। उसने कहा चलो! कैन्टीन तक चलते हैं। एक-एक प्याला कॉफी हो जाए। अनुराधा मुस्कुराई कुछ इस तरह कि उसकी खुरासानी इमली सी धवल दंत पंक्तियां चमचमा उठी। कॉफी का कहने के बाद अजय ने बात शुरू की तुम पहले भी मांडू गई हो। नहीं, मगर थोड़ा बहुत सुना है उसके बारे में।

– क्या सुना है?

– अजीब सवाल है तुम परीक्षा ले रहो हो।

– नहीं भाई! परीक्षा कैसी! मैं तो पूछ रहा था।

– सुना है वहाँ की रानी नर्तकी थी। बहुत अच्छा डांस करती थी।
– हाँ! रूपमती।
– मगर मेरी समझ में यह नहीं आता कि ज्यादातर शिखर छूने की आकांक्षी लगती पात्रा तभी पसंदीदा पात्र में बदल सकती है जब वह नृत्य करे या ऐसा कुछ करे।
– नहीं–नहीं ऐसा तो नहीं है। अजय ने कहा–
– तुमने भी यह जानना चाहा कि मुझे वह रोमानी कथा तो पता होगी ही। क्यों? रूपमती के अन्य किसी काम का उल्लेख नहीं किया जाता। तुमने प्रेमचंद का 'सेवासदन' पढ़ा है?
– हाँ, पढ़ा है।
– उसमें 'सुमन' एक पात्र है। वह अपनी उपेक्षा से बेहद त्रस्त है। एक दिन वह देखती है कि पास में रहने वाली एक वेश्या को बड़ा सम्मान मिल रहा है तो वह कोठे पर बैठ जाती है। वहाँ से वह अपनी मुक्ति का मार्ग तलाश करती है और उसे हासिल कर लेती है।
– अजय उसकी आंखों में देखता ही रह गया। अचानक! वह चकित था न केवल आराधना के अध्ययन से बल्कि उसकी पुष्ट सोच से भी। उसे समझने में देर नहीं लगी कि अनुराधा स्त्री मुक्ति की पक्षधर है। अनुराधा के चुप हो जाने के भी थोड़ी देर बाद अजय बोला–
– तुमने शायद ठीक से मांडू के बारे में जाना नहीं। रूपमती नृत्य करती थी तो उसका पति बाजबहादुर तबला बजाता था। वह रूपमती को उसके नृत्य को आत्यांतिक दशा तक पहुँचाना चाहता था। इसलिए वह हर कदम उसके साथ था।
– तो तुम मानते हो कि रूपमती...
– हाँ! मैं वही बता रहा हूं कि रूपमती की कला–उपासना की बाजबहादुर उपेक्षा नहीं करता था, बल्कि वह भी उसकी कद्र करता था। इतना ही नहीं उसे निखारने में लगा रहता था। मैं यह

मान सकता हूँ कि ऐसे उदाहरण कम होते हैं लेकिन होते ही नहीं ऐसा नहीं है।

अजय की बातों में पुराने किसी किले के खंडहर की दीवार पर उभर आए पीपल जैसा अपनापन और भरोसा था। उसने अनुराधा के स्त्री मन और विमर्श को एक साथ छू दिया। इससे अनुराधा के तर्कों का पैनापन कम हो गया। वह जिस तेजी से तर्कों को उछालती थी उसने उसे तत्क्षण छोड़ा और बातों पर लिबास डालती बोली चलो अजय! पूरी कहानी तुमसे आज यहीं सुन लेंगे तो वहाँ चलकर क्या करेंगे? दोनों कॉफी समाप्त कर खड़े हुए तो अनुराधा ने अजय की तरफ हाथ बढ़ा दिया। अजय के लिए यह घनीभूत मैत्री और लंबे साथ चलने की पगडंडी की तरह था। अपने दाहिने हाथ में अनुराधा की 'गर्म और नर्म' हथेली पाकर वह बड़ी देर तक कुलबुलाता रहा। बाद में अनुराधा महिला कार्यक्रम के विंग में चली गई और अजय अपने स्कूटर की तरफ बढ़ चला। बढ़ वह स्कूटर की तरफ जा रहा था और उसका मन जैसे कहीं कुछ छूट गया हो की तरह कुछ खोज रहा था। जानते तो दोनों कुछ समय से एक-दूसरे को थे, लेकिन हाथ पहली बार मिलाया था अनुराधा ने। अजय ने इसका अनुभव अनचाहे ही एक स्त्री के बढ़ाए हाथ की तरह किया। हालांकि वह सहज हाथ मिलाना भी हो सकता था। इस बारे में वह सोच भी रहा था, मगर उसका मन था कि एतबार नहीं करना चाहता था।

उसकी हालत तो 'छाप-तिलक सब छूटे वो सै नैना मिलाय कै' की तरह हो गई थी। हालांकि वह महिला को सिर्फ 'कमोडिटी' मानने के खिलाफ था और ऐसे तमाम लोगों का विरोधी भी। बावजूद तमाम तरह के बौद्धिक विमर्शों के बाद आज अजय अपने में एक तरह के नएपन को महसूस कर रहा था। ऐसा नयापन जिसका बोध उसे उम्र के इस पड़ाव तक नहीं हुआ था।

उसमें उमड़ रही थी एक दैहिक कोशिश, इसी से मामूल हो रहा था भीतर का खालीपन। अजय अपने में स्निग्ध अहसास की करवटें महसूस कर रहा था।

वह समेटे हुए वाक्यांश उनसे बरपी खुशबू और पुनः संगत पाने की उम्मीद में स्कूटर चलाता घर आ गया। हालांकि उसका घर पहुँचने का कोई इरादा नहीं था लेकिन कहीं और जाने का मन भी नहीं हुआ। रोमानी अहसास का पहला अनुभव मनुष्य को अपने में समेटता है, शायद इस तरह कि यह अहसास कहीं बिखर न जाए। बिल्कुल इसी भाव से अजय अपने पलंग पर बिना कपड़े बदले पसर गया। दिमाग के कोने में उस गुदाज हाथ की प्रतीती थी, उसी प्रतीती की प्रति वह पढ़ रहा था। उसके प्रति जताया विश्वास और देख रहा था नर्म हाथों से किया गया नई कहानी का बीजारोपण। वह अपने विचारों के सहारे थोड़ी दूर चलता कि फिर उन्हीं ख्यालों के गलियारों में पहुँच जाता, जिसमें सिर्फ कुहुक होती है जिसमें लगातार धुंधुआने के बाद की अतुलनीय चंदनी सुवास होती है। वह अपनी काया तक लौटता तो उसे लगता कंटक और संकट से भरी इस दुनिया से अलग एक दुनिया है, जो शायद हर इंसान की है। जिसमें प्रेम के गुलाब धैर्य और बीतते क्षणों का कपूर होता है। इसलिए हर मनुष्य की अपनी बांसुरी और अपना मन-मयूर होता है। उसकी अपनी कहानी और उसी कहानी में कहीं वह खुद भी एक पात्र होता है। यही वजह है कि मनुष्य तो अपनी काया में एक जैसे होते हैं, लेकिन उनकी प्रतीती और संघर्ष सदैव अलग होता है। उसकी हालत उसकी हर करवट बयां कर रही थी। जैसे कबीर ने कहा-'बरसा बादल प्रेम का भीज गया सब अंग।' और 'सब जग करता सखिया अपनी-अपनी आगी।'

अजय इन दोनों भावों से बाहर नहीं निकल पा रहा था। वह उस मादकता को भी ओह्वरपावर नहीं कर पा रहा था जो उसे अनुराधा ने दी थी और सबकी अलग और अनकही कहानियां है, इससे भी अलग नहीं हो पा रहा था। उसके जहन में जैसे अनुराधा की तस्वीर उमड़ती उसमें निर्झर की अनुगूंज उठ जाती। वह उसकी कहन और आवाज में इतना घिर जाता कि अपनी सुध-भुध भूल जाता। वैसे अजय स्त्री को महज देह नहीं मन भी मानता था। वह सदैव मन का पिपासु था। उसका मानना था कि मन पास आ जाए तो देह अपने आप सुलभ हो जाती है। बिना मन

के मनुष्य कैसे हो सकता है। यही वह वजह थी जो वह अपने ग्रुप में ज्यादातार लोगों का पसंदीदा था। जैसे-तैसे अजय ने अपनी विचार श्रृंखला से दूरी मनाई। तब तक उसे चाय हासिल हो गई थी। उसके साथ ही उसे जाने की तैयारी का मन हो आया। तेजी से उसने एक सूटकेस में अपना कैमरा और उनके लेंस डाले और दूसरे सूटकेस में कपड़े। उस समय इरविंग वेलेस का एक उपन्यास 'प्राइस' चर्चा में था। उसने उसे भी सूटकेस के हवाले किया। फिर सोचने लगा कि कैलूचरन जी जैसे व्यक्तित्व पर काम करना सिर्फ चुनौती ही नहीं सौभाग्य भी है। विचारों की इसी तरह की टूटती-बिखरती श्रृंखला को लेकर उसने यात्रारंभ तक अनेक ऊहापोह झेली। गाड़ी में उसके पास अनुराधा बैठी थी। उसकी अपेक्षा के अनुरूप। वह बैठते ही स्वप्निल परिकल्पनाओं में खो गया। थोड़ी बहुत औपचारिक चर्चा के बाद गाड़ी चल पड़ी। इंदौरा से धार का रास्ता थोड़ा औद्योगिक क्षेत्र है, जिसे पीथमपुर कहते हैं। सड़क के दोनों और ऊसर मैदान और पसरा हुए मालवे का गरीब क्षेत्र। शीशियां साफ करते मजदूरों की बस्तियां। वहाँ सवर्ण गरीब परिवारों की स्त्रियां भी काम करती थी। बेटमा और उसके पास इस तरह के काम करने वालों के अनेक घर थे। बेटमा मालवी भोजन और पोहे के लिए जाना जाता है। बेटमा तक अजय और अनुराधा अपनी-अपनी तैयारियों में कनखियों से एक दूसरे को देखते चल रहे थे। कभी-कभी कोई गड्ढा जिससे कार झटक कर गुजरती तो वे अनचाहे ही एक दूसरे को छू जाते। इसका पटाक्षेप एक मुस्कुराहट से होता और वे दूर खिसकने के दिखनौटे के साथ और करीब आ जाते। अनुराधा की गंध और रुक-रुककर कहे गए वाक्य अजय को बौरा रहे थे। अनुराधा में भी अजीब किस्म की उहापोह थी। वह संज्ञाओं को लेकर कतई गंभीर नहीं थी या कहें कि वह संबोधनों को ऐतबार तक जाने ही नहीं देती थी। वह अजय को कभी भैया पुकारती तो कभी अजय जी! अगर कोई अनुराधा को लगातार सुनता तो वह इतना ही समझ पाता कि अनुराधा वर्तमान में जीती एक स्त्री पात्र है जिसकी दिलचस्पी भारतीय संबोधनों में खदबदाते संवेदनों में कतई नहीं। मांडू पहुँचते ही विश्रामालय

में उसने प्रयास किया कि उसका कक्ष अजय के पास ही हो। उसमें कोई ज्यादा दिक्कत नहीं आई। अजय अपने कमरे में केलूचरण महापात्र के सहयोगी के साथ गपियाते हुए विहस्की पी रहा था कि अनुराधा ने प्रवेश किया। उसने आते ही कहा 'सॉरी' आई एम श्योर आई हेव नाट डिस्टर्ब यू' दोनों ने खड़े होकर उसका अभिवादन किया और कहा 'नॉट एट आल'। बात ओडिसी पर हो रही थी। अखिर नृत्य कैसे मनुष्य की आंतरिक अभिव्यक्ति का माध्यम बन जाता है या कहें कि वह है। अनुराधा ने कहा 'मुझे लगता है कि नर्तन संगति (हारमनी) से चलता है। भीतर की तड़प और विचार जब कदमों के हमकदम चलते हैं तो नृत्य जन्म लेता है।

अजय वाक्य के खत्म होते ही बोल पड़ा-क्यों तब क्यों नहीं होता जब स्पंदन अचानक वातावरण के साथ सुर में ढल रहे होते हैं और मचल उठते हैं। बशीर साहब ने कहा है -

'मुझे इश्तहार सी लगती है
ये मुहब्बतों की कहानियाँ
जो कहा नहीं वो सुना करो
जो सुना नहीं वो कहा करो।'

सभी वाह-वाह कर उठे। इसके साथ ही उनके विहस्की के ग्लास रीत गए। केलूचरण के सहयोगी शुभरात्रि कहकर उठ गए। रह गई अनुराधा उसके अनकरीब आने और अवसर को दैहिक ताप में बदलने के उपक्रम पर अजय से फूट पड़ा-

'फरिश्ता है तो तकद्दुस तुझे मुबारक हो
हम आदमी है तो एब-ओ-हुनर रखते है।'

और फिर उनकी नजदीकियों ने मांडू में पसरती सुबह एक साथ देखी। यह उनके इत्मीनान साहचर्य की पहली सुबह थी। यह सुहानी भोर की इत्मीनानी सुबह तो थी, लेकिन संज्ञात्मक नहीं थी। एक अबोला निविड वन का सन्नाटा और अनबोली पत्तियों की सरसराहट थी। भीतर कौंध ता और गहराता कुआ था, जिसमें मीठा जल तो था, लेकिन कुए के लिए लगातार दिखती रस्सी-बाल्टी नहीं थी। संबंधों की संज्ञा यही काम

करती है जो रस्सी, बाल्टी किया करती थी। संबंधों की संज्ञा को ही तो संबोधन कहते हैं। संबोधनों में अनुराधा सदैव सुरक्षित संबंध चुनती थी, पुकारने के लिए, ताकि कोई सवाल न उठाया जा सके। अजय सहजता का मनुष्य था। जब जो जैसे जहाँ होता, कह डालता। उसकी प्रतीती अलग स्थान रखती थी। जैसे लगा बस वही उसकी करीबी थी। अनुराधा करीब आई वह उसे बांसुरी की तरह प्रिय थी, लेकिन बांसुरी का अपने में कोई गुणत्व नहीं होता। होती भी वह बांस ही है। पोखरी बांस की। कमाल तो उसमें सुर करता है। अनुराधा की दैहिक बांसुरी में अजय के स्वर सजने लगे थे। लेकिन जैसे ही सुर बेस से अलग हो जाता है-बांसुरी का कोई अलग अस्तित्व नहीं होता। फिर भी बांसुरी अति आकांक्षित होती है। सुर की परम त्रिज्या में परम स्वर को तलाशती मन और देह के सम्पर्क और संसर्ग के साथ वे लोग पुनः इंदौर के लिए रवाना हो गए। इस बीच उनके मध्य रसानुभूति के अनेक चरण आरोह और अवरोह की तरह उभरे। जैसे लौटते में पड़ते सड़क की तासीर थी, वैसे ही।

इंदौर लौटते ही अजय की मुलाकात आशा से हो गई। वह आशा में न केवल प्रतीक्षा के वंदनवार देखता, बल्कि आशा को अपेक्षित स्त्री भी समझता था। छावनी में आशा के एक परिवारी के यहाँ अजय को जॉब भी मिल गया था। वही आशा और अजय की दोस्ती की जमीन थी। काम के साथ-साथ जल्दी ही अजय को उस पर विश्वास हासिल हो गया था। धीरे-धीरे उन लोगों ने अपनी पूरी दुकान और कारोबार को उसके हवाले कर दिया था। अजय सदैव सोचा करता कि प्रेम के बिना मनुष्य अधूरा है। वह मध्यमवार्गीय तरीके से ही जीवन को तलाशना चाहता था। ये लोग भी अजय पर अटूट विश्वास और अगाध स्नेह रखते थे। अजय के मन में पता नहीं कब यह भाव घर कर गया था कि प्रेमरस के बिना सब व्यर्थ है। और वह हमेशा पवित्र और सात्विक तरह के प्रेम में ही यकीन करता था। यही वजह थी कि बात व्यावसायिक तरीके से काम करने की हो अथवा संबंधों को जीने की वह प्रेम को सबसे ऊपर रखता था। उसे हमेशा लगता कि एक अच्छी सभा में बैठने का भी वही अधिकारी है या

कि पात्र है जिसने किसी के आंसू पोछे हो या कि किसी का नाम अपनी हथेली पर रखकर करीने से मिटाया हो। अजय की इसी भाव संकुलता के अनेक लोग प्रशंसक थे। वे भी जिन्होंने अजय को अपने यहाँ काम दिया था। उनकी भी मान्यता थी कि अजय इस काम को अपने निजी काम की तरह करता है। उसमें सिर्फ लेने की ही भावना नहीं है, उसमें सदैव देने का भी एक भाव अकूत रहता है। यह देने का भाव अजय को अपने कार्य के प्रति सदैव समर्पित रखता। इसी समर्पण के दौर की एक शाम उसका परिचय आशा और उसके परीवारी से हुआ। अर्थात उसके पिता माता और यूं तो उसका एक भाई भी था, लेकिन वह कोलकाता में रहता था। वहीं उन लोगों ने अजय का परिचय आशा और उसके पेरेन्ट्स से कुछ इस तरह करवाया कि वे अजय को देखते रह गए। जिस समर्पण की त्वरा, अपने पन की बारीश और कड़े समय में एक चकत्ता छांह के लिए लोग तरसते हैं वह सब अजय में स्वानुगत रूप में विद्यमान थे।

बात जितनी भी हुई अजय को आशा और भाती गई। एक जरूरी गुनगुनाहट और कारूणिक उपस्थिति की तरह। आशा चश्मा जरूर लगाती थी, लेकिन विषय पर उसकी दृष्टि किसी और की तुलना में ज्यादा पैनी और वस्तुगत थी। वह सिर्फ देहाभिमान में जीने वाली स्त्री नहीं थी। उसे हमेशा लगा करता कि वह देह तो है ही उससे ऊपर भी कुछ है। फिर पुरुष भी तो कुलजमा; देह के दूसरे रूप का नाम है। यदि पुरुष कदाचित कुछ विशेष है तो स्त्री के निस्तेज होने का कारण ही नहीं बनता। लेकिन आशा कभी सर्वव्यापी निषेध का हिस्सा नहीं बनी। हालांकि उसके पास अपने तर्क और संवेदनाओं के पर्याप्त घनत्व थे। कुछ ऐसा दरमियानी दौर में घटा कि अजय ने छावनी की फोटोग्राफी की नौकरी छोड़ दी। और रहने के लिए आशा के घर जा पहुँचा। यूं ही नहीं। उन लोगों का अंतराल से आग्रह था कि वह उनके घर रहने आ जाए। अजय के लिए उनका ऑफर 'लुक्रेटिव' था। कुछ इसलिए भी कि वह आशा से निरंतर संवाद कर सकेगा। अजय के मन में शुरू से ही चराग बन कर जलने की तमन्ना थी। एक ऐसी तमन्ना जिसमें वह सिर्फ काम ही नहीं

करता रहे, बल्कि सराहा भी जाता रहे और वह उसका अपना काम हो। लिहाजा; अजय हमेशा इस फिराक में रहता कि अवसर उसकी ड्योढ़ी तक आ जाए अथवा वह खुद ही अवसर की ड्योढ़ी तक पहुँच जाए। फिर भी प्रतीक्षा अजय का स्वभाव नहीं थी। इसी उधेड़बुन में वह न केवल आकाशवाणी के लिए काम करता बल्कि यहाँ-वहाँ के अनेक अखबारों के लिए फोटोग्राफी किया करता। उस समय 'ब्लिट्ज' साप्ताहिक की बड़ी गूंज थी। गूंज इसलिए थी कि एक तो वह खबरें खोजकर निकालता था और बड़े साहस से छापता। उसके अंतिम पृष्ठ पर एक तस्वीर हुआ करती थी। तस्वीर बोल्ड किस्म की होती थी और उसके नीचे सदैव एक शेर हुआ करता। वह शेर हमेशा अनबोली तस्वीर की बोली हुई बात भी होता। उसमें भी अजय की अनेक तस्वीरें छपीं। अखबार पढ़ा जाता था। चर्चित था। लिहाजा, अजय के भी चर्चे पूरे शहर में हुआ करते। इसलिए भी कि अजय एक सात्विक व्यक्तित्व का शख्स था। हम उम्र के लोगों में इसलिए भी चर्चा ज्यादा होती कि ऐसा लड़का इस तरह की तस्वीरों के लिए लोगों को कैसे राजी कर लेता है और ऐसे में उसकी सात्विकता कहीं आहत तो नहीं होती। अजय से जब भी कोई इस बारे में पूछता तो सहजता से कहता मेरा फोकस तस्वीर है। मैं हर उस सौन्दर्य को प्रकट करना चाहता हूँ जो ना समझी में अनदेखा रह गया।

इसी भाव के चलते वह काव्य सौन्दर्य हो या पुष्प सौन्दर्य, पहाड़ हो या नदी, खुशनुमा मौसम हो या समंदर की उछलती और बिछलती लहरे हों, बंधा-बंधा यौवन हो या कि पोपाली हंसी, संवेदना का शायद ही कोई दरवाजा हो, जो उसने न खोला हो। उसे लगता रहता कि कुछ तो ऐसा होना चाहिए जिससे सचमुच सौन्दर्य के सच की अनावृत किया जा सके। इसी सिलसिले में उसकी भेंट शहर के नामी-गिरामी प्रोफेसर की पत्नी से हुई। कहते हैं वे भी कहीं पढ़ाती थी। उनकी आकांक्षाएं उनके कद से बड़ी थी। इसलिए वे हमेशा इस बात के लिए राजी रहती कि कुछ ऐसा किया जाए जिससे उनका जिक्र भी मशहूरों में शामिल हो जाए। सर्दी की एक दोपहर! सूरज कुनमुनाते हुए निकला और अजय

के पास कॉल आया कि मेडम कुछ अच्छी तस्वीरें चाहती हैं। बात पूरी होते होते तय हो गया कि अजय दूसरे दिन की दोपहर उनके निवास पहुँच जाएगा। प्रो. नागर का घर था। वे राजनीति शास्त्र के विद्वान माने जाते थे। मेडम उन्हीं की पत्नी थी। छत पर ही शूट का आयोजन हुआ। उन्होंने अजय से कहा तस्वीरें बेहद उम्दा हों और बोलती तस्वीरें हों। एक बात और ब्लिट्ज के लिए कुछ तस्वीरें खिंचवानी है। तुम वहाँ भी तो भेजते हो। अजय ने सिर हिलाया-जताया और उनसे कहा कि उसमें थोड़ी बोल्ड तस्वीरें छपा करती हैं। वे राजी हो गई। सर्दी खासी थी। वह कनखजूरे सी यहाँ से वहाँ घुसती हुई पसलियों में फंस रही थी। लेकिन मेडम जैसे सर्दी को पटखनी देने की कोशिश में अजय के हर परामर्श को ज्यों का त्यों मान रही थी। छत पर खासे फूलों के गमले थे। और आसपास अनेक लतिकाएं फैलीं थी। उनके कांधे पर शॉल झूल रही थी जिस पर क्रोशिए का किया काम था। वे जब छत पर आईं तभी उन्होंने शेष सभी फूलों की खुशबू को परास्त कर दिया था। कसकर बंधी हुई कोसे की साड़ी और खुले बाल। शुरू में तो अजय उन्हें देखता ही रह गया। लेकिन वह अपने काम के प्रति बेहद प्रतिबद्ध था। लिहाजा, वह अपने फोकस को कभी बिगड़ने नहीं देता था। पहले उसने कहा आपको शॉल हटानी होगी। उन्होंने सहर्ष शॉल हटा दी और अजय को सहज करते हुए कहा जिस तरह की भी तस्वीर उतारनी हो तुम बे-झिझक बताते चलो, वैसा हो जाएगा। दो-चार बार कैमरे से झांककर उसने देखा तस्वीर वैसी नहीं बन रही है, जैसी वह चाहता है तो उसने कहा थोड़ी बोल्ड तस्वीर के लिए आप अपने को तैयार करें। मेडम ने कहा-मैं तो तैयार हूँ, तुम तस्वीरें उतारना शुरू करो और उन्होंने यह कहते हुए अपने ब्लाउज के बटन खोल दिए। हवा ठंडी चल रही थी, लेकिन अजय के कान के लवे गर्म हो गए। उसने देखा कि शफ्फाक बदन झांकने लगा है अपनी संदली खुशबू के साथ। हालांकि वह तस्वीरें उतारता रहता था, लेकिन इस बार शायद बात कुछ और थी। उसके नासपुट 'इंटीमेंट' की गंध से सराबोर थे और सामने था गदराया यौवन! वह जैसे-तैसे कैमरे की लैंस

पर आंखें गड़ाए था, लेकिन आंखें थी कि कभी टकराती, फिसलती तो कभी तृप्त हो जाती। अजय ने एक के बाद एक उनकी अनेक तस्वीरें लीं और वे सहर्ष अपनी अलग-अलग मुद्राओं में अर्द्धनिर्वसित तस्वीरें खिंचवाती रहीं। काम पूरा होते न होते उन्होंने अजय को अपने बाजुओं में खींच लिया और अपने तेज होते स्पन्दन से सटा लिया। अजीब लेकिन आत्मीय साहचर्य था। न अजय मना कर पाया न पूरी तरह से राजी हो पाया। आते समय वे छत का दरवाजा बंद कर आए थे। मेडम एक बड़ी कुर्सी पर बैठी थी। थोड़ी देर तक तो अजय ने 'रेसिस्ट' किया, लेकिन उनकी गर्म श्वास और अचानक हुए प्रणय निवेदन ने अजय की सजगता पर हमला कर दिया। वह जब तक कुछ समझ पाता उसके नासपुट 'इंटीमेट' की गंध से भर गए और वह 'इंटीमेट' हो गया। उसे एक गर्म तस्वीर तो मिली ही अहसास का एक और रिश्ता भी मिल गया। वे पैरों में 'पेन्सिल हील' सेंडिल पहने थी। एक पैर का तो उन्होंने उतार ही रखा था और निंदासी होते-होते दूसरे पैर का भी उतर गया।

अजय लौट गया। उसने वह तस्वीर जो सबसे चित्ताकर्षक थी अखबार को भेज दी। कुछ ही दिनों में तस्वीर छप गई, एक मादक शेर के साथ! मेडम का क्या हुआ, उन्हें ही पता होगा, लेकिन अजय की मित्र मंडली उस पर टूट पड़ी। शायद इसलिए भी कि अजय हमेशा सात्विक भंजनाओं में रहता था। दूसरे युवकों की तरह उछृंखल बातों में उसकी कोई दिलचस्पी नहीं थी। फिर उसकी अनेक प्रशंसिकाएं भी थी। वे सब भी उसे व्यावहारिक शाकाहारी मानती थी। उन्हें अचरज हुआ और इस बात का का भी आश्चर्य हुआ कि मैडम को अपनी तस्वीर छपवाने की क्या सूझी? यदि ऐसा किसी कारणवश, प्रमादवश या कि महत्वाकांक्षावश हुआ भी तो अजय को क्या हुआ? अजय का पहला साबका आशा से हुआ। वजह बिल्कुल साफ थी कि अखबार वहाँ आता था और अजय वहीं रहता था। लिहाजा, सीधे-सीधे आशा ने पूछ लिया 'इस तरह की तस्वीर से क्या होगा?'

– कुछ नहीं! यह मेरा प्रोफेशन है।

– हाँ! प्रोफेशन तो है, लेकिन प्रोफेशन की कोई डिसेंसी भी तो होती है?

– तो उस पर क्या गाज गिर गई? वह अखबार नियमित रूप से एक तस्वीर छापता है। इस बार मेरी तस्वीर का चयन कर लिया गया। इसमें परेशानी क्या है?

– परेशानी? परेशानी यह है कि हुजूर कि आज आपकी सारी नैतिकताएं जीवन के अखबार के आखिरी पन्ने पर छपकर फिक जाएंगी।

– आशा! तुम यह बताओं इसमें तुम्हें सौन्दर्य, कला कहीं नजर नहीं आती।

– तुम सौन्दर्य पर बहस कर रहे हो या सुन्दरता के रसपान पर! यदि सिर्फ ऐसी ही तस्वीरों और स्त्रियों में सौन्दर्य होता है तो अलग से सौन्दर्यशास्त्र नहीं लिखा जाता महज़ चंद खूबसूरत तस्वीरों को छापकर सौन्दर्यशास्त्र पूरा हो जाता।

– देखो! आशा! इस पर झगड़ा करने की जरूरत नहीं है। मैं मानता हूँ कि हर स्त्री सुंदर है, हर बच्चा सुंदर है। लेकिन अखबार सुंदर जिसे मानता है, मानता है, उस पर हम विवाद क्यों कर रहे हैं?

– अरे! अजय तुम क्या समझते हो जो तस्वीर तुमने उतारी वह निर्विकार वस्तुपरक कही जा सकती है। कतई नहीं। उसमें एक अजीब किस्म की हसरत है, जिसे तुमने अपनी कलाकारी से भूख की तरह पेश कर दिया।

...और आशा अंसुआते हुए भीतर के कमरे में चली गई। अजय बाहर जाने के लिए तैयार हो रहा था। मगर ठिठक गया। वह आशा के वाक्यों से पानी से भरी लबालब भी बाल्टी की तरह भकभका गया। वह समझ गया कि आशा ने उसे आइना दिखाया है। उसके भीतर एक साथ दो तरह के भाव थे। एक भाव जो मैडम ने तस्वीरें खिंचवाते हुए व्यक्त किया और दूसरा आशा के कहने के बाद। उसके वाक्यांशों में सिर्फ किए गए काम की आलोचना ही नहीं थी, उसके शब्दों के बीच में अपनेपन का सुई

के काटे सा अहसास था, जिसे अजय की करतूत ने 'फच्च' से जमीन पर गिरा दिया था। हालांकि अजय का उद्देश्य यह नहीं था। वह अपने काम को अंजाम दे रहा था। इसी लोकप्रियता के पीछे ही तो आने वाले कामों की आवृत्ति की संभावनाएं थीं। आशा की कहन से वह ऊहापोह में आ गया कि कहीं उसने कुछ गलत तो नहीं कर दिया। एक बार कुछ इस तरह के भाव उमड़ते तो दूसरी तरफ मैडम के साहचर्य को भुला नहीं पा रहा था। उनका एकाएक उसकी तरफ बांहें फैलाकार बढ़ जाना, फिर उसे कत्थई कुचाग्रों के पास सटा लेना और अपनी कत्थई आंखों पर फैली पलकों को उसके सिर पर झुका देना या कि चूम लेना। वह खुशबू वह सुन्दर तपी-सी-तांबई देह यष्टि रह-रहकर उसकी आंखें के सामने आ जाती। वह कभी उस छत पर पहुँच जाता और शरमाने लगता तो कभी आशा की कहन पर परेशान हो उठता। अजय और आशा के बीच एक भाव-संकुल रेशमी रिश्ता पनप रहा था। आशा उसे अजय से एतबारी में व्यक्त करती और अजय उसकी बातें मानकर! कह कोई कुछ नहीं रहा था, लेकिन कुछ चल रहा था दोनों में। जैसे कहन की बंदिश से वह अहसास कुछ दूर रहना चाहता हो या कि बंधना ही न चाहता हो। इसी के कारण जीवन की रस्म अदायगी और जरूरतें उन्हें दिन-ब-दिन करीब ला रही थी। हालांकि आशा बेहद अध्ययनशील और भावुक थी। उसकी बहुत जरूरतें भी नहीं थी। जितनी थीं उसके घर में पूरी हो जाती थीं। अजय अपेक्षाकृत ज्यादा यथार्थवादी और संकल्पवान युवक था। इसी परस्पर निर्भरता के निर्झर से उनके बीच रिश्ते पल रहे थे। धीरे-धीरे आशा का अजय के कक्ष में आना-जाना भी शुरू हो गया। वह जो पढ़ती उसका जिक्र अजय से करती। अजय भी वक्त निकालता पुस्तक पूरी करने में जुट जाता। फिर कई बार तो ऐसा भी हुआ कि वे घंटों बतियाते रहते। आशा मझौले कद, गेंहुए रंग, सुतवा देह की बौद्धिक लड़की थी। उसकी हंसी में चुम्बकीय आकर्षण था। और इसी हंसी ने अजय को व्याकुल कर दिया था। वह जितनी भी बात करता उसे अपर्याप्त लगती, वह जितनी देर भी उसे निहारता उसे कम लगता। इसलिए वह कोई न कोई बहाना बनाकर

उसका साथ पाने की कोशिश करता रहता। उसे यानी आशा को भी लगता था कि इससे प्रतिबद्ध युवक मिलना मुश्किल है। इसलिए वह उसके हर अवसर को कामयाबी में बदलने के लिए प्रयासरत रहती। उसकी कोशिश सदैव इस बात की रहती कि वह जब भी चाहे आसानी से मिल सके। आशा की दिक्कत यह थी कि वह किताबी दुनिया को यथार्थ में बदलने का सपना पाले रहती और अजय का विश्वास था कि किताब कितने भी खिताब पा चुकी हो ले-देकर महज किताब है। यथार्थ एक अलग धरातल है। यदि फासला खोजा जाए तो उन लोगों में इतना भर फासला था। अन्यथा वे अन्योन्याश्रित थे। मगर यह फासला भी कम नहीं था। वह जिसे और जहाँ पढ़ती उसके लिए वह भी जीवन का अंश होता। वह समझती और मानती भी थी कि समाज का समास हमेशा व्यक्त और सिद्ध होने के लिए है।

आशा लिखे हुए को जीवन से अलग नहीं मानती थी। उसका मानना था कि जीवन से इतर कुछ भी नहीं लिखा जा सकता। भोगा हुआ यथार्थ हो या अपेक्षा का इच्छित संसार सब जीवन के ही हिस्से होते हैं।

आशा जॉन मिल्टन की तरह जानने की स्वतंत्रता, बोलने की आजादी और अंत:करण के अनुसार मुक्तता के साथ तर्क करने की आजादी की पक्षधर थी। लिहाजा परंपरा उसे अच्छी लगती थी, लेकिन उसके विचार की दीवारों में अनेक खिड़कियां थी जिससे उसके पास नई चीजें आती रहती थी। अर्थात नए विचारों का सम्मान करना आशा को आता था। उसकी उपस्थिति में एक आभा थी, पुरसकून खुशी और बेहद रचनात्मक आलोड़न। यही वजह थी कि आशा को जानने और पहचानने वालों में शायद ही कोई था, जो उसकी बारीकियों से अनजान या विरोधी था। अजय भी उसकी वैचारिक बरादरी का मेहमान था। उसे हमेशा लगता कि यदि आशा गौरेया है तो उसे दिल्ली के यमुना पुल के पास दिखना चाहिए और यदि लाफिंग डोट (छोटा फाख्ता) है तो उसे बाग-बगीचे में होना चाहिए। वह घर में क्या कर रही है? उसे लगता कि आशा के पास बैठकर प्रतीती भी संक्रामक हो जाती है। जैसे कबीर की बानी मस्तिष्क की बानी नहीं है, वह हृदय की वीणा की गूंज है, ठीक इसी तरह आशा

का कोई भी कथन मस्तिष्क की जुगाली नहीं हृदय की वीणा की अनुगूंज होता। समझ और अहसास की इसी कीमिया में दोनों करीब आ रहे थे। कुछ ऐसे कि उसकी पदचाप दोनों में से किसी को सुनाई नहीं दे रही थी। दोनों खुदा की अजीब हरकत की तरह आगे बढ़ रहे थे। दोनों को गंतव्य का पता नहीं था, लेकिन सकून था कि इससे कोई रास्ता आगे निकलेगा। वक्त के इसी दौर में अजय ने आशा की अनेक तस्वीरें उतारीं। वे तस्वीरें नहीं क्षण बांधने और पकड़ने की कला का उत्सव थी।

अजय इन्हीं तस्वीरों में आशा की खनक ढूंढता और आशा अपनी उत्त्फुसान भंगिमाओं में व्यक्त होती रहती।

एक सुबह आशा लगभग दौड़ती हुई अजय के कमरे में दाखिल हुई। अजय अपने बिस्तर में लेटा हुआ था। उसकी चाय और भोजन आशा के घर से जुड़ा था। एक तरह से वह उनका 'पेयिंग गेस्ट' था। अजय उठकर बैठ गया। उसने पूछा क्या हुआ?

– एक खुशखबरी है।

– क्या?

– मुझे यहाँ के शासकीय महाविद्यालय में केजुअल पढ़ाने के लिए चिट्ठी आ गई है।

– यानी तुम पढ़ाने जाओगी?

– यस! उसने कहा।

– मुझे भी तुम्हें एक खुशखबरी देनी है।

– क्या?

– मेरी फोटोग्राफी की दुकान की काट तय हो गई। यानी फार्मेलिटी पूरी हो गयी।

दोनों ने प्रसन्नता बांटी फिर साथ ही नाश्ता किया और अपने-अपने काम में लग गए। आज अजय को आकाशवाणी जाना था। वहाँ कोई केसर था, जिसकी तस्वीरों का काम अजय को मिला था। वहाँ पहुँचते ही अजय से अनुराधा टकरा गई। उसने अजय को देखते ही कहा– अरे! अजय! तुम तो ईद का चांद हो गए।

– सचमुच?

– और नहीं तो क्या? इतने दिनों से जो साथी मिले नहीं उसे और क्या कहते है?

अजय उससे बात बढ़ाने के मूड में नहीं था। इसलिए किनारा करना चाह रहा था। लेकिन अनुराधा की आवाज का जादू उसे वलय में लेता जा रहा था। उसने कहा कि वह लौटकर आता है फिर दोनों केन्टीन में बात करते हैं। एसडी के पास पहुँचते ही उसे केसर के फोटोग्राफ के बारे में चिट्ठी मिल गई। लौटकर वह अनुराधा के पास गया। केन्टीन में बैठते ही अनुराधा ने सवालों की झड़ी लगा दी। उसके बोलने में अजीब सी रोशनी लगने लगती। आप चाहे जितना भी उससे खफा हों यदि उसने समझाना शुरू कर दिया तो तर्क से ज्यादा आप उसकी उपस्थिति और कहन पर फिदा हो जाएंगे। यही हाल अजय का भी था। मगर अनुराधा की दिक्कत यह थी कि वह अजय से बात करते हुए अनेक बार संबोधनों का ध्यान नहीं रखती। कभी उसे 'भाई' कह देती। कभी कुछ और! अजय संबोधनों का मुरीद था। उसे लगता था कि यह देश संबोधनों में ही जीता है। देश में आज भी 'काकाजी', 'मामाजी', 'फुफाजी', 'भाभी जी', 'नानी जी', 'दादी जी' जैसे संबोधन जीवित है। यही वजह थी कि वह अपना व्यवहार अनुराधा के प्रति एक सा नहीं रख पाता था।

यहाँ-वहाँ की बातचीत और गप्पों के बाद अजय ने उससे विदा ली। यह और बात है कि वह अजय को छोड़ना नहीं चाह रही थी। अजय के मन में स्थिरता स्थायित्व और प्रेम के बरगदी भाव की बातें गहरा रही थी। उसे लग रहा था कि जैसे जीवन एक जरूरी करवट लेना चाहता है।

इसी स्थायित्व की तलाश ने उसे अपने काम की तरफ मोड़ने में महती भूमिका निभाई। पहले उसने कोशिश की कि घर से स्थायित्व की शुरूआत हो, लेकिन घर बन नहीं पा रहा था। सबके अपने मिजाज और अपनी मान्यताएं थी। ज्यादातर पसंदीदा लोग अजय को अच्छा तो समझते थे, लेकिन आत्मनिर्भर नहीं मानते थे। इन्हीं में से एक परिवार आशा का भी था। हालांकि वे दोनों कई कदम साथ चले थे। हम कदम की तरह।

एक बिछौने से साथ सुबहें भी देखी थी, लेकिन आशा के परिवारियों को अजय की नौकरी अथवा खुद के छोटे-मोटे काम पर एतबार नहीं था। वे चाहते थे कि अजय एक मुकम्मिल व्यवसायी और कम से कम अपने घर का मालिक हो जाए। इस बात से वाकिफ होने के बावजूद न अजय रुक पा रहा था, न आशा ठहर पा रही थी। वे नितांत अपरिचित रास्ते पर बढ़ रहे थे। बिना इस बात की परवाह किए कि इसका कोई मुकाम है भी या नहीं। प्रेम और संवेदना की इस पगडंडी पर चलते हुए वे कब देह धर्म की सीमाएं पार कर गए उन्हें पता भी नहीं चला। लेकिन पारीवारिक स्तर पर बात आगे चली भी नहीं और समाप्त हो गई। आशा में ममत्व जागे उससे पहले ही ममता का गर्भपात हो गया। इसकी सूचना अजय को थी यही वजह थी कि अजय के मन से उसका बिछोह कभी भुलाए नहीं भूला।

टूटन से फिर खड़े होते के दौर में अजय की मुलाकात आकांक्षा से हो गई। इनकी मुलाकात का वाकया भी दिलचस्प है। आकांक्षा उस दौर में गुजराती कॉलेज में बीएससी की छात्रा थी। अजय का स्टुडियो खुल चुका था और युवक-युवतियों में मशहूर भी हो रहा था। आकांक्षा को किसी परीक्षा का कोई फॉर्म भरना था। और फॉर्म के लिए पासपोर्ट साइज तस्वीर की जरूरत थी। आकांक्षा ने अपनी मित्र अंजु से इसका जिक्र किया तो उसने तपाक से कहा इसमें कोई दिक्कत नहीं है। मेरे अजय भैया का स्टुडियो है। वहीं चलते हैं। उस जमाने में तीन पासपोर्ट साइज फोटो के महज़ पांच रुपए लगते थे, लेकिन ये दोनों सहेलियां तस्वीर लेकर 5 रुपए दिए बिना चली गई। अर्सा गुजर गया। अजय जब भी तस्वीरों का हिसाब-किताब देखता उसे बड़ी कोफ्त होती कि शिष्ट-शालीन दिखने वाली लड़कियां भी ऐसा कर सकती हैं। वह सोचता कि चेहरे-मोहरे से ऐसी संकट में भी नहीं लगती थी। वह अजय के संघर्ष का दौर था। इसलिए पांच रुपए मायने भी खलते थे। अनेक बार तस्वीरों के हिसाब में आकांक्षा का नाम आया तो एक दिन अजय ने अपनी मुंह बोली बहन अंजु से कहा कैसी दोस्त है तुम्हारी! तस्वीरों का पेमेन्ट भी नहीं किया। अंजु लज्जित हुई और कह गई कि जल्दी ही क्षमायाचना के साथ भुगतान

हो जाएगा। इस घटना के भी करीब एक पखवाड़े के बाद आकांक्षा और अंजु स्टुडियो पहुँची और क्षमायाचना के साथ भुगतान कर गई। लेकिन चले जाने के भाव से प्रीति पथ के गंतव्य तक पहुँचने की शुरुआत इसी घटना ने कराई थी।

आकांक्षा उजले मन और तन की अत्यंत प्रतिबद्ध लड़की थी। अजय के सम्पर्क के आने के बाद उसकी लय सिर्फ अजय की आवाज सुनकर ही सम पर आती थी। अजय अपने स्थायित्व की आकांक्षा में यहाँ-वहाँ हाथ-पैर मारता एक दिन मस्कत चला गया। वह 'परसुट ऑफ प्रोग्रेस न एन्डलेस' में भरोसा करता था। उसे लगता था कि प्रगति का आसमान, आकाश से भी बड़ा है, लेकिन उसे हासिल किया जाना चाहिए। उसे हासिल किया जा सकता है। इसी संकल्प के साथ बहुत थोड़े से पैसों के सहारे वह मस्कत पहुँच गया। उसके पास कोई और संबल नहीं था, सिवा अपने संकल्प के।

आकांक्षा उन दिनों अपनी माँ के पास इन्दौर में रेडियो कालोनी में रहती थी। माँ की नींद रात को खुलने पर देखती कि आकांक्षा कमरे में नहीं है–बरामदे में खड़ी फोन पर व्यस्त है तो चिढ़ कर डांटती कि आधी रात हो गयी तुम्हारा फोन अभी तक चल रहा है, सोएगी या नहीं सुबह काम पर नहीं जाना है? वह माँ को समझाती, तब तक फोन होल्ड पर रहता, फिर उसी रवानी पर बात शुरू हो जाती, जिस पर हो रही थी।

आकांक्षा बैंक में काम करती थी। वह कभी समय पर नहीं जा पाती। उसकी सहेलियों अर्चना, बबीता, स्मिता को उसका देर से आना चौंकाता। फिर भी वे चीफ मैनेजर को बहाने बनाती रहती और हाजिरी रजिस्टर में उसके साइन कर टाइम भी गलत डाल देती, लेकिन ऐसा कब तक चलता? आखिर एक दिन चीफ मैनेजर ने बुला कर आकांक्षा से पूछा-क्या बात है बेटी पहले तो बहुत प्राम्प्ट थी-आज कल रोज लेट आती हो कोई प्राब्लम है-आकांक्षा क्या बोलती-सर सॉरी अब देर से नहीं आऊँगी कह कर वह अपने कैबिन में आ गयी और मन ही मन अपने आप से तय करने लगी कि अब जब भी अजय का फोन आएगा तो उन्हें समझा दूंगी

कि आप रात को जल्दी फोन कर लिया करो, समय पर बैंक पहुँचना होता है कभी-कभी सोचती मैं नौकरी छोड़कर अजय के पास मस्कत क्यों नहीं चली जाती, कितना अच्छा रहेगा। मैं भी उनके साथ जुमे को कबूस मस्जिद के बगीचे में बैठूंगी, कितना मजा आएगा सोचते-सोचते उसे और टेबल पर सिर रख कर सो गयी। उसकी दोस्त बबीता को चिन्ता हुई कि क्या बात हो गयी? ऐसा चीफ मैनेजर ने क्या कह दिया कि आकांक्षा फिर बाहर नहीं आई है, देखा तो आकांक्षा अपने केबिन में सो रही थी। उन्होंने थपथपाया तो आकांक्षा शर्मिंदा होते हुए बोली कल बस जगी हुई थी जरा सी आँख लग गयी थी। दोनों सामने की कुर्सियों पर बैठ गई।

स्मिता पूँछने लगी आकांक्षा यह बता तेरी शादी हो गई है फिर भी क्या तेरा अभी तक हनीमून चल रहा है। जीजा जी तो मस्कत में है फिर तू रात को क्यों नहीं सोती है? एक महीने से हम लोग देख रहे हैं तेरी आंखें उनींदी -उनींदी सी लगती है। रोज 11 बजे बैंक आती है। हम लोग झूठ बोल-बोल कर चीफ मैनेजर की नजर में गिर गए हैं। बता क्या कारण है? इतने में बबीता बोली ऐसा प्रतीत होता है कि जीजा जी मस्कत में काम में व्यस्त है और हमारी आकांक्षा ने यहीं कहीं और अपने को व्यस्त कर लिया है।

आकांक्षा चीख पड़ी-कमीनी कुत्ती मैं उनकी याद में मरी जा रही हूँ, तू मेरा मन दुखा रही है चल निकल यहाँ से। कहते-कहते आकांक्षा का गला रुन्ध गया, आंखें डबडबा गईं-स्मिता ने बात सम्भाली अरे-अरे तू तो बुरा मान गई-यह तो मजाक कर रही थी। यह कमबख्त क्या जाने जिससे प्यार हो उस दिल के राजकुमार से शादी हो जाए यानी कि उससे मिलने की हसरत हो, तड़प हो और वह मिल जाए फिर कुछ ही दिन में दूर हो जाए कैसा लगता होगा। आकांक्षा को लगा उसके दिल के तार किसी ने छू दिया है और फफक कर रो पड़ी और दूसरी साथी अपराध बोध में ग्रसित सी होकर सोच रही थी कि ऐसा मजाक क्यों कर दिया-वह बार-बार सॉरी बोले जा रही थी। इतने में चीफ मैनेजर भंडारी जी आ गए। केबिन में सन्नाटा छा गया। आकांक्षा का चेहरा आंसुओं से भरा देख

बोले क्या बात है यदि तबियत खराब है तो बताया क्यों नहीं-स्मिता ने बात सम्भाली कि आकांक्षा की तबियत बहुत खराब है। इसलिए हम लोग उसके पास आए थे- भंडारी जी बोले 1 बज गया अभी तक क्लीयरिंग नहीं गई-कहाँ है क्लीयरिंग रजिस्टर। आकांक्षा ने हड़बड़ा कर रजिस्टर उठाया सारे वाउचर ऐसे ही पड़े थे-बोली सर अभी थोड़ी देर में वाउचर देख देती हूँ। नहीं-नहीं बेटी तुम आराम करो। यह दोनों कर लेंगी। तुम चाहो तो घर चली जाओ उसने कहा नहीं सर अब मैं ठीक हूँ। भंडारी जी वाउचर अनीता स्मिता को सौंपकर हिदायत दी कि यह सारे वाउचर चढ़ा कर जल्दी लाओ। क्लीयरिंग लेट हो गयी कह कर भंडारी जी अपने केबिन की आरे बढ़ गए। स्मिता, बबीता, आकांक्षा की ओर देखकर हँस पड़ीं-और बोली तेरा काम भी हम कर दिया करेंगे तू जीजा की याद में तारे गिन कहते हुए रजिस्टर और वाउचर लेकर अपनी सीट पर चली गईं।

आकांक्षा की हालत 'ओंठ जैसे आग गा रही है फाग।' जैसी हो रही थी। इससे अछूता नहीं था अजय! वह एक आसक्त स्थिर प्रेमी था। वह सदैव ऐसी स्त्री की आकांक्षा में था जो उसकी देह ही नहीं मन को भी समा ले। वह उसकी अंगुलियों के पोरों को अपने पोरों में महसूस करे और उसके दुख को अपने हृदय में। अजय मस्कत तो पहुँच गया लेकिन अपना मन आकांक्षा के पास छोड़ गया।

आज अजय 11 बजे सो कर उठा जब हाउस कीपिंग वाले ने बार-बार घंटी बजाई, उठ कर गेट खोला वेटर समझ गया। सॉरी सर, आप सो रहे थे-नहीं-नहीं बातएं नहीं लेकिन तुम थोड़ी देर में आना कह गेट और घड़ी देखी 11 बज रहे थे। वह सोचने लगा रात आकांक्षा को याद कर वह पूरी रात नहीं सोया था। वह रोज रात आकांक्षा को लम्बी सी चिट्ठी लिखता जिसमें प्यार के इजहार के अलावा रोज की दास्तान कि क्या काम किया, क्या खाया, क्या देखा। विस्तार से बयां किए रहते। वह चिट्ठी क्या घटनाओं के अलावा मन के भावों का अक्षाशः प्रकटीकरण होता।

अजय का सम्पूर्ण चरित्र अब्दुल रहीम खानखाना के साथी की तरह था। वह साथी अपनी प्रियतमा के पास गया तो यकीनन छह महीने तक

लौटा ही नहीं। लौटा तो इस भय के साथ कि उसे कठोर सजा मिलेगी, लेकिन उसकी प्रियतमा कवयित्री थी। उसने जाते समय अपने नेहकवच के साथ उसे वे पंक्तियां भी दी थी। इसे बरवै छंद कहते हैं। उन पंक्तियों को या कि बरवै छंद को उसने सबके सामने पढ़ा। इसपर रहीम मुग्ध हो गए। उसकी सजा तो माफ हो ही गई निरंतर काम के साथ पुरस्कार भी मिला। अजय भी संवेदना के संप्रेषण को जीवन की अनिवार्य वस्तु मानता था। उसे लगता था कि जो कुछ भी जिस अर्थ में घट रहा है उसे वैसा ही यथावत और अविकल बनाया जाना चाहिए। अर्थात् जिसे आप चाहें। उसमें किसी तरह की कतरब्योंत अपको अच्छा प्रियजन होने से दूर कर देती है। वह स्त्री हो या पुरुष! घटना का वर्णन ही पर्याप्त नहीं है, वहाँ के वातावरण, स्थितियां और घटना ये सभी तो सुनने वलों को उससे जोड़ते है। इसी पर वे अपने लेगों को सुझाव भी देते हैं। इसलिए भी कि मनुष्य की केन्द्रीभूत सत्ता उसकी भावुक मान्यताओं में होती है। यही वजह है कि अजय भी अपनी एक-एक बात आकांक्षा को बताने में उत्सुक रहता। इसलिए उसके लिखे खत में पूरा चित्रण होता। याद की त्रिज्याएं होतीं। लबालब अहसास वह भी, छलकता हुआ। वैसे वह रोज ही कुछ न कुछ लिखता था। इसी वजह से आकांक्षा को भी मस्कत के वातावरण और वहाँ के लोगों की अनेक बातें मालूम हो गई थी। वस्तुतः मस्कत सल्तनत ओमान की राजधानी है। जब अजय वहाँ पहुँचा वह खुद भी मस्कत के बारे में ज्यादा कुछ नहीं जानता था। मगर हिम्मत और हौसले से उड़ान तय करने वाले अजय ने अपने सपने की डगर पर चलना शुरू कर दिया। मस्कत में अनेक भारतीय कंपनियाँ है और सैंकड़ों हमारे कामगार भाई भी। एयरपोर्ट से निकल कर अजय ने टैक्सी पकड़ी-टैक्सी वाला एक बलूची था। थोड़ी-थोड़ी हिन्दी, अंग्रेजी और अरबी फर्राटे से बोलता था। अजय ने उससे कहा कहीं अच्छे होटल में ले चलो। वह उसे रूई होटल छोड़ गया। अजय ने चेक-इन के बाद रूम रेन्ट पता किया तो मालूम हुआ 300 डालर प्रतिदिन अजय के होश उड़ गए। अजय को अपनी गलती का एहसास हुआ कि उसने टैक्सी वाले को सिर्फ होटल कहा था। लिहाजा वह उसे 5

स्टार होटल में छोड़ गया। हालांकि अजय का होटल से तात्पर्य रीजनेबल होटल से था। चिन्ता उस बात की थी कि उसके पास कुल 3000 डालर थे। उसमें से 1000 डालर तो एक दिन में खर्च हो गए।

उस समय विदेश ट्रेवल करने के लिए सिर्फ 4000 डालर ले जा सकते थे। अजय तीन हजार डालर लिये विदेश निकल पड़ा। नया देश, नई भाषा अनजान रास्ते और दिवा स्वप्न। लेकिन अजय में कुछ कर गुजरने की ललक, अदम्य साहस और अनथक आकांक्षा थी। उसने यहाँ आने से पहले कुछ नहीं सोचा। इतना भी नहीं कि कहां से खर्चे का इंतजाम होगा? भाषा नहीं आती कैसे काम चलेगा। सिर्फ एक सोच थी देखा जाएगा। शायद नियति ही उसे ले आई थी। खैर, दूसरे दिन उसने वह होटल चेक आउट कर दिया। अरबी न आने से बहुत परेशानी थी। जैसे तैसे उससे छोटे अल्फलाज में चेक इन किया वह थ्री स्टार था। उसका किराया 150 डालर प्रतिदिन था। वहाँ हमारे देश जैसे छोटे-छोटे गेस्ट हाउस हैं ही नहीं या तो 5 स्टार, 3 स्टार या ठेठ अरबी हैं और उनमें रूम फोन, फैक्स आदि की सुविधा नहीं होती है। अत: अल्फलाज में ही ठहरना उचित लगा। इसके रूम रूई होटल से कमतर नहीं थे। स्टार कम हो रूम रेन्ट ही कम नहीं होता, खाना, ब्रेकफास्ट, फोन, लाँड्री टैक्सी सभी की दर कम हो जाती है। अजय को कुछ राहत मिली। वहाँ रिसेप्शन पर एक मैनेजर था बाबू राव! वह भारतीय था और हिन्दी-अंग्रेजी बोलता था। यह भी राहत की बात थी। अजय का पासपोर्ट रिसेप्शन पर जमा कर लिया गया। होटल में एन्ट्री कर अजय कमरे में आ गया। दिन का एक बज गया था। यहाँ दोपहर 12 से सारी दुकाने प्रतिष्ठान, ऑफिस, बाजार बन्द हो जाते है। इसलिए कि गर्मी 48 से 50 डिग्री रहती है। इसलिए सब जगह सन्नाटा पसरा हुआ था। अजय के लिए एक नया अनुभव था। अपने देश में शोर-शराबा और भीड़-भाड़ लेकिन यहाँ का नजारा ही अलग था। जैसे कर्फ्यू लग गया हो। कमरे में आकर टीवी खोला, सारे चैनल पर अरबी प्रोग्राम या समाचार चल रहे थे। सिर्फ डिसकवरी चैनल अंग्रेजी में आ रहा था। वह उसे देखते-देखते सो गया।

करीब शाम 5 बजे अजय की नींद खुली। उसने उठ कर चाय बनाई। मनुष्य जब घर या अपनों से दूर रहता है तो वे लोग उसे लगातार याद आते रहते है। सिर्फ वे ही नहीं जिन्हें वह मिला या जिया होता है, वे राते, वे पेड़ यहाँ तक कि वे मकानात जिनके पास से कभी गुजरने का मौका मिला था, स्मृति में घुमड़ते रहते हैं। यद्यपि मस्कत आए अजय को बहुत समय नहीं हुआ था, फिर भी उसे इंदौर की सड़कें और दोस्त बेइंतहा याद आने लगे। आकाशवाणी की अनुराधा और खासतौर पर आशा। और भी अनेक। वह सोचने लगा कहीं अति महत्वाकांक्षा में उसने गलती तो नहीं की। कहने में याद अमूर्त लगती है, लेकिन होती नहीं। उसका भी चेहरा होता है और शख्स की तरह बदन भी। सिर्फ उसमें हरारत का तापमान नहीं होता। अनुराधा आकाशवाणी के पास ही रहती थी। आती भी खूब, बतियाती भी खूब। आवाज तो उसकी माशाअल्ला! थी ही। एक दिन ऐसे ही बतियाते-हंसते अजय को संदेशा मिला कि उसे 'युवक संगम' कार्यक्रम पेश करना होगा। उसकी खुशी तब समा नहीं रही थी। शायद इसलिए कि वह सिर्फ फोटोग्राफर नहीं रह गया था। वहाँ का मान्य लेखक या रचनाकार भी हो गया था। यह वह दौर था जब मालवे के बड़े-से-बड़े लेखक आकाशवाणी में रचनाएं पढ़ते थे। इस कार्यक्रम के हाथ लग जाने पर उसने भी अपनी पीठ थपथपाई और अपने स्टूडियो के लिए चल पड़ा। एक असमाप्त गुनगुनाहट लिए।

स्टूडियों पर सुरभि बैठी थी प्रतीक्षारत! उसे देखते ही अजय चौंक गया। पहला सवाल सुरभि ने ही दागा। कहाँ से आ रही है सवारी? उसने कहा आकाशवाणी से फिर साथी की ओर मुखातिब होकर पूछा कि मेडम को चाय वगैरह के लिए पूछा या नहीं। जवाब सुरभि ने दिया कि तुम्हें छोड़कर शेष सभी पर्याप्त चिंता करते हैं। अजय ने विषयांतर करते पूछा तुम जयपुर से कब आई?

– क्यों? बिना सूचना दिए आना तुम्हें अच्छा नहीं लगा।
– अरे! नहीं-नहीं तुम्हारा आना सदैव अच्छा और प्रीतिकर लगता है। ज्यादा पढ़ने-पढ़ाने वालों को वक्त कहाँ मिलता है? अजय ने अपनी बात को पैबंद लगाते हुए कहा।

– बात यह है महाराज! कि बिना सूचना दिए इसलिए आ टपकी कि देख सकूं कि चल क्या रहा है? और कितनी गर्ल फ्रेन्ड्स बना डाली? यानी उन्हें झांसे में ले लिया है। जबसे आई हूं मात्र एक को ही देख पाई हूँ। उसके वाक्य के खत्म होते ही अजय चकित-सा उसका मुँह देखता रहा गया। उसने पूछा कौन आई थी?

उसने कहा-मुझे क्यों बताना चाहिए। फिर भी तुम एक काम करो अजय अपनी सभी महिला मित्रों के नाम बताओ उसमें से मैं बता दूंगी कि कौन आई थी। अजय के लिए मुश्किल हो रहा था तो उसने अपने साथी को आवाज लगाकर पूछा कि कौन आया था? उसने बताया कि सुमन मेडम आई थीं। कह गई कि आप जब आ जाएं फोन कर लें। अच्छा ठीक है कहकर अजय फिर सुरभि की ओर मुखातिब हो गया। उसने भी मुस्कराते हुए सवाल उछाल दिया कि अजय! यह बताओ कि तुम्हारी महिला मित्रों की सूची साल-दर-साल बढ़ती ही क्यों रहती है? तुम्हें पुरुष दोस्त मिलते नहीं या तुम बनाते नहीं।

सुरभि! तुम्हारी पहली बात का जवाब तो यह है कि मैं शहर का सबसे ज्यादा प्रकाशित होने वाला फोटोग्राफर हूँ। आप मुझे शहर का नंबर एक फोटोग्राफर कह सकती है। ऐसे में दोस्ती होना स्वाभाविक है। और मुझे लगता है स्त्रियां भाषा की तरह होती है उन्हें सीखने में समय लगता है, लेकिन वे आपको जल्दी पढ़ लेती है। यही वजह है कि वे सबकी दोस्त नहीं हो पाती। वे बड़ी जल्दी भांप जाती है कि आदमी के मन में चल क्या रहा है? वह शब्द और वाक्यों पर ध्यान भी दे पा रहा है या नहीं अथवा वह अपनी मनछवि के अर्थ खंगालते, टटोलने में लगा है। बहरहाल, तुम यह बताओ कि इंदौर में कितने दिन का मुकाम है।

इस सवाल की वजह? सुरभि ने थोड़ा गुस्सा दिखाते हुए कहा। नहीं-नहीं! मैं तो वैसे ही पूछ रहा था। वैसे ही पूछ रहे थे या अपनी पोल खुलने से डर रहे थे। अरे! भाई! अब अजय पूरी तरह सुरभि से मुखातिब हो गया। तुम्हीं बताओ! तुम तो लड़की भी हो। क्या लड़कियां खराब होती है? क्या लड़कियों से दोस्ती नहीं करनी चाहिए। इस पर सुरभि ने

कहा- अरे-रे! मैंने ऐसा तो नहीं कहा। मैंने सिर्फ इतना इंगित करने की कोशिश की कि मैत्री-वैसे ही एक बड़ा प्रहसन है, वह किसी को भी और कहीं भी हो सकती है। लेकिन तुम्हारी मैत्री की सूची में लड़कियों के नाम अधिक है।

– ऐसा न कहो वरना मेरे पुरुष मित्र बुरा मान जाएंगे। वे बेचारे मेरी सूची में बरसों से है। कुछ चाहते भी नहीं सिवा इसके कि जीवन में मैं कुछ कर पाऊँ। सार्थक और जरूरी।

– खैर! इस विवाद को छोड़ो! तुम तो सुमन के बारे में बताओ।

उसका सवाल दोनों के बीच की घनिष्ठता को तो व्यक्त कर ही रहा था। एक अजीब सी ईर्ष्या की ओर भी संकेत कर रहा था। अजय ने बताया भी कि उसका एक भाई मोनू है और एक बड़ी बहन है संध्या, वह माँ के साथ रहती है। सुरभि की दिलचस्पी सुमन की पृष्ठभूमि पारिवारिक बातें सुनने में नहीं थी। उसने उसे स्टूडियों में आते-जाते देखा था। वह पूरी की पूरी वर्णमाला थी। उसकी देह में ओज था, कांति थी, बदलाहट थी। उजली देह में उसका पूरा जिस्म इंसानी मुहब्बत की चुपचाप की गई घोषणा थी। रतीली देह में सृजन की पायजेब झनकाती जब वह स्टूडियो से उतरकर गई तो एक बार सुरभि भी स्तब्ध रह गई। उसका आना और जाना सिर्फ घटना नहीं था। एक मुकम्मल गजल के जरूरी तराने के खामोश हो जाने के मानिंद था। उसकी घनेरी पलकें और लंबे सीधे नितंबों तक फैले केश किसी को भी उसकी तरफ रुककर देखने को बाध्य करते। लिहाजा, सुरभि का परेशान होना लाजिमी था और वह जो कुछ भी पूछ रही थी। उसकी स्मित मुस्कराहट के पीछे स्त्री-सुलभ शंकाएं थीं, जिन्हें वह मूंगफली के छिलके की तरह एक के बाद एक अजय के सामने खोल रही थी। उसका मन धड़क रहा था कि कहीं अजय कुछ और न बता दे। वैसे सुरभि वणिक परिवार की लड़की थी, लेकिन उसके विचार पुरातनपंथी नहीं थे। वह जीवन को आज में देखती और जीती थी। इसलिए यकायक पूर्वग्रही नहीं हो जाती थी। मगर सुमन को देखकर वह भीतर तक हिल गई थी। मन ही मन उसे लगा

कि ऐसी तन्वंगी अजय तो क्या किसी को भी अपने बने-बनाए उसूलों से डिगा सकती है। नख-शिख वह प्रेम-वंचना थी, अनंत नेह-कवचों की प्रतीक्षारत, लकदक और लवणीय।

थोड़ा रुकते और झिझकते हुए अजय ने ही बताया कि सुमन की माँ की इच्छा है कि हम लोग विवाह कर ले। उसकी बात सुनते ही सुरभि उछल पड़ी। खुशी से नहीं अचरज से! अरे! ऐसे कैसे! सिर्फ सुंदर होने से ही कुछ नहीं होता। वे लोग कौन है? तुम्हें कबसे जानते हैं? पारिवारिक पृष्ठभूमि क्या है? और-और फिर तुम आकांक्षा को क्या कहोगे? उसे भी तो तुम...। चूंकि सुरभि अजय की ज्यादातर बातों को जानती थी इसलिए उसे और आश्चर्य हुआ कि अजय अब अपनी प्रतिबद्धताओं को भी कपड़ों की तरह बदलने लगा है। यद्यपि उसकी अजय के प्रति मैत्री और नैकट्य का एक बड़ा कारण अजय की सात्विक जीवनचर्या और प्रतिबद्धता थी। इसलिए उसके बदलने की बात अथवा सांकेतिक विचार मात्र ने उसे हैरान कर दिया। उसे लगा कि वह जिस अजय को जानती थी, यह वह नहीं है। उसे लगा कि सबसे भयानक बात शायद यही है कि शब्द का अर्थ सिर्फ शब्द होते हैं। अजय के शब्द या कि शब्द संज्ञाओं को लेकर उसके मन में अनेक आरोह-अवरोह उठ रहे थे। उसे झूंझ उठ रही थी कि अब तक वह अजय को ठीक से पहचान ही नहीं पाई।

अजय, सुरभि के चेहरे पर आने और जाने वाले ज्वार भाटों पर निगाह रखे था। थोड़ी देर में ही सुरभि की पलकें भींग गई। इस पर अजय की नजर पड़ गई। उसने कहा-अरे! सुरभि! तुम्हें क्या हो गया? तुम्हें पसंद नहीं तो कोई और बात करते हैं। मेरा अभिप्राय वह नहीं था जो तुमने समझा। न मैं रमणियों में प्रेम का विश्वास खोजता हूँ और न ही याचक बनकर यहाँ-वहाँ प्रेम-भिक्षा की गुहार लगाता फिरता हूँ। मैं जैसा था वैसा ही हूँ। उसके ऐसा कहते ही सुरभि ने उसे थोड़ा दूर बैठने के लिए इशारा किया और फट पड़ी जैसे वेदना फटती है।

'तुम कैसे कह सकते हो कि तुम आज भी वैसे ही हो जैसे कभी थे। ऐसा कहते हुए तुम्हें लज्जा नहीं आती।'

'लज्जा का प्रश्न ही नहीं। मैं वैचारिक रूप से जो मानता था, वही मानता हूँ। जिसे जो संबोधन दे दिया, उस पर कायम रहता हूँ।'

'तुम जानते भी हो अजय! जिस समाज में परिवार और रिश्ते विघटित हो रहे हैं, जहाँ सिर्फ टूटन की गूंज सुनाई पड़ती है, वहाँ संबोधनों की क्या बिसात? संबोधन तो रिश्ते का ही बोलता सितार होता है। वह कोई अलग चीज नहीं, जिसके पक्ष में खड़े होकर तुम अकड़ दिखा रहे हो।'

'नहीं-नहीं सुरभि! मेरी बातों में तुम्हें अकड़ दिखाई दे रही है तो मैं दुर्भाग्यशाली हूँ। मेरा मतलब कुल इतना है कि मैं मुहब्बत को तिजारत नहीं मानता। इसलिए लड़कियों को भी 'कमोडिटी' नहीं मानता मैं यकीन करता हूँ कि उनमें भी मन होता है और वे उससे ही संचालित होती है। इसलिए उन्हें रेशमी संज्ञाओं से लुभाने की आदमी की फितरत की मैं निंदा करता हूँ।'

- ऐसे में तुम सुमन के साथ को कैसे जस्टिफाई कर पाओगे?
- इसमें जस्टिफाई करने जैसी कोई बात ही नहीं है। वह बिल्कुल साफ सोच की लड़की है। उसमें कहीं गफलत नहीं है। उसे मेरा साथ पसंद है, समय व्यतीत करना पसंद है।
- कमाल करते हो तुम अजय! साथ पसंद होने का आशय क्या है? वह तुमसे मन की सरिता की लहरों को बांधने का कह रही है। चिड़िया के सोचने से आकाश उसका नहीं हो पाता तो फिर वह उसमें ही साहचर्य खोजने लगती है। निकटता के अपने गुण-दोष होते हैं। वह तुम्हारी सैद्धांतिकी के अनुसार नहीं धड़कती। यदि एक पर्याप्त दूरी है तो दूरी बहुत देर तक दिल में किसी चेहरे को रखे, ऐसा होता नहीं। वरना लोग साहचर्य खोजते ही क्यों?
- सुरभि! तुम्हारा मतलब यह है कि दूर हो गए तो बात खत्म हो गई।
- हां! और नहीं तो क्या? चाहे सुनने में यह बात थोड़ी प्रेक्टिकल लगे, मगर यह सच है वरना लोग ये क्यों कहते कि 'दूर हो गया तो दिल से क्यों नहीं जाता' क्या यह सच नहीं कि संबोधनों की

ढेर सारी रेवड़ियां तुम भी बांट चुके हो और दूसरों ने भी तुम्हें खूब खिलाई है। क्या इसी का नतीजा कभी तुमने भुगता नहीं?

– क्या बेकार की बात करने लगी हो। अजय का स्वर थोड़ा तीखा हो गया। क्या भुगत लिया? यह कहते ही अजय गहरे में कहीं खो गया। थोड़ी देर निस्तब्धता छाई रही। फिर उस नीरवता को सुरभि ने ही तोड़ा।

अरे! अजय तुम समझ नहीं रहे या समझना नहीं चाह रहे। जीवन उतना आसान नहीं जितना दिखता या लगता है। निकटता सिर्फ एकाकीपन को भरती है। वह एक ऐसी मादक मस्ती है जो अपने आवर्तन में खुद ही मांदल बजा लेती है। जैसा तुम्हारे और मेरे मामले में हुआ। फिर आशा को लेकर भी तुम इतने ही अभिभूत थे जितने मुझे या किसी और को लेकर। यह और बात है कि तुम सिर्फ देह नहीं खोज रहे थे, लेकिन जो खोजा वह मिला या नहीं यह तो तुम ही बता सकते हो, लेकिन यह बात मैं जोर देकर कह रही हूँ कि ऐसा बार-बार होना एकदिन तुम्हारी नजर में भी गलती ही रहेगा। और न तुम्हारे चाहने वालों की। निकटताजन्य दोष एकाध बार हो सकता है। उस समय की तपिश मन की गुनगुनाहट, तन की रुनझुन और स्त्री गंध शायद एकाध बार आपको समझने न दे, लेकिन याद रखना होगा कि एकांत और निकटता के लिए क्या कुछ नहीं किया गया। तुमने भी किया। वह जो प्रेम की हरी-बिछली घास थी उस पर एकाएक नहीं चला गया।

अजय को लगा कि सुरभि कह तो सही रही है। उसे भी उसके उठाए कदम याद आने लगे और एकाएक उसकी खीझ बढ़ गई। उसे लगा कि वह करीब तो पहुँचा शायद वहाँ नहीं पहुँचा जहाँ वह पहुँचना चाहता था। उसकी चाहत सदैव एक वायवीय किस्म की मुहब्बत में थी। लेकिन बिना देह से टकराये आगे जाने का मार्ग नहीं था। देह उसका लक्ष्य भले नहीं रही हो लेकिन वह मार्ग से गंतव्य में बड़ी जल्दी बदल जाती है। वैसे ही

जैसे कहते हैं 'न मैं तलाश करूं तुममे, जो नहीं हो तुम न तुम तलाश करो मुझमे जो नहीं हूँ मैं' अजय अपने विचार मार्गों से आगे लड़खड़ाता बढ़ रहा था कि एकाएक उसके कमरे की घण्टी बजी। अजय की नींद टूटी उसने बिछौने से ही कहा-'कम इन'। इस ध्वनि के गूंजते ही थोड़ी देर पदचाप होती रही फिर देखा तो सामने होटल का मैनेजर खड़ा था बाबूराव।

बाबू राव बोला अजय जी! चीफ मैनेजर कई बार पेमेन्ट के लिए कह चुके हैं। थोड़ा पेमेन्ट करवा दीजिए। अजय को इस होटल में आये एक माह 10 दिन हो चुके थे। होटल में ही खाना, फेक्स, फोन, टैक्सी, लॉन्ड्री यानी कि सब कुछ उधार चल रहा था। इसलिए कि अजय के पास तो पहला होटल चेक आउट करने पर कुछ बचा ही नहीं था। अजय चेहरे पर मुस्कान लाकर पूरे कान्फीडेंस से बोला बाबू राव जी-मैं एक बिजनेसमैन हूँ। बड़ी कम्पनी का मालिक हूँ। मुझे तो महीने दो महीने यहाँ रहना है। पैसा इन्डिया से ट्रांसफर हो जाएगा। आप जीएम साहब को बता देना। बाबूराव संतुष्ट होकर चला गया। उसके बाद अजय चिन्ता में डूब गया। सोचने लगा-इतना पैसा कहाँ से लाऊँगा होटल का बिल रोज उम्र की तरह बढ़ता जा रहा था। उसके पास केश था नहीं। इसलिए वह होटल की टैक्सी, फैक्स, लाँड्री इस्तेमाल करने के लिए मजबूर था। बाजार रेट से 6-7 गुना ज्यादा खर्च करना होता था। होटल का बिल दिन दूना रात चौगुना बढ़ रहा था। जहाँ बाजार की टैक्सी 8 रियाल लेती थी वहीं यहाँ 40 रियाल देने होते। इसी तरह दूसरी चीजों में अंतर था। मस्कत में अजय की दिनचर्या एक जैसी थी। वह ओमान की बिजनेस डायरेक्टरी उठा कर कम्पनियों को फोन करता, जहाँ से भी उम्मीद की किरण दिखती टैक्सी लेकर जाता-प्रपोजल समझाता। यह सब भी आसान नहीं था। उसे कई तरह के प्रश्नों से जूझना होता था फिर भी वह उन्हें राजी नहीं कर पा रहा था। जहाँ भी जाता वहाँ से उसे निराशा ही हाथ लगती। वे लोग पूछते कि मस्कत में कन्सट्रक्शन का लायसेन्स है? मशीनरी कितनी है, लेबर की स्थिति क्या है? अजय के पास इन सवालों के माकूल जवाब नहीं थे।

शायद इसलिए कि अजय हौसले से उड़ान भरता रहा और उसके एतबार की हद तक उसे कामयाबी भी मिली। इसलिए उसके मन में गहरे कहीं बैठ गया था कि अवसर अपने दरवाजे खुद नहीं खोलता, उन्हें खटखटाकर खुलवाया जाता है। विजय का अप्रतिम भाव उसमें विद्यमान था और उसे रोज निराशा का सामना करना पड़ रहा था। उसकी व्यापार की कोई तैयारी नहीं थी। इसमें सबसे जरूरी तैयारी तो धन होती है और उसका संकट अजय के पास था। न वह मस्कत वालों को समझा पा रहा था और न अपने भीतर के जज्बे को। वह समझ गया कि इस तरह तीन सितारा में शेख की मानिंद काम खोजने या कि व्यापार शुरू करने में मदद नहीं मिलेगी, उल्टे वह रोज-ब-रोज कर्ज के बोझ में दबता चला जाएगा। काम न चल पाने का बोझ, होटल का बढ़ता बिल और कहीं से कुछ न हो पाने का मलाल इस सबने अजय से उसकी मस्ती और नींद छीन ली। वह सोचने लगा कि कैसे भारतीय मुद्रा में करीब डेढ़ लाख रुपए का बिल वह चुकाएगा? चिंता से जुड़े ऐसे अनेक सवाल उसे कुतर रहे थे। चिंता में विचार विश्वास की नहीं अन्धविश्वास की जमीन से उठते हैं। लिहाजा, वे डरावने भी होते हैं। एक लालटेन थी अजय के पास अपना भरोसा, लेकिन उसकी मद्धिम लौ में अपरिचित देश के लिपटाते अंधेरे-सन्नाटे से जूझना उसे भारी लगने लगा। मगर वह होटल वालों को जैसे-तैसे आश्वासन देता जा रहा था। अपने फेफड़ों में आती नई हवाओं और लक्ष्य के प्रति पैनी निगाह टिकाए हुए।

होटल से हफ्ते में एक बार बिल चुकाने का तकाजा आ ही जाता था। एक दिन दोपहर 3 बजे घंटी बजी बाहर से आवाज आयी 'मे आई कम इन सर' आवाज बाबूराव की थी। 'यस-यस कम इन' राव आते ही सोफे पर पसर गया। अजय को लगा अब वह बिल का तकाजा करेगा। लेकिन इस बार वह तकाजा करने नहीं आया था उसने कहा-ड्यूटी खत्म हो गई। मन में आया आप रूम में ही हैं-आपके हालचाल लेता चलूं। हाँ!-हाँ! क्यों नहीं मैं तो अकेला बोर हो जाता हूँ और अपने देश का कोई मिल जाए तो मजा बढ़ जाता है। इस पर राव खुश हो गया और बे-तकल्लुफ होकर

हंसने लगा। बोला बाबू जी! एक रिक्वेस्ट करूँ मानेंगे-जरूर बोलो क्या बात है? अजय को लगा जरूर पेमेन्ट की बात होगी, उसका चेहरा थोड़ा चिन्तामग्न हो गया। बाबू राव चेहरे पर विनय भाव लाते हुए कहा-'साहब मेरा हैदराबाद में समधि है, इस समय बेरोजगार है। कन्सट्रक्शन काम जानता है। उसे आप अपनी मस्कत की कम्पनी में नौकरी दे दे तो बड़ी कृपा होगी और आप जो रेट निकालोगे वह पूरा पैसा यहीं दे दूंगा। अजय के चेहरे से चिन्ताओं की रेखाएं मिट गई। उसे खुशी हुई कि राव तकाजा करने नहीं आया मगर उसे कुतुहल हुआ कि राव कौन से पेमेंट देने की बात कर रहा है? अजय ने बात साफ करने की गरज से कहा। अरे! राव साहब तुम्हारे साढू को नौकरी देने के लिए आप मुझे पैसे देंगे। ऐसा नहीं होता। हमें उसे वेतन देना होगा। वैसे आप क्या कहना चाह रहे थे। मैं समझा नहीं आपकी बात-बाबू राव ने बेहद शिष्टता से बताया। यहाँ जो भी लेबर, इंजीनियरिंग में आता है या यों कहें 5000-6000 रुपये कमाने वाली (मेड) भी आती है तो उसे कम्पनी मालिक को ऐजेन्ट को बीजा के लिए कम से कम 15-20 हजार तो देने ही होते है वरना यहाँ रोजगार नहीं मिल पाता। अजय को बहुत आश्चर्य हुआ वह पूछने लगा राव यह बताइये यदि यह लोग पैसे न दें तो कम्पनी को लेबर कहाँ से मिलेंगे। जब लेवर ही नहीं तो कन्सट्रक्शन कैसे कराएगी कम्पनियाँ? अपने देश में बहुत गरीबी और बेरोजगारी है।

अजय को यह सब सुनकर आश्चर्य हुआ उसने पूछा यदि ये लोग इतना पैसा न दे पाएं और लेबर न मिले तो पूरा काम ही ठप्प हो जाएगा। सारा कन्सट्रक्शन धरा रह जाएगा। बात तो ठीक कहते हैं साहब! लेबर की बड़ी समस्या है यहाँ। काम बहुत है, मगर लोग मिल नहीं पाते। अपने देश में तो बड़ी गरीबी है। वहाँ से लोग ज्यादा पैसा कमाने के चक्कर में ऐजेंटों के यहाँ लाइन लगाए खड़े रहते हैं। कहीं से कुछ बेचा या उधार लिया और फिर या तो यहाँ या खाड़ी देशों की तरफ रुख कर लेते हैं। मुंबई में आज हजारों कामगारों को एजेन्टों के पास कतारबद्ध चिरौरी करते देख सकते हैं।

अजय, बाबूराव की बातचीत से पूरा खेल समझ गया। बातों ही बातों में उसे व्यापार की नई दिशा और उसमें लटकते झूमर और कंगूरे दिखाई दिए। पलकें झपकाकर उसने इस विचार का भी अभिवादन किया। और बाबूराव का भी। उसने बाबूराव को इस आश्वासन के साथ रुखसत किया कि उसकी कंपनी खुलते ही वह उसके साढ़ू को जरूर बुलवा लेगा। इतना ही अजय ने कहा बाबूराव जी आपको इसके लिए अलग से कोई पैसे भी नहीं देने होंगे। बाबूराव प्रसन्नतापूर्वक कृतज्ञता जाहिर करते हुए चला गया।

उसके जाते ही अजय का मन वसंतोत्सव की तरह हो गया। उसे जीवन की नई चाभी मिल गई। रोज दर्द की धूप ही खा रहा था अजय! उसे फिर से जीवन जीने की कीमिया मिल गई। वह रोज अब तक 'खलीज टाइम्स' और 'ओमान टाइम्स' में कंस्ट्रक्शन कंपनियों के विज्ञापन अथवा सरकारी टेंडर देखा करता लेकिन अब से वह रोजगार वाले विज्ञापनों पर भी नजर रखेगा। यहां तक तो ठीक मगर काम शुरू कैसे किया जाए? इसे एकाएक याद आया कि उसका दोस्त मुंबई में ही रहता है। उसका नाम था आगारजा! वह खाड़ी देशों के लिए लोगों को रोजगार दिलाने का काम करता था। उसके पास बाजाप्ता इस काम के लिए भारत सरकार का सर्टिफिकेट भी था। आगा का दफ्तर मोहम्मद अली रोड़ पर था। अजय ने आनन-फानन उससे संपर्क किया। विस्तार से सारी बात बताई। आगा काम ही यही करता था, लिहाजा राजी हो गया।

आगा की इस इमदाद ने अजय के लिए नए अरुणोदय का आगाज कर दिया। अब वह किसी चिड़िया की तरह व्यापार की इस नई नदी में चोंच मारकर अपने हिस्से के मोती खोजने की चाल में लग गया। कई घंटे खपाकर उसने एक विज्ञापन तैयार किया। उसमें उल्लेख था कि इंडिया से एक बड़ा एजेंट आया है। उसमें सारी केटेगरी को सविस्तार समझाया गया। करीब आधे पेज का विज्ञापन बनाया था अजय ने। वह इसे जुमेरात पर 'खलीज टाइम्स' में छपवाना चाहता था। विज्ञापन का मजमून जैसे ही कस्टमर केयर सर्विस पर पहुंचा, थोड़ी देर में बाबूराव इनवाइस लेकर अजय के कमरे में दाखिल हो गया। उन्होंने पूरी गर्मजोशी और अजय

की तरफदारी में कहा–भाईजान! इतना बड़ा विज्ञापन 'खलीज टाइम्स' में कम से कम 5 हजार रियाल का होगा। क्यों न आप इसे ओमान टाइम्स में छपवा ले। इससे खर्च कम हो जाएगा। अजय ने कहा नहीं बाबूराव जी इसे खलीज टाइम्स में ही छपना है। उसे मालूम था कि खाड़ी देशों में खलीज टाइम्स की प्रतिष्ठा सर्वाधिक है। इसमें पैसे तो ज्यादा लगेंगे लेकिन रिस्पांस सबसे ज्यादा होगा। अजय ने बाबूराव की पीठ थपथपाई जैसे उसकी चिंता के एवज में आभार जता रहा हो।

इस अंतराल में अजय थोड़ी बहुत अरबी सीख गया। पूछने पर कहता भी थाकि भाषा एक तो पाठ्यक्रम के तहत कक्षाओं में सीखी जाती है, दूसरी एक और तरह है, वह है उस भाषा की लड़की से मुहब्बत करना जिस भाषा को सीखना चाहते हैं और सबसे जल्दी और प्रामाणिक भाषा तभी सीखी जा सकती है जब उसका संबंध आपकी आजीविका और अस्तित्व से हो। वह जब भी जिसे भी अपनी भाषा सीखने की यह थीसिस बताता तो लोग ठठाकर हँसने लगते।

मस्कत में जुमेरात (गुरुवार) और जुमे (शुक्रवार) को सरकारी अवकाश रहता है। इन दो दिनों में कबूस की मस्जिद पर भारतीय, बांग्लादेशी, पाकिस्तानी, श्री लंकाई लोगों का जमघट लगा करता। लेबर क्लास से लेकर मैनेजर, डॉक्टर, इंजीनियर सभी का यह मिलन स्थल था। नमाज के वक्त मुस्लिम नमाज अता करते और दूसरे धर्मों के लोग मिलने जुलने के साथ गपियाते। उसमें जरूरी सूचनाएं भी हुआ करती। वह जगह बोलता और अनछपा अखबार थी। उसमें हिन्दुस्तान की खबरो के साथ किसकी कंपनी या कि घर में क्या और कैसा चल रहा है, इसके चर्चे भी होते। एक हफ्ते से अजय भी वहाँ आने लगा था। बाबूराव ही अजय को पहली बार यहाँ लाया था। उस समय उसने कहा था कि बाबू जी आप पूरे दिन अकेले होटल में पड़े रहते हैं चलिए आपको इंडिया घुमा लाए। अजय चौंका इन्डिया? राव ने कहा साहब चौकिए मत यहाँ छोटा इंडिया है। अजय उसके साथ कबूस मस्जिद के विशाल बगीचे में पहुंचा। भारी भीड़ थी। मेले जैसा अहसास देती भीड़। थोड़ा घूमने के बाद बाबू

राव को अपना ग्रुप मिल गया। शायद वह इस समूह की तलाश में था और शायद वे सभी बाबूराव की फिराक में। वहाँ सैंकडों ग्रुप थोड़ी-थोड़ी दूरी पर बगीचे में बैठे थे। सभी चहचहां नहीं रहे थे। कुछ मायूस भी थे शायद आर्थिक कारणों से, शायद अकेलेपन से या शायद कुछ और वजह रही होगी।

राव ने अजय का परिचय कराया कि यह अजय है। इन्दौर, इंडिया से आए है। सबसे अभिवादन, दुआ हुई। बाबूराव अपने साथ खलीज टाइम्स अखबार लिए थे। उसमें अजय का विज्ञापन छपा था। उसने सभी को अखबार दिखाया कि यह अजय बाबू की कम्पनी का इश्तहार है। अजय हमारे होटल में ठहरे हैं। इश्तहार ने उन पर जादू सा काम किया। उन सभी का देखने का नजरिया बदल गया। अजय को लगा कि एक ही इश्तहार ने उसे वीआइपी बना दिया। वह भी सबसे झुककर घुलने मिलने लगा। उस दिन राव का सम्मान एकाएक बढ़ गया। वह गौरवान्वित भाव में कह रहा था कि अजय साहब तो होटल के एसी से बाहर ही नहीं आते है। मैं तो आज इन्हें आप सबसे मिलवाने ले आया हूँ। अजय ने एक के बाद एक सभी ने परिचय किया। पहला नाम अलअकीदा प्रेस के साबित अली ने बताया फिर तो सिलसिला शुरू हो गया। इस्तियाक शैरिफ रेस्टोरेंट में वेटर था तो अली का गैरेज था और वह बांग्लादेश का था। सईद अल अराफाती की पेन्टिंग की दुकान थी तो शिवधरन टैक्नीशियन था और केरल का था। परिचय के बाद अजय वहीं एक बेंच पर बैठ गया। उसके इत्मीनान को देखकर बाबू राव बोला साहब अब चलिए मेरी नाइट ड्यूटी है। लेकिन अजय ने कहा आप चलिए होटल, मैं इन भाइयों के साथ अभी रुकूंगा। बाबू राव सभी से हाथ मिलाकर चला गया। सभी लोग खुश थे कि इतना बड़ा व्यक्ति हम जैसे लोगों के बीच बैंच पर बैठ गया। आलम उठ गया और थोड़ी ही देर में कोल्ड ड्रिंक की कुछेक बोतले ले आया। उसे देखकर अजय बोला यह क्या तकल्लुफ है। तकल्लुफ शब्द पर सवाल उठाए। इतनी गर्मी में और क्या सेवा कर सकते हैं। बातें करते हुए सभी कोल्ड ड्रिंक पीने लगे। श्रम और सौन्दर्य के लोग आपस में अपनत्व

महसूस कर रहे थे। सबसे ज्यादा मुखर था साबित अली। वह अजय को मस्कत के नियम कायदे समझा रहा था। उनका कहना था कि यहाँ कोई चोरी करता है तो उसके हाथ काट दिये जाते हैं। कोई बलात्कार करे तो मौत की सजा दी जाती है और यहाँ अपने देश जैसा कोई केस 10–20 साल तक नहीं चलता है। यहां तो 2–3 माह में फैसला हो जाता है।

यहाँ के सुल्तान यानी कि राजा कबूस बहुत पढ़े लिखे न्यायप्रिय सुल्तान हैं। उन्होंने शादी नहीं की है। इसलिए संतान नहीं है। यह भी नहीं मालूम अगला सुल्तान कौन होगा? काफी देर हो गयी थी रात के आठ बज गए थे। लोग अपनी-अपनी जगह जाने को बेताब थे। उठते उठते कुछ कह रहे थे कि अगली बैठक उसके घर रात को तो कोई कुछ और सुझा रहा था, इस पर अजय ने डोर अपने हाथ ली और कहा कि अगली बैठक के लिए यहीं जुमेरात को मिलेंगे। यह बेहतर जगह है।

विज्ञापन के खलीज टाइम्स में छपते ही अजय मस्कत का जरूरी शख्स बन गया। वहाँ लोगों को लेबर क्लास की जरूरत सबसे ज्यादा थी। इसलिए जिसकी निगाह पड़ी वह तो पहुँचा ही उसने अपने परिचित को भी बताया कि इस आशय का इश्तहार छपा है। ज्यादातर लोगों की मांग खद्यामा अर्थात मेड की थी। यही वजह थी कि सुबह से बेहद गर्मी के बावजूद अजय को अरबी लोगों ने घेर रख था। वे सभी लॉबी में जमे थे। उनकी संख्या इतनी ज्यादा थी कि वे कमरे में नहीं समा पा रहे थे, इसलिए अजय ने सभी को लॉबी में ही बुलवाया था। अजय को बातचीत में दिक्कत न हो, लिहाजा होटल मैनेजर बाबूराव ने दुभाषियों का इंतजाम कर रखा था। वह सिर्फ चर्चा का अनुवाद ही नहीं कर रहा था, अजय के लिए जरूरी नोट्स भी ले रहा था, ताकि उन सभी की मांगों को पूरा किया जा सके। महज एक 'अलकासिमा' नाम का फर्नीचर स्टोर था, उसे ही मैनेजर से लेकर स्टोरकीपर की जरूरत थी। बाकी तो 'खद्दामा' के लिए कतारबद्ध थे।

सुबह से दोपहर तक लोगों का तांता लगा रहा। अरबी जाने का नाम ही नहीं ले रहे थे। उमड़े हुजूम की मूल वजह इश्तहार, दूसरी वजह जुमे

की छुट्टी और तीसरी सबसे बड़ी वजह यह थी कि दो महीने बाद ही रमजान शुरू होने वाले थे। इसलिए सभी को खद्दामा, कुक और ड्राइवर की दरकार थी। दुभाषिया सभी से बात करके उनकी जरूरत, वेतन और टेलीफोन नंबर लेता जा रहा था, लेकिन अरबी अजय को अलग से हिदायत देना नहीं भूल रहे थे। खासकर खद्दामा के लिए कि वह सुंदर, आकर्षक होनी ही चाहिए। सुंदर शब्द पर उनका जोर ज्यादा था। उन्हें सुनकर ऐसा लगता था जैसे वे अपने लिए मेड नहीं दुल्हन खोज रहे हो। अजय ने उन सभी को आश्वस्त करते हुए कहा कि आप लोगों को मनमाफिक मेड मिल जाएगी। उसकी विस्तार से जानकारी, तस्वीरें वह उन्हें अगले जुमे को मुहैया करा देगा, लेकिन अगले जुमे तक सभी मांगकर्ताओं को खद्दामा के लिए 500 रियाल नगद आने वाले जुमे को जमा कराने होंगे। ऐसा करने पर ही विस्तार से जानकारी दी जा सकेगी। उसकी यह शर्त उनके लिए शायद आसान शर्त थी। एक ही दिन में अजय के पास 200 खद्दामा, कुक, ड्राइवर की मांग आ गई थी।

अजय के लिए चटख धूप में भी बदरी छा गई थी। जैसे उसे अपनी स्थितियों के जुल्म और अजनबियों के जंगल से मुक्ति मिल गई हो। अब सभी परिचित थे और हालात मुट्ठी में। उसे लगा कहाँ तो वह होटल के बिल चुकाने के ख्याल से दुबला रहा था और कहाँ उसके व्यापार की धमाकेदार शुरूआत हो रही थी। सबसे छुटकारा पाते-पाते सांझ हो गई। अजय निढाल होकर बिस्तर पर पड़ गया। फिर फ्रेश होकर उसने बाबूराव को फोन किया तो उसने अजय की बात सुनने से पहले कहा 'सर, इश्तहार से इतने लोग आ जाएंगे उम्मीद न थी। आपको बधाई।' बधाई कबूलते और धन्यवाद देते हुए अजय ने डिनर का ऑर्डर नोट करा दिया। एक प्लेट बटर चिकन, सलाद और कुछ और! इस पर बाबूराव ने सूप के लिए याद दिलाया तो अजय ने स्वीट चिकन सूप का ऑर्डर दे दिया।

मनुष्य की चेतना जब भी सुख की एक सीढ़ी चढ़ती है उसे अपने प्रिय और अप्रिय याद आने लगते हैं। उसे भी आकांक्षा याद हो आई। वैसे भी उसकी बात पिछले दो दिनों से नहीं हुई थी। अपनी पहली और

बड़ी कामयाबी को वह सबसे पहले आकांक्षा से शेयर करना चाहता था। आकांक्षा जब भी उसकी कल्पना में आती तो वह उसे ऐसी लगती जैसे उसके कपोलों पर ताजे सुर्ख गुलाब खिल आए हो। अजय ने छककर भोजन किया। शायद आज ही उसे भोजन का स्वाद आया था। इसलिए भी कि उसकी अपेक्षा का कहीं कुछ घट नहीं रहा था। कभी नाश्ता कर लिया तो कभी कुछ और निगल लिया। रोज बढ़ता होटल का बिल उसके लिए अलग ही चिंता का कारण था। इस सबने उसकी भूख-प्यास-नींद तो उड़ा ही दी, उसकी किसी से बात करने की इच्छा का भी गला घोंट दिया था। अजय को अर्थाभाव या बीमारी बताने से पर्याप्त चिढ़ थी। यह भी किसी से बात न करने की वजह थी। उसे लगता था अर्थाभाव का जिक्र कीजिए या बीमारी अथवा शारीरिक तकलीफ की बात बताइए, आदमी करता कुछ नहीं सिर्फ निस्पंद समवेदना फेंकता रहता है। होता कुछ नहीं जीवन के प्रति लकदक मोह को धक्का लगता है। यही वजह थी कि अजय अपनी पीड़ा को यूं ही किसी से शेअर नहीं करता। मगर आज का दिन तो मनछबि का दिन था। उसे जल्दी से जल्दी आकांक्षा को बताना था कि उसका तीर निशाने पर लग गया। डिनर चल ही रहा था कि फोन घनघनाया। ऑपरेटर की आवाज थी-'अजय कॉल फॉर यू फ्राम इंडिया।' अजय मुस्कुरा भी न पाया कि उधर से आकांक्षा की आवाज आई।

– आपने दो दिनों से फोन नहीं किया। मेरा तो मन घबरा रहा था। पूरी रात सो भी नहीं पाई...अरे! आप ठीक तो हैं?
– बिल्कुल।
– फिर गायब कहाँ हो गए थे? हर वक्त लगे घंटी अब बजी माँ ने भी पूछा क्या बात है बेटी! अजय का फोन नहीं आया। क्यों नाराज हो गया क्या?

अजय का स्वर प्रेम की स्वर लहरी सुनकर और मीठा हो गया। उसने कहा आज का दिन मेरे जीवन में बेहद महत्वपूर्ण है। इसके महत्व को बताने के लिए ही मैं तुम्हें फोन करने वाला था। इस दरमियां मेरी कशिश ने तुम्हें ही बाध्य कर दिया और तुमने पहले फोन कर दिया।

अजय की आवाज में उत्साह लौट आया था। यह उसके शब्द चयन और स्वरों से साफ पता चल रहा था। अजय ने आकांक्षा को बताया कि कैसे और किन लम्हों में नए व्यवसाय का आगाज हो गया। हम आज कहाँ खड़े हैं। और कैसे होटल बिल की लटकती तलवार से अब निजात मिल जाएगी। स्वाभाविक रूप से आकांक्षा चहक उठी। उसकी चहकन समस्याओं के अंधियारे से प्रकाश पर्व की तरफ उठे कदमों का इजहार कर रही थी। आकांक्षा, अजय से ज्यादा ज्यादा जान लेना चाहती थी और अजय उसे जस का तस बता देने पर आमादा।

सूचनाओं की भी एक जमीन होती है। वे वहीं से दूसरे क्षेत्रफल तक संचरण करती है। वे अपनी काया में आल्हाद और विषाद लेकर आती है। ये सारी सूचनाएं आकांक्षा के लिए केवल खुशी फैला रही थी, बल्कि उसे पुर्ननवा का बोध भी करा रही थी। एक इत्मीनान हो चला था कि अब बेहतरी की ओर कदम चढ़ चले है। नई खिड़कियों से नए रास्ते दिखाई देने लगे है। नए संकल्पों के नए फूलों ने आकांक्षा की आवाज में और शोखी घोल दी। वह बात उल्लास में थोडे ऊंचे स्वर में कर रही थी कि आकांक्षा की माँ ने सुन लिया। पिछले दिनों देर रात तक अजय से बतियाने को लेकर उन्होंने आकांक्षा को खरी-खोटी सुना दी थी। मगर आज उन्होंने भी खुशी जाहिर करते हुए पूछ लिया क्या? आकांक्षा! अजय का फोन है? उसने भी अपनी खुशी को साझा करते हुए कहा-हाँ! खुशखबरी है! अजय का काम चल निकला। ...अरे! वाह! मुझे फोन दे बेटा! हलो अजय बेटा! उधर से आवाज आई हाँ! भाभी! अजय आकांक्षा की माँ को भाभी ही कहता था। खूब खुश रहो बच्चे! खूब तरक्की करो। मुझे तो पहले से ही पता था कि मेरा बेटा जहाँ जाएगा अपनी जीत के परचम फहराएगा। मगर पिछले दो दिनों से तुम्हारा फोन नहीं आया तो जरूर मन घबरा रहा था। कहीं तबियत तो खराब नहीं हो गई। या मेरा बेटा मुझसे नाराज हो गया है।

'अरे! नहीं भाभी! कहीं कोई अपनों से भी नाराज होता है। फोन आकांक्षा के हाथ आ गया। वह स्त्री-सुलभ चिंता में खो गई कि कहीं अजय अति-व्यस्तता में अलमस्त न हो जाए। कहीं ऐसा न हो कि अब

बातचीत के भी लाले पड़ जाए। इन विचारों के घुमड़ते ही उसने अजय से पूछ लिया–सच बताना! अजय! अब तुम्हारा काम और नाम आसमां चूमेगा तो क्या हम–तुम अब कभी–कभी ही बात किया करेंगे।

...अरे! नहीं जान! तुम्हें तो पता ही है कि यहाँ कोई स्टाफ नहीं है। ज्यादातर काम खुद ही करना पड़ता है। बहरहाल, ऐसा कुछ नहीं होगा। तुमसे बात हो जाती है तो उम्र और ऊर्जा बढ़ जाती है। उन लोगों से बातें करते–करते थक गया था। डिनर में भिंडी खाई और बटर चिकन खा ही रहा था कि तुमसे बात हो गई।

... तुम्हें अजय बिलमाना खूब आता है। पिछले दो दिनों में पता नहीं किस–किससे बतिया रहे होगे। मुझे व्यस्तता बता रहे हो।

– अरे! तुम तो शक भी करने लगी।

– तुम तो शायद भूल ही गई होगी जब हम अजमेर दरगाह चले थे।

– फिर! आकांक्षा ने बात बढ़ाई।

– मैंने वहीं तुमसे कहा था तुम्ही मेरी जिंदगी होगी।

जब मैं मस्कत के लिए रवाना हुआ तो कितना रोई थी। आकांक्षा आप जा रहे थे विदेश। वह भी इतने दिनों के लिए। अकेलेपन को सोचकर रोना आ रहा था। मालूम है आपको आपके बिना एक–एक क्षण भी बरस बराबर लगता। फिर भी मैंने आपके बिना ये तीन महीने कैसे बिताए। मैं ही जानती हूँ। यदि आज आपका फोन नहीं आता तो शायद मैं जीवित न रह पाती। आवाज जीवन का जरूरी संबल है। लेकिन जीवन का अहसास तो साथ–साथ रहने में है। अपने–अपने कोनों और कोष्ठकों में जीना भी कोई जीना है। बोला अजय ने मगर उसकी पलकें भीग गई थी। आकांक्षा उसके स्वर से समझ गई कि अजय की पलकें भीग रही है तो उसने भविष्य के स्त्री सुलभ सवाल दाग दिए। जैसे तुम जब खूब सारा पैसा कमाकर लाओगे तो क्या करोगे? प्लानिंग क्या है? अजय ने एक लम्बी सांस लेते हुए कहा मेरे लिए जीवन रिश्तों, काम, सोच, कामयाबी नामकायाबी इन सबका एक पैकेज है जिसमें रिश्तो का सुकून है, प्यार का अहसास है, काम की जिम्मेदारी है। आकांक्षा समझ गई कि

वह अजय को उदासी से बाहर ले आयी है। यही उसका असली मकसद भी था। अजय ने कहा अब रात काफी हो गयी है सुबह बैंक भी जाना होगा। मुझे भी आगा को मुंबई फोन करना है। खैर! तुम आराम करो गुड नाइट और स्वीट ड्रीमस की दैनेदिन कहन पूरा होने पर अजय ने आकांक्षा को याद दिलाया। अरे! क्या यार! भुलक्कड़! तुम तो कुछ न कुछ भुला ही देती हो। अब क्या रह गया? ...अरे! किस्स...। तो ले लो। लेना नहीं देना भी होता है। अनेक नेह-कवचों के बाद फोन कट गया। उसकी नींद उससे लाखों कोस दूर थी। कैसे भागकर आकांक्षा ने पुष्कर के ब्रह्मा जी के मंदिर में शादी की थी। पवित्र सरोवर में स्नान किया। फिर अजमेर शरीफ पर चादर चढ़ाई। विवाह से पहले एकाएक अजय को लगा कि जीवन में रवानी आनी चाहिए वह भी एक निश्चितता के साथ। आकांक्षा अजय के लिए आलिंगन की उपस्थिति का नाम था। उसने एक झटके में तय किया कि उसे एक हफ्ते में शादी करनी है। इस विचार के आते ही उसने आकांक्षा को खत लिखा। प्रिय आकांक्षा, तुम कैसी हो? 4-5 दिन से तुम मिलने भी नहीं आई। क्या बात है? मैंने तय किया है कि मैं इसी हफ्ते शादी करूंगा। इसलिए तुम कुछ तैयारी करके सोमवार को इन्दौर रेलवे स्टेशन पर 4 बजे प्लेटफार्म न. एक पर मिलना। वहाँ से ट्रेन अजमेर के लिए जाती है। वहीं पर पुष्कर जी में सृष्टि के रचयिता के सम्मुख हम विवाह करेंगे। और यदि तुम नहीं आई तो हमारा विवाह फिर कभी नहीं होगा। कुमार साहब भी स्टेशन पर मिलेंगे। वह भी हमारे साथ चलेंगे। पत्र को पूरा करके अजय ने अपने प्रिय साथी के जरिये आकांक्षा को भिजवा दिया। इस हिदायत के साथ कि पत्र आकांक्षा को ही दिया जाए। अजय तो समय पर स्टेशन पहुँच गया। वहाँ उसके दोस्त कुमार भी लेकिन जिसके इंतजार में अजय मन ही मन साहचर्य बना रहा था। वह आकांक्षा कहीं दिखाई नहीं दे रही थी।

पलकें खुली थी और दिमाग बीते हुए दिनों की यादों से खाली नहीं था। एक के बाद एक कई तस्वीरें उभरती और आगे तभी बढ़ती जब दूसरी तस्वीर अपनी उपस्थिति से उसे आगे ठेल देती। यादों में एक

तरह का गुंफन होता है। याद चेहरे को तस्वीर से ज्यादा ताजा रखती है। बिल्कुल उसी समय में कोई चेहरा उभरता है, उसी तरह दिखाई देता है जैसा वह कभी दिखाई दिया था। उस पर न उम्र की धूप लगती है और न समय के निशान दिखाई देते है। इसी तरह अजय को आकांक्षा से मिलने और आजीवन मिलते रहने के जरूरी क्षण एक-एककर याद आने लगे। एक दृश्य उभरता और उसे लगता कल ही की तो बात है।

'मधुर प्रतीक्षा ही जब इतनी प्रिय तुम आते तब क्या होता' बच्चन की इन पंक्तियों का उल्लेख कर कुमार ने अजय के साथ चुहल की, लेकिन अजय का मन आकांक्षा को लेकर बेहद विचलित था। इसलिए उसने उसकी बातों का ठीक-ठाक जवाब नहीं दिया उल्टे गंभीर स्वर में बोला कि 'यार ट्रेन का समय हो रहा है और आकांक्षा अभी तक आई नहीं। क्या वजह हो सकती है। ऐसे मिजाज और तेवर की नहीं है आकांक्षा।'

'वह तो ठीक है लेकिन आती तो दिखाई तो देती। यहाँ से वहाँ तक सारा प्लेटफार्म छान आए है। उसका कहीं पता नहीं है।' कुमार की बात खत्म भी न हो पायी कि अजय ने सवाल दाग दिया कि अब क्या करें? मुझे बेचैनी हो रही है। कुमार अजय को इस गांभीर्य और गहराते अवसाद से दूर रखना चाहता था। इसलिए कभी चुटकुले, कभी कविता, कभी कुछ से अजय का ध्यान भटका रहे थे। लेकिन अजय दो-एक पल के बाद ही उनसे पूछ बैठता 'क्या होगा भाई' इस बार कुमार ने कहा-

'होगा क्या? अब कोई दूसरी लड़की देखो और अगले सप्ताह शादी कर लो।'

एक बार अजय को भी लगा कि क्या सचमुच आकांक्षा नहीं आयी, मगर उसका मन मान नहीं रहा था। वह चहल कदमी करने लगा। उसने देखा दो बेंच छोड़कर कोई कंबल लपेटे बैठा है। सर्दी थी नहीं। कौन हो सकता है? इसी कुतूहल में अजय ने आकांक्षा को ढूंढ निकाला। वह देखकर ही उछल पड़ा कि आकांक्षा! तुम यहां! हम तुम्हें स्टेशन की लगभग सभी जगहों पर ढूंढ चुके हैं। फिर कंबल ओढ़ने का क्या मतलब? मुझे तीन दिनों से बुखार आ रहा है। मगर आपके पत्र की भाषा

ऐसी हिटलरी थी कि मुझे लगा मैं न आयी तो आप शायद किसी और लड़की को ले जाओगे और शादी कर लोगे। तबियत ठीक नहीं थी, लेकिन आपका आदेश कैसे टाल सकती थी। कंबल की एक वजह यह कि इसमें कोई पहचान नहीं सकता। आपको इतना जानने ही लगी हूँ कि आप जिद के पक्के हैं। मैं न आती तो भी आप अपनी जिद की खातिर शादी तो इसी हफ्ते करते। चाहे लड़की कैसी भी होती। आपका मुहरत नहीं टलता जैसे ब्रहमा ने निकाल कर भेजा है। और स्थान भी ब्रहमा जी ने ही सुनिश्चित किया है। इतना कहते ही आकांक्षा हँस पड़ी।

आकांक्षा के नाम की खुशबू उसे पाने और जिस्म बना लेने के अख्स अजय के लिए सदैव कुछ कर गुजरने की प्रेरणा भी होते। वह सिर्फ यादों की उदासीन तंग गलियों का हमसफर नहीं रहा। उसके लिए यादें खुशनुमा मंजर की तरह थी। अभी देखा, जिया और फिर तसल्ली से जिऊंगा और फिर के दरमियां अजय के कामकाज का फैलावा था। इसी फैलावे के चलते अजय मस्कत में एक बड़ी परेशानी में घिर गया। परेशानी थी उसके बीज़ा की। वस्तुतः उसकी अवधि दो माह थी, लेकिन अब तो तीन माह पूरे हो गए थे। जबसे अजय को इसका पता चला, वह बेहद चिंतित हो गया और इस उलझनी परिवृत से बाहर निकलने के लिए छटपटाने लगा। तमाम सवालों से घिरा अजय अपने लिए कोई निकास खोजता उससे पहले समय के दबाव ने उसे रोजमर्रा के काम में इतना उलझा दिया कि वह समय सीमा पर ध्यान नहीं दे पाया।

वैसे भी हमारे यहां से बाहर जाने के लिए केरल से नर्स मिल जाती है, लेकिन खद्दामा (मेड) ढूंढना थोड़ा मुश्किल होता है। इसलिए भी कि अरबियों को सीधी-सादी, कामकाजी (मेड) नहीं चाहिए होती। उन्हें प्रगतिशील, सुंदर और नवोन्मुख घरेलू नौकर चाहिए होती है। वे अपने घर की सुंदर, कमनीय या समर्पित स्त्रियों को छोड़कर खद्दामाओं के पीछे दीवाने रहते हैं। पता नहीं यह बदलाव की आकांक्षा है या मनोविदलन की मनोवृत्ति या अधिकाधिक स्त्रियों की देह पर अपनी सत्ता को स्थापित करने की चाह। प्रतिरोध तथा प्रतितर्कों की चिंता से दूर।

अजय इन सब बातों से परेशान रहने लगा। वह देह के शास्त्रोक्त अर्थों को नहीं प्रायोगिक अर्थों को खोज रहा था। उसे लगने लगा था कि यदि यह सब न हो पाया तो वह अरब की नई बनी दोस्त जमात को क्या जवाब देगा। थोड़ी ही देर में वह संभल गया। उसने आगा से मुंबई संपर्क कर पूछा 'आगा भाई! यह सब तो ठीक है लेकिन उनकी मांग को कैसे पूरा करे। आगा समझ गया कि अजय बेइंतहा परेशान हो चुका है। वह कोई यथार्थपरक उत्तर चाहता है।

आगा ने अजय को ढाढस बंधाते हुए कहा 'ओए! फिक्र न करीओ! मैं फिलीपीन्स के एजेंट फरीद भाई को फोन करता हूँ। इंशा-अल्लाह! रास्ता निकल आएगा।' आगा के भरोसे में एक थपथपाहट थी, जिसे अजय ने अपनी पीठ में महसूस किया। फिर भी अजय ने उससे कहा-आगा भाई! जुमेरात तक इंतजाम नहीं हुआ तो बड़ी दिक्कत पेश आएगी। अजय तुम चिंता न करो। खुदा हाफिज! की ध्वनि के साथ फोन कट गया।

वह समझ नहीं पा रहा था कि मस्कत की हुकूमत उसे पनिशमेंट देकर छोड़ देगी या वह उसे जेल भेज देगी। इन अरब के व्यापारियों से उसे कितना, क्या हासिल हो जाएगा, सब अनुमान आधारित था। फिर भी अजय को लग रहा था कि एक बार धन हाथ आ जाए तो फिर प्राथमिकताएं तय की जाएं। निश्चित ही इसमें वीसा के नवीनीकरण की बात भी थी। लेकिन एकाएक किसी पर भरोसा कर वीजा जैसे मसले पर परामर्श करना जोखिम का काम हो सकता है।

अजय आज सुबह से ही मेन पावर की लिस्ट बनाने में उनका विवरण तैयार करने में जैसे कितनी सैलरी, कहाँ नौकरी, कितने साल का अनुबन्ध और सुविधाएँ इस सबको तैयार करने में लगा था, इसी में दोपहर हो गई। उसने ऑपरेटर को आगा का मुम्बई का फैक्स नं. देकर कहा कि वह उन्हें तुरन्त फैक्स कर दे। मगर अजय आगा का फोन ट्राय करने लगा। फोन उठते ही असलाम मालैकुम की आवाज आई। आगा ने सरोकारी आवाज में पूछा अजय भाई सब खैरियत तो है, हाँ आगा भाई सब अल्लाह का करम है। अजय बोला तो आगा जोर से हँस पड़ा और बोला लगता है चंद

महीनों में ही अरब की तहजीब तुम्हारा तरन्नुम बन गई। यहाँ चौबीस घंटे इसी जुबां के माहौल में जीता हूँ। खैर! काम की बात सुनो। मुझे करीब दो सौ लोगों की डिमान्ड हासिल हुई है। उसके सारे डीटेल फैक्स पर आपके पास आ रहे हैं लेकिन शर्त यह है कि इसके सारे पेपर 2-3 दिन में मिलने चाहिए। इसमें खद्दामा ज्यादा है। आगा ने हँसते हुए कहा अजय भाई आप पूरे अनाड़ी निकले। हमेशा ही ऐसा होता है।

इसके बाद अजय ने बाबू राव को रूम में बुलाया और बोला मि. राव वीजा एक्सपाइरी की बात का क्या हुआ? आपने किसी को इस बारे में कुछ कहा तो नहीं। हालांकि मैंने आपको इस बारे में आगाह किया था। नहीं साहब मैंने तो उसी दिन से आपका पासपोर्ट एक अलग अलमारी में ताला लगाकर रख दिया है। राव बोला, अजय बहुत अच्छे मेरे दोस्त-कल मुझे अपने साडू भाई के पासपोर्ट आदि की विस्तार से जानकारी दे दो तो पहले लाट में ही उसका वीजा बनवा दूंगा। राव नत मस्तक हो गया। अब अजय सोचने लगा कि जुमे को अरबो से पैसा आ जाए तो होटल का बिल चुका दूँ।

दूसरे दिन अजय काफी लेट सोकर उठा। चाय बनाकर अखबारों में खो गया। खलीज टाइम्स में इंडिया की काफी खबरें हुआ करती है। स्वाभाविक रूप से अजय ने सबसे पहले अपने देश की खबरों को पढ़ना शुरू किया। ऐसा वह रोज किया करता। भारत अरब देशों के लिए मित्र देश रहा है। कोई बहुत पुरानी बात नहीं है कि ओमान में हिन्दुस्तान की करेन्सी ही यहाँ की अधिकृत करेन्सी थी। सुल्तान कबूस गद्दी नशीन हुए। उन्होंने अपनी फोटो के साथ नई करेन्सी प्रचलित की। और रूपए की जगह रियाल ने ले ली। मगर शुरूआत से एक रियाल की कीमत एक रूपया ही थी। लेकिन रूपयों की कीमत स्थिर न रह पायी और वैल्यू आज पैंसठ रूपये तक हो गयी। अरब रईस होते गये। इसलिए पूरे एशिया यानी कि पाकिस्तान-बांग्लादेश, फिलीपीन्स, श्री लंका से मेन पावर अरब जा रहा है।

अरब के लोग अपने व्यवहार में ज्यादातर वहशी होते हैं। उनके वहशियाना स्वरूप के चर्चे अनेक लेखक लिख चुके है। फिर भी एशियाई

मुल्कों से ज्यादातर लोग काम और थोड़े ज्यादा पैसों के चक्कर में यहाँ आते रहते हैं। गरीबी सबसे बड़ा अभिशाप है, इसके जाल को तोड़ने की कोशिश में ही इन देशों के लोग यहाँ है। फिर सब कुछ पैसा ही नहीं होता, जैसा अपना मुल्क छोड़ने से पहले लगता था और भेजनेवाले एजेंट बताते रहते थे। अनेक अभिशप्त ऐसे भी होते है, जिन्हें पद और पैसे के बारे में जो बातें भेजे जाने के वक्त बतायी जाती है, वे बिल्कुल वैसी नहीं होती। अर्थात् जरूरी नहीं कि उन्हें जो तनख्वाह बताई गई यहाँ पहुँचने पर वही मिले अथवा जो पद बताया गया वहीं उन्हें दिया जाए। हालांकि ऐसा सभी के साथ नहीं होता, लेकिन हादसे कभी कम नहीं होते। वे संख्यात्मक रूप में कम हों तब भी संवेदनात्मक रूप में आहत करते हैं, इसलिए उनके दर्द का परिमाण हमेशा ज्यादा होता है और यही कारण है कि हादसा फिर हादसा होता है। आंसू का कतरा एक गिरे या दरिया बन जाए तकलीफ का घनत्व खासा होता है। अजय इस मामले में बेहद सतर्क था। वह रोजाना सोचता कि उसे ऐसी कोई गलती न हो जाए। ऐसे ही गडमड विचारों को घंटी की आवाज ने तोड़ दिया। एक वेटर पर उसकी नजर पड़ी। उसके हाथ में दो बड़े-बड़े पार्सल थे। फिलीपीन्स से आए थे। अजय के संकेत पर वेटर पार्सल को सेन्टर टेबल पर रखकर चला गया। हालांकि अजय समझ गया था कि पार्सल में क्या है, फिर भी वह अपनी उत्सुकता को एतबार में बदलने को लालायित था। पार्सल में करीने से अनेक बायोडेटा, पासपोर्ट की फोटोकापी और अभ्यार्थियों के फोटो देखकर अजय बेहद खुश हो गया। दोनों पार्सलों को मिलाकर करीब 160 खद्दामा की जानकारी थी। अरब यही तो चाह रहे थे। उनमें ज्यादातर लोग 'मेड' की ही इच्छा रख रहे थे। इसके लिए वे सभी अजय को अलग से ताकीद भी कर चुके थे। लेकिन ड्राइवर, कुक, कारपेन्टर वगैरह का इसमें कोई विवरण नहीं था। मांग तो इनकी भी थी ही। लिहाजा, अजय ने काम को पुख्ता करने की गरज से मुंबई आगा से बात की। उसने ढाढस दी और बताया कि उन सभी के विवरण यहाँ से भिजवाए जा चुके हैं। तुम्हारे पास पहुँचने वाले होंगे। इस पर अजय संतुष्ट तो हो गया पर उसने

होटल के रिसेप्शन पर भी नोट करवा दिया कि वे कस्टमर केअर को सूचित कर दे कि उसके कुछ पार्सल मुंबई से आ रहे हैं। उन लोगों ने उसे बताया कि आपके फिलीपीन्स वाले पार्सल आपके रूम में पहुँचा दिए हैं। हाँ! वे मिल गए मैं तो मुंबई से आने वाले पार्सल की बात कर रहा था। इतने दिनों में ज्यादातर लोग अजय को पहचानने लगे थे। इसकी एक वजह अरब के लोगों का उस दिन का जमावड़ा भी था। वैसे भी अजय अपनी तमाम मसरूफियत के बावजूद एक खांटी मुहब्बती हिन्दुस्तानी था। इसलिए जो भी एक बार संपर्क में आ जाता, वह उसे भुला नहीं पाता था।

इस दरमियां अजय से मिलने आने वालों में अरब के कई शेख, अफसरान और मस्कत की कई नामचीन हस्तियां भी शामिल हो गई थी। यह सब आपके सुकून के अलावा आपके परिवेश में आपकी हैसियत और रूतबे को बढ़ा देता है। लोग पहले भी अजय को सलाम करते थे, अब भी सलाम ही कर रहे थे, लेकिन फर्क यह था कि अब उसमें अदब कुछ ज्यादा घुल गई थी। इससे एक लाभ तो अजय को सीधा-सीधा यह हो गया कि अब उससे कोई होटल के बिल का जिक्र नहीं करता था। व्यापार और हैसियत साथ-साथ बढते और चलते हैं। अजय फिर अपने व्यापार के बारे में सोचने लगा कि कैसे इस बार सभी की डिमांड पूरी करके उन सभी से मैत्री संबंध बना लेगा। ऐसा हो जाएगा तो आगे जब वह अपनी कंपनी खड़ी करेगा तो नियमित काम मिलता रहेगा। शून्य से शिखर का सफर ऐसे ही विचारों की गलियों और गवाक्षों से पहले गुजरता है, फिर हकीकत में बदलता है। सहज सोचने में आ ही जाता है कि अब दिन बहुरेंगे। अजय भी इसी विचार श्रृंखलाओं में था कि इस जुमे के बाद उसे पलटकर नहीं देखना पड़ेगा।

दोपहर हो चुकी थी। अजय के नियमित कोर्स की तरह सूप का आदेश दिया और फिर फोन उठाकर यहाँ-वहाँ बात करने के लिए रिसेप्शन पर लिखवाया ही था कि पहला फोन भारत में आकांक्षा को लग गया। वह उसे सब बताना चाहता था कि कैसे खुले आसमां में अपनी पतंग भी उड़ रही है। कहना चाह रहा था कि वह देखो! गर्दिले आकाश

में थोड़ी दूर तक नजर डालो बस! वहीं तक, उन पेड़ों तक फैली बांहें महज आसमां की नहीं मेरी हैं और वे धरती तक यानी तुम तक पहुंच रही है, एक नया क्षितिज बनाने को आतुर! लेकिन कह नहीं पाया, क्योंकि फोन आकांक्षा की किसी दोस्त ने उठाया। हालांकि फोन पर आकांक्षा आई जरूर! मगर वह बैंक में काफी व्यस्त थी। सुनना वह भी चाह रही थी, लेकिन स्थितियाँ ऐसी नहीं थी। लिहाजा, रात को बात करेंगे की बात के साथ फोन से विदा ली गई। यह अजय की फितरत में शामिल था कि अच्छी घटना अथवा ऐसी बात जो अपनों में गर्वीला भाव पैदा करे, जरूर बताता और विस्तार में बताता था। उसका मानना था कि इससे अपनों का विश्वास ही नहीं बढ़ता, उनका जीवन से मुकाबला करने का साहस भी बढ़ जाता है। इसी कारण से उसका टेलीफोन बिल हर महीने सीमोल्लंघन कर जाता है।

अजय वाकई भूल गया था। उसकी आपाधापी में वह बिसरा ही बैठा था कि उसने सभी लोगों से कबूस पार्क में मिलने का वादा किया था। वस्तुतः वह खुद भी सभी से मिलना चाह रहा था। मुलाकात सप्ताहांत में ही संभव होती थी। उस समय यह तय नहीं था कि इस जुमे को वह सभी अरबी लोगों को होटल बुलवाएगा, इसलिए गलती हो गई। अजय ने साबिर भाई को फ्रिज से निकालकर जूस थमाया और कांधे पर हाथ रखकर कहा कि भाई! इस बार तो मेरी तरफ से माफी मांग लेना। अगली बार जरूर आऊंगा तो मैं खुद भी माफी मांग लूंगा। कल के लिए हमारी तैयारी पूरी नहीं हुई। 200 लोगों के वीज़ा की तैयारी रात तक भी हो जाए तो गनीमत है। बड़ी मुश्किल है। कोई बात नहीं भाईजान! मगर मैंने चाबी वाले वशीर भाई साहब को खासतौर से बुलवाया था। वे आएंगे भी। अब क्या करें। अजय ने फिर अपने दोस्त से मजबूरी जताकर मुआफी मांगी और जोर देकर कहा कि आज तो आप संभाल लो, फिर मिलते हैं। खुदा हाफिज कहते हुए साबिर उठ खड़ा हुआ और अजय अपने काम में लग गया।

अजय जुमे की तैयारी में लग गया। उसने बाबू राव को बुलाकर कुछक हिदायते दी। उसने कहा सुबह 7:30 बजे सभी आंगतुकों को बड़ी

वाली लॉबी में भिजवा दें और काबा के जार हर टेबल पर और 10-10 गिलास और दो-दो हुक्के रखे दें। जानते हैं पहली बार की तरह बे-वजह की हड़बड़ी नहीं दिखनी चाहिए और न गड़बड़ होनी चाहिए। और हाँ! जूस के जार भी रखने हैं। इसके अलावा दो दुभाषिये भी सुबह से ही मौजूद रहना चाहिए। यस सर! आप चिन्ता न करें सब ठीक ढंग से हो जाएगा। राव ने भरोसा दिया और चला गया। अजय मुंबई से आए पार्सल को खोलकर चेक करने लगा। उसमें लगभग सारी कैटेगरी की मैन पावर के पासपोर्ट विवरण, खद्दामों के भी पेपर थे। इनमें अधिकतर मुस्लिम थीं। संतुष्ट होकर अजय ने रूम सर्विस डेस्क पर फोन कर 20 फाइलें मंगवाई और अलग-अलग पेपर्स छांट कर उन्हें करीने से फाइल बनाने में जुट गया। रिसेप्शन में बाबूराव ने बताया सर साबित अली आपसे मिलने आए हैं। भिजवा दीजिए। कुछ देर में रूम की घंटी बजी। दरवाजा खुलते ही सलाममालुकम-सलाम-2 आईए साबित भाई! साबित की आंखें कक्ष की सजावट और भव्यता निहार रही थी। बेड पर फैले सैंकड़ों पासपोर्ट की प्रतिलिपियों को देखकर लगता है आप काम में व्यस्त है। शायद गलत वक्त आ गया हूँ। मैं चलता हूँ-शाम को समय पर कबूस मस्जिद बगीचे में आपका सभी इंतजार करेंगे।

वह थोड़े बहुत कागज ही लगा पाया था कि उसके फोन की घंटी घनघना उठी। अपने संकल्पों से हर संघर्ष को परास्त करता अजय शायद इसी घंटी की प्रतीक्षा कर रहा था। उधर से आग की आवाज आई 'क्यों अजय भाई! आपको पार्सल मिल गया।' जी! भाईजान! मिल गया। और समय पर मिल गया। मुझे बड़ी चिंता थी कि कहीं देरी न हो जाए। इंशा अल्लाह! अजय भाई! मस्कत में इस समय सबसे ज्यादा 'पोंटेशियल' है। व्यापार की बड़ी गुंजाइश! अभी जो कुछ भी जलजला आप महसूस कर रहे हैं, वह रमजान की वजह से हैं। लेकिन धीरे-धीरे आपको बड़ी कंपनियां भी एप्रोच करने लगेगी। उसके बाद मुझे नहीं लगता कि आप कोई और काम पसंद भी करोगे। 'इम्प्लायमेंट' के लिए जितने लोग चाहिए होंगे, उनकी आपूर्ति हो जाएगी। हाँ यदि थोड़ी बहुत अरबी भी आप सीख

लें तो 'कम्युनिकेशन' में तो आसानी होगी ही, वे लोग आपको अपना आदमी भी मानने लगेंगे। वैसे भी भाषा आपको सदैव अपनी भाषा के व्यक्ति के नजदीक पहुँचा देती है। भाषा अपनापन तैयार करती है। भाषा आपको जोड़ती है।

आगा बोल ही रहा था कि अजय को अहसास हुआ कि व्यापार की बारीकियों के साथ आगा को जीवन का अनुभव भी पर्याप्त है। आगा ने बोलना जारी रखा कि जैसे ही आपको और काम मिला आपको भारत में तो अलग से कार्यालय खोलने की दरकार नहीं है। मेरे ही दफ्तर से काम जारी रख सकते हैं। कंस्ट्रक्शन के लेबर तो मेरे पास सबसे अच्छे हैं। आपको मालूम है ही। व्यापारी सदैव अपनी बात के समर्थन में सुनने वाले से हामी भरवाता चलता है; ताकि आपस में तर्कों की गुंजाइश न रहे और बात निर्णायक मोड़ तक पहुँच जाए। अजय को जल्दी थी। उसे और काम निपटाने थे तो उसने आगा से कहा भाईजान! आपकी सलाहें सर-माथे पर! जैसा कह रहे हैं वैसा ही करूंगा, लेकिन अभी अनेक काम निपटाने हैं। फोन कटा तो अजय लेट गया। उसने किचन में फोन करके कुछ ऑर्डर दिया और यहाँ-वहाँ सोचते-सोचते उसकी आंखें लग गई। उसके रूम की घंटी बज रही थी। हड़बड़ाकर उठा तो देखा ट्रे पकड़े एक वेटर खड़ा था। उसने कहा सर शायद आपको नींद आ गई थी।

स्वाद जीवन का अल्टीमेट मुकाम है। स्वाद में अंगुलियों के पोरों की भी महक होती है। पता नहीं दिल की धड़कन का कौन सा रसायन भोजन में मिलता है। मिलता भी है या नहीं। मगर अजय को लगता मिलाता तो होगा वरना कैसे एक से भोजन का स्वाद अलग-अलग लोगों में अलग-अलग मिलता है। यह विचार आया और अजय विचलित होने लगा। उसे लगा कि उसे अनिवार्य रूप से आकांक्षा से बात करनी चाहिए। वैसे भी दो दिन से बात नहीं हुई, फिर पूरा एक दिन और व्यस्त हो जाएगा। वह भी इंतजार में होगी। अजय को तो हमेशा अहसास रहता कि वह यहीं हैं आसपास और उसके बेइंतहा करीब! फिर उसे लगा कि एक बार फोन शुरू हो जाए तो वह बंद नहीं कर पाता। इसी का

खामियाजा है लाखों का बिल! नहीं, नहीं उसे फोन नहीं करना चाहिए। आखिर इकॉनामी समझनी होगी। इतना भी क्या? लेकिन मन में एक बार ऊंचे तारत्व की मीठी ध्वनि गूंज जाए तो खुद को संभालना मुश्किल हो जाता है। यही हाल अजय का था। उसने मन ही मन सोचा बस! थोड़ी सी बात करेगा और फोन रख देगा। आवाज और नेह का संबल हर संघर्ष को परास्त करने का हौसला देता है। उससे रहा नहीं गया और अजय ने आकांक्षा को फोन लगा दिया। आकांक्षा की नेह-सनी वाणी ने फाहे का काम किया और अजय नए विश्वास और स्फूर्ति से भर गया। वह भूल ही गया कि उसने अपने से ही वादा किया था कि वह थोड़ी सी बात करेगा और फोन रख देगा, लेकिन ऐसा हुआ नहीं। वह उस रसीली देह की ध्वनि में ऐसा भरमाया कि सब भूल गया। होश में तब आया जब आकांक्षा ने कहा कि अब तुम सो जाओ सुबह जल्दी उठना है। उसके इस वाक्य ने उसकी तन्मय तन्द्रा को तोड़ दिया। वेटर ने मेज पर खाना लगा दिया। जाते हुए बोला सर! कुछ और चाहिए हो तो कॉल कर दीजिएगा। अजय भोजन के स्वाद से पुरानी यादों में आ गया। उस समय अजय की शादी नहीं हुई थी। वह अनेक बार डिनर वंदना भाभी के घर किया करता था। उनकी भिंडी की सब्जी तो जुबां से दिल तक घर बना लेती। फिर वैसा स्वाद नसीब नहीं हुआ। और आकांक्षा की बनाई मटन करी।

मगर अजय आकांक्षा की गझिन पलकों वाली आंखों में ही ठहरा हुआ था। जैसे कोई ठहरे हुए जाल में कंकर मारकर कुछेक लहरें पैदा भी कर दे तो भी उसमें उभरा अक्स तुरंत तिरोहित नहीं होता, वह थोड़ी देर उसमें ही नाचता रहता है। कुछ इस तरह कि न जाने की जिद कर रहा हो। यह सुनने और मानने के बाद भी कि उसे सुबह उठना है वह भी जल्दी, वह अपने अक्स को मिटने नहीं देना चाहता था, जिसे वह आवाज के सरोवर में देख रहा था। यूं तो अजय ने उससे लगभग हर तरह की बात की थी, लेकिन जोत उसके मन में सिर्फ प्रेम की जल रही थी। पर ऐसी लौ जो बिना शर्त उजियारा बांटती है।

अजय अपने संघर्ष की हर राम कहानी सुनाने के बाद सम पर आता। आज भी उसने अपने व्यापार की गति-प्रगति के अनेक अग्निपथों को विस्तार से बताया। आकांक्षा उसके हर लम्हे की सहयात्री थी। वह अजय की बातों पर न केवल पूरा विश्वास करती बल्कि उसे जीती भी थी। आकांक्षा की यह बात उसे शेष उन सारी स्त्री पात्रों से अलग करती थी जो अजय के साथ जुड़ने के लिए कारणों का विमर्श बनाती रहती है। आकांक्षा को कभी ऐसा नहीं करना पड़ा। अजय के लिए प्रेम की उपस्थिति यही थी। उसका मानना था कि अकर्मक संदर्भों में भी धड़कन वैसी ही होती है जैसे सकर्मक संदर्भों में। यदि प्रेमागार के विमर्श में कारण तलाशने पड़े तो कहीं कोई गड़बड़ है। वह व्यवस्था भी हो सकती है। व्यवस्था के लिए संबोधन अनिवार्य नहीं। इसलिए वह जब भी आकांक्षा की आवाज सुनता उसे लगता कहीं और से कोई और पात्र नहीं बोल रहा, उसके भीतर बैठी स्त्री ही उससे संवाद कर रही है बिना संशयी सवालों के। यह वजह थी कि उसे समय का पता नहीं चलता था और बात लंबी चलती रहती जैसे ये आवाजें नजदीक ही अपना कोई स्थायी नीड़ खोज रही हो। जहाँ वे अपनी मनछवि की सुबहें ढूंढ सके और उसके हर संकल्प को नया स्वरूप, नया नाम दे सके।

बात खत्म हुई तो अजय विदेश में अपने पहले व्यापार को आकारित होते देख पा रहा था। अजीब उत्साह ने उसका रक्तचाप बढ़ा दिया था। चाहता तो सोना था, मगर नींद सोनचिरैया की तरह कोसो दूर थी कहीं। उसे लग रहा था कि व्यापार का यह आगाज उन्हें बाबूराव से लेकर उन सभी की नजरों में नई स्थापना दे देगा, जो उसे कहीं कुछ मानने को तैयार नहीं थे। बाबूराव का ख्याल जहन में इसलिए भी उभरा कि उसने जीवन में सबसे ज्यादा बार पैसों का तगादा किया था। योजनाएं और उनके पूरे होने की आहट अजय में एक नई सिहरन पैदा कर रही थी। ब-मुश्किल उसकी पलकें भारी हुई और वह सो गया।

सुबह रूम की कॉलबेल ने अजय की नींद तोड़ी। दरवाजा खोला तो पाया कि बाबू राव दो लोगों के साथ मुखातिब दरवाजे पर गुड मॉर्निंग

सर कर रहा था। उसने बताया सर! यह दोनों दूभाषिये आ गये हैं। अजय अभिवादन के प्रत्युत्तर के बाद उसने राव से कहा इनको काम समझा दो और सेंट्रल लॉबी के गेट पर इनकी ड्यूटी लगाओ। 8 बजे से अरबी लोग आने लगेंगे। उनका स्वागत कर लॉबी में बैठाएं और कावा, जूस पिलाएं। मैं लेट हो गया हूँ। फ्रेश होकर आता हूँ मि. राव एक काम और करिए प्लीज! तब तक आप भी लॉबी में उन लोगों की खातिरदारी में रहे। ताकि वे आवभगत से सहज हो सकें। आप तो जानते हैं छोटी-छोटी बातों ये अरबी लोग खफा हो जाते हैं। उसने भरोसा दिया कि आप व्यर्थ चिंतित न हो, मैं वहां बना रहूंगा। अजय तैयार होने लगा, मगर उसे खुद पर गुस्सा आ रहा था कि इतने जरूरी दिन भी वह समय को साध न सका। अब तक उसे लॉबी में होना चाहिए था। अरब के लोग आने लग गए थे। बाबूराव सभी को सलाम दुआ कर वेलकम कर बैठने का आग्रह कर रहा था। सभी पूछ रहे थे कि अजय माफी मौजूद यानी नहीं है? बाबूराव भी अरबी में ही जवाब दे रहा कि अजय मौजूद फी-फदल रफीक यानि आप तशरीफ रखिए कहकर अगले अरबी की ओर मुखातिब हो जाता था। इसी बीच अजय आ गया। सभी से गर्म जोशी से हाथ मिलाता, सलाम दुआ करता आगे बढ़ जाता। कुछ लोग ग्रुप बनाकर बैठ गए। अजय ने अपने लिए एक और कुर्सी एक कोने में लगा रखी थी। उसी मेज पर फाइलें, पासपोर्ट डिटेल आदि रखे हुए थे। अजय ने सभी के विवरणों की साइक्लोस्टाइल प्रतियां भी बनवा रखी थी, ताकि चाहने पर दी जा सके। उस पर इन लोगों को रोजगार के लिए तनख्वाह, अन्य सुविधाएं, बापसी टिकिट के अलावा कुछ और शर्ते भी थी, जिन्हें भरना था। वैसे इस सबके लिए दुभाषिये थे जो काम को बखूबी अंजाम दे रहे थे।

इसी बीच अली खुमारी साहब आ गए। उन्हें देखकर सभी अरब अदब से खड़े हो गये। सलाम दुआ के बाद अपनी-अपनी जगहों पर बैठ गए। अजय को लगा हो न हो ये वहीं हैं जो बाबूराव बता रहा था कि बड़े जज साहब भी आए थे। अजय ने उनके पास जाकर हाथ मिलाया और खैरियत पूछी। अली खां ने सिर्फ शुक्रिया कहा। अजय उन्हें अपने

साथ लेकर आ गया। उसने कावा के लिए वेटर को पुकारा तो उन्होंने कहा नहीं-नहीं मैं कुछ नहं लूंगा। इस पर अजय चौंका और सर! आप तो अच्छी हिन्दी बोलते हैं। मुझे बहुत खुशी हुई। थैंकस! कहकर वे बोले मुझे तो हिन्दी, उर्दू, तमिल, तेलुगू सभी भाषाएं आती हैं। अजय को बहुत आश्चर्य हुआ कि तमिल इतनी कठिन भाषा है। मैं एक हिन्दुस्तानी होकर भी नहीं बोल-समझ सकता उसे अली साहब अरबी होकर बोल-समझ सकते हैं धन्य है आप। अली साहब बोले मैं थोड़ी जल्दी में हूँ-कहीं जाना है मुझे अब। हमारे लिए यदि आपने तीन लोगों के पासपोर्ट डिटेल एक ड्राइवर, एक कुक, एक मेड का बुलवा लिया हो तो मुझे दे दीजिए। अजय ने तीनों कैटेगरी की फाइलें अली सा. के सामने रख दी और कहा आप छाँट लीजिएगा। अली सा. ने सभी इंडियन पसन्द किए। दुभाषिये ने आकर फार्म भ्रा। इस पर अली सा. ने 300 रियाल दिए और चलते हुए अजय से बोले मि. अजय आप जबान के पक्के व्यक्ति प्रतीत होते हैं। आपने कहा था कि एक हफ्ते में पासपोर्ट डिटेल मिल जाएंगे और रमजान से पहले ये लोग काम पर होंगे। इस पर अजय पूरे कान्फिडेन्स से बोला सर! आप चिन्ता न करें वर्कर पहले आपके घर पहुँचेंगे। अली के जाने पर अरब लोगों का हुजूम अजय की टेबल की ओर मुखातिब हो गया। अजय ने अरबी, हिन्दी, अंग्रेजी भाषा की मिली जुली रिक्वेस्ट की और उन्हें बैठने के लिए कहा। फिर उसने पासपोर्ट डिटेल पसन्द करने का आग्रह किया। लेकिन अरब पासपोर्ट डिटेल नहीं फोटो देख कर खद्दामा पसंद कर रहे थे। ज्यादातर को फिलीपीन्स की ही मेड पसंद थी। जिन लोगों का चयन पूरा हो जाता वे फार्म भरकर दस्तखत करके पैसे जमा कर अजय से मिल कर जाते समय यह हिदायत देना नहीं भूलते कि रमजान से पहले वर्कर मस्कत पहुँचना चाहिए। अजय सभी को आश्वस्त कर रहा था। फिर खुदा हाफिज कहता। यह दौर शाम तक चलता रहा। सभी अरब पैसे नहीं दे गए थे। फिर भी आज का बिल 1100 रियाल का था। कुछ को चेहरे पसंद नहीं आए। कुछ की और कुछ दिक्कते थीं। लेकिन कलेक्शन 26 हजार 500 रियाल का था। कुछ लोग बच गए,

उनकी उत्कंठाओं से भरे कई सवाल थे। अजय ने एक-एक कर सभी को संतुष्ट किया। उनके हर सवाल का पूरी तसल्ली तक जवाब दिया। बुनियादी रूप से सभी जानना चाह रहे थे कि कार्यकर्ता कितनी जल्दी उन्हें मिल जाएंगे। सभी को उनके सवालों से संतुष्ट करते हुए अजय जब अपने शयनकक्ष में पहुँचा तो आठ बज गए थे।

अजय की कामयाबी की खुशी उस पर थकान का प्रभाव नहीं होने दे रही थी। अजय खुशी को जज्ब नहीं कर पा रहा था। इसलिए कि तीन माह से उसे टेन्शन खाए जा रहा था। वह कैसे कर्ज मुक्त होगा और कैसे अपनी कम्पनी की स्थापना करेगा। इसका अन्त हो चुका था। अजय से रहा नहीं गया। वह अपनी खुशी आकांक्षा से बांटना चाह रहा था। जैसे ही वह आकांक्षा की तरफ मुड़ा उसने कहा- मैं तो सोच रही थी, आप इस भँवर जाल से कैसे निकलोगे? रोज प्रार्थना करती थी कि प्रभु आपको इस संकट से उबार ले। उसने मेरी प्रार्थना सुन ली है। माँ ने ...वह वाक्य पूरा भी न कर पायी कि अजय ने कहा मैं माँ को भी खुशखबरी दे दूँ। आकांक्षा ने माँ को बताया कि माँ! अजय का बहुत अच्छा काम जम गया है। उसे आशीर्वाद दे दो। फोन उसकी माँ के हाथ में था। उन्होंने कहा बेटा! भगवान तुझे दिन दूनी रात चौगुनी तरक्की दे। मेरा ढेर सारा आशीर्वाद। थैंक्यू भाभी! थैंक्यू! कहकर अजय ने प्रणाम किया और फोन आकांक्षा के हाथों में पहुँच गया। उसने कहा मुझे तो पहले ही विश्वास था कि आप कुछ भी कर सकते हो। बड़ी से बड़ी परेशानी आपके घुटने तक नहीं आती। आकांक्षा, अजय की विजय की हर सीढ़ी को सुनना और जानना चाह रही थी। अजय भी सब कुछ बताकर खाली होना चाह रहा था। उसने पूछा नहीं, मगर फिर भी अजय बताता रहा कि क्या हुआ? कैसे हुआ? कितना हुआ? उसने यह सब तो बताया ही अपने अरब ज्ञान को भी अनावृत्त किया। शायद इसलिए कि कोई भी पुरुष स्त्री के पास सिर्फ देह लेकर नहीं जाना चाहता। वह उसे अपने ज्ञान से भी आप्लावित करना चाहता है। कहते हैं जो जितना ज्यादा अपने ज्ञान से स्त्री को लबालब कर देता है, स्त्री उसी तारत्व से उसे अपने प्रेम से आपूरित कर देती है।

अजय ने कहा अरबी में कहते है- 'अना रो अल हिन्द, इंशा अल्लाह।' आकांक्षा पूछती उससे पहले ही अजय ने कहा इसका अर्थ है यदि ईश्वर ने चाहा तो जल्दी ही हिन्दुस्तान आऊंगा। आकांक्षा रीझ-सी गई। उसने कहा जल्दी आ जाओ! हम अपनी बातें फिर सरेआम अरबी में किया करेंगे और लोग समझ भी नहीं पाएंगे। मगर उसके लिए तो तुम्हें अरबी सीखनी पड़ेगी। 'हाँ! वह तो तुम सिखाओगे! अरे! मैं क्यों सिखाऊंगा। तुमने मराठी सिखायी क्या?

आकांक्षा से खुशी बांटना उसके लिए नए क्षितिज की तलाश की तरह था। वह चाहता था कि हर खुशी उसके दामन पर उसकी छींटदार हंसी की तरह दस्तक दे। उसे हमेशा लगता आकांक्षा में प्रेम बच्चे जैसा शरीर से पैदा होता है। यही वजह है कि आकांक्षा कभी कोई सवाल नहीं करती, वह हमेशा दिए गए उत्तरों में संतुष्टि तलाशती। ऐसा न होने पर ही वह अपना सवाल रखती। वह सदा मानती कि कुछ प्रश्न अनुत्तरित छोड़ देने में ही मजा आता है। लेकिन इससे जो लोग सवाल में अपनी बुद्धि के छप्पर खोजते है, उन्हें दुख होता है। शायद इसलिए कि वे हमेशा झूठी तरंगों की सड़ांघ में जीने के आदी हो जाते हैं। सवाल आपको सदैव एक झूठी बौद्धिक क्षमता का अहसास करता है। यह इससे भी साबित होता है कि दौलत और शोहरत का खून बड़ा आदमखोर होता है। दौलत नंगे सवाल खड़े करती है और शोहरत सदा गाफिल रहती है जो हुआ उस पर भी और जो न हुआ उस पर भी। इसलिए अजय जब भी आकांक्षा को फोन करता उसके पास उसके लिए चिंताएं तो होती, सरोकार होते, मगर सवाल नहीं होते।

अजय ने अपनी धौंस को दिखाने या जताने की गरज से आकांक्षा को फोन लगा दिया। बात की शुरूआत ही आज ढेर सारे नेह-कवचों से हुई। आकांक्षा ने पूछा कि आज की बिजनेस मीटिंग कैसी रही। यही तो अजय बताना चाह रहा था। उसने कहा इससे अच्छी मीटिंग कदाचित कभी नहीं हुई। अब तुम यह बताओ कि मैं तुम्हारे लिए क्या लाऊं? कोई और स्त्री होती तो पहले कमाई के बारे में सवाल पूछती। मगर आकांक्षा ने कहा

मुझे सिर्फ तुम चाहिए। जल्दी से जल्दी। और कुछ नहीं। और रही बात मराठी सीखने-सिखाने की तो मैंने तो कितनी बार आप से आग्रह किया और कोशिश भी की लेकिन आपकी इच्छा ही नहीं थी सीखने की और अगर अब भी आप चाहते हैं तो मैं आपको मराठी सिखाऊँगी; लेकिन आप मुझे अरबी सिखाना, ठीक है। आकांक्षा मैं तो तुम्हें अरबी सिखाऊंगा; लेकिन मुझे हमेशा लगता है कि कोई भी भाषा जब कभी जरूरत में सीखी जाती है, शायद सबसे अच्छी सीखी जाती है। माँ के पेट से कोई बच्चा कोई भाषा नहीं सीखता। वह मां की जुबां को तुरंत सीख लेता है।

जन्म के समय ही भगवान बच्चे को रोना और हंसना सिखाकर भेजता है। फिर वह बच्चा चाहे अंग्रेज का हो, चाहे किसी आदिवासी का हो, शहर का हो या ठेठ गाँव का हो। वह बहुत जल्दी वही भाषा बोलने लगता है जो उसके पालक बोलते है। इसे स्वानुगत सीखना कहते हैं। इसी तरह जब कोई व्यक्ति ऐसे देश या ऐसी जगह फंस जाता है कि जहाँ कोई दुभाषिया न हो और कोई अन्य भाषा जानने वाला भी न हो तो उस जगह उस देश की भाषा समझना-बोलना बहुत ही कम समय में वह सीख जाता है। मान लिया इसलिए तो कहती हूँ मैं बड़ी जल्दी सीख लूंगी। इसलिए कि मेरी मातृभाषा तो हिन्दी है लेकिन मैंने गुजराती और मराठी बड़ी जल्दी सीख ली। अजय ने कहा-चलो छोड़ो! मुझे आगा भाई को फोन करना है। चलो ओके। लव यू। गॉड ब्लेस यू! गुड नाइट 'गुड नाइट' और फोन डिसकनेक्ट हो गया।

अजय सोच रहा था कि आगा की मदद के बगैर वह आज इस मुकाम तक नहीं पहुँच पाता। अत्यंत कृतज्ञ भाव से अजय ने आगा को फोन लगाया। आगा भाई-अस्सलाम मालैकुम अजय बोला-कैसे हैं। ठीक है अजय भाई बहुत लेट फोन किया? और कैसे हो? आज आपके तमाम अरब आने वाले थे, क्या हुआ? कुछ बनी बात एक ही सांस में आगा एक साथ कई बात कर गए। हाँ- आगा भाई! आपकी दुआ से और अल्लाह की इनायत से बहुत अच्छा काम हो गया है। आज तो अरब लोगों का तांता लगा रहा होटल में। 1100 रियाल का तो कावा, जूस पी

गये और करीब 200 लोगों के वीजा के लिए पासपोर्ट डिटेल आ चुके हैं और कई लोग रह गए हैं। कुछ नए लोग जुड़ रहे है। वे लोग अगले जुमे को आएंगे। अजय सिलसिलेवार वृतांत सुना रहा था। मगर आगा भाई कुछ लोगों का कहना था कि उन्हें अच्छी डीटेल्स नहीं मिले। उन्होंने नाराजी भी जताई। इस पर जुमे को नए विवरण देने का वादा कर दिया। सो प्लीज! आगा भाई मैं कल आपको 100 लोगों की कैटेगरी का फैक्स भेजूंगा उसका 2-3 दिन में मुझे पासपोर्ट डिटेल भेज दीजिएगा। हाँ एक और बात बहुत जरूरी है। पहले आपने जो डिटेल भेजे थे उनमें से जो लोग सिलेक्ट हुए हैं उनकी लिस्ट भी मैं आपको फैक्स कर दूंगा। उन सबको रमजान से एक हफ्ते पहले आपको यहाँ भेजना है। नहीं तो अरबी लोग मुझे मार डालेंगे। इसलिए आप फरीद भाई को भी ताकीद कर दो कि वे सभी खद्दामाओं को तैयार रखे। आगा हँसने लगे। क्या अजय भाई! आप तो भूत के माफिक पीछे लग गये हो। रात के 12 बज रहे हैं और आप काम ही काम कर रहे हो। नहीं आगा भाई यह बात नहीं है। एक तो तीन महीने में बहुत मुश्किल से काम मिला। दूसरी बात यह है कि मेरा यह पहला-पहला काम है। यदि समय से सप्लाई और सही लोग ठिकाने पहुँच गए तो मस्कत में नाम और काम दोनों जम जाएंगे। एक बात और आगा भाई कि मैं जब से यहाँ आया था तब से बड़ी आर्थिक दिक्कत में था। आपकी दोस्ती और इस मदद से मैं आज उस पहाड़ जैसे दिखाई देते कर्ज से मुक्त हो गया हूँ। आपका लाख-लाख शुक्रिया। अजय का गला भावुकतावश भर्रा गया। इसे समझते हुए आगा ने कहा बहुत रात हो गई अजय भाई! मुझे भी सोने दो और खुद भी सो जाओ।

आज अजय सोकर लेट उठा। चाय बनाकर चुस्की लेते हुए अखबार बड़े आराम से पढ़ रहा था कि फोन की घंटी बजी उधर से ऑपरेटर की आवाज खबर आई कि कोई सईद अल हाशमी मिलना चाहते है। उन्हें बैठने का कहकर अजय तेजी से तैयार होकर लॉबी की ओर बढ़ गया। उसने सोचा कोई नया ग्राहक है। लॉबी में एक दुबला-पतला अरब बैठा था। अजय के पहुँचते ही वह उठ खड़ा हुआ-सलाम के बाद वह अजय

से गले मिला। अजय बोला फदल-रफीक यानी कि बैठो-बैठो दोस्त दोनों बैठ गये। अरब ने अपना परिचय देना शुरू किया। मेरा नाम सईद अल हाशमी है। मैं ओमान रेडियो स्टेशन में काम करता हूँ तथा मेरा एक छोटा सा बिजनेस है ट्रान्सपोर्ट का। मेरे पास 6 ट्रेलर है जो कि गवर्नमेन्ट की फूट सप्लाई में मस्कत से सलाला चलते हैं जो महीने में दो चक्कर लगा पाते हैं। इस काम को मेरा छोटा भाई सालेह अल हाशमी देखता है। मेरा ऑफिस अल अकीदा प्रिन्टिंग प्रेस के पास है। कभी आप मेरे ऑफिस आइए। अजय सईद का मकसद नहीं समझ पा रहा था कि इससे मैने पावर मांगी नहीं फिर मिलने क्यों आया? आपने ऑफिस क्यों बुला रहा है? अजय को सोच में देखकर सईद ने कहा आप किस सोच में पड़ गए। हकीकत य़ह है कि मैंने आपका इश्तहार खलीज टाइम्स में पढ़ा था। पिछले जुमे भी यहाँ आया था। पर्याप्त भीड़ थी इसलिए तारूफ नहीं हो सका। मेरे पास आपके लिए एक प्रस्ताव है। यदि भला लगे तो हम लोग हमकदम बन सकते हैं। उसके इतना कहने पर अजय की समझ में आया कि इसके पास व्यापार का कोई प्रपोजल है। समझते ही अजय की टोन में शोखी आ गई।

अच्छा भाईजान बात तो होती रहेगी पहले यह बताएं कि क्या लेंगे जूस कावा? मैं तो बातों में भूल ही गया था। सईद ने कावा की फरमाइश की। अजय ऑर्डर करके सईद का प्रपोजल सुनने लगा। उसने कहा मैं चाहता हूँ कि आप मस्कत के लिए रिक्रूटमेंट, मैन पावर सप्लाई का एक यथावत दफ्तर खोल कर मेरे साथ पार्टनरशिप कर लें। स्थानीय होने से ओमान सरकार के अलावा कई कंपनियों से भी मेरे गहरे ताल्लुक हैं। हम लोग साथ काम कर सकते हैं। मेरे पास ऑफिस है। वहाँ बैठकर आप काम करो। हम लोग आधे-आधे की हिस्सेदारी में काम करेंगे। आपकी पकड़ इंडिया में लेबर पर है और मेरी यहाँ के काम पर। एक बार काम बढ़ा कि मैं ओमान रेडियो की नौकरी छोड़कर पूरे टाइम आपके साथ जुड़ जाऊंगा। फिर मैं पड़ोसी देश जैसे कि कतर, अबूधाबी, कुवैत से भी ऑर्डर ले आऊंगा। आप लेबर सप्लाई करते-करते थक जाओगे। सईद का

प्रस्ताव अजय को गुदगुदा गया। वह भी कहीं और शिफ्ट होना चाह रहा था। लिहाजा, यह प्रस्ताव एक तरह की व्यापारिक लॉटरी तरह था। सईद ने कहा भाई जान! अगर आप राजी हो तो आज ही मेरे साथ चलिए। मैंने इसी गरज से आज छुट्टी भी ली है। अजय, सईद के साथ चल पड़ा। रास्ते पर सईद उसे वहाँ के भूगोल और जरूरी बातें बताता करीने से ड्राइव कर रहा था। ठीक अकीदा प्रिंटिंग प्रेस के पास गाड़ी रुकी। सईद ने कार पार्क की। शटर खोला अन्दर ग्लास के पार्टीशन को स्लाइड कर ऑफिस में प्रवेश किया। आफिस करीने से लगा था। फोन, फैक्स, फोटोकापी सारी सुविधाएं थी। सईद ने मेन टेबल की ओर इशारा कर कहा आप यहाँ बैठकर अपना काम कर सकते है। अजय ने चाहा कि यहाँ कोई रहने के लिए छोटा फ्लेट मिल जाए तो होटल के भारी बिल से छुटकारा मिल जाएगा। सईद बीच में ही बोल पड़ा। आप बुरा न माने तो एक सजेशन दूँ। आप अकेले है तो कहीं और जगह क्यों खोजनी। आप इसी ऑफिस में रह जाइए, बाथरूम है ही, आपके पास सामान भी थोड़ा ही होगा। यहाँ पास में ही अरबी, भारतीय, पाकिस्तानी, बांग्लादेशी रेस्टोरेन्ट है। कोई परेशानी नहीं होगी। अलबत्ता 5 स्टार होटल जैसी सुविधाएं नहीं होगी। वेटर, नौकर-चाकर नहीं होगे। आफिस में केटली है चाय आपको खुद ही बनाना होगा। अजय ने कहा ऐसे में तो पूरा दफ्तर मैं ही आक्यूपाइड कर लूंगा तो आप अपना काम कैसे करोगो? इस पर सईद ने कहा मैं तो सिर्फ 5 से 7 दिन में आफिस आता हूँ और भाई सालेह अल हाशमी माह में एक बार ड्राइवरों को तनख्वाह देने आता है। बाकी पूरे वक्त दफ्तर आपके हवाले है। अजय को यह सजेशन भा गया। उसे लगा कि खर्चा बचेगा और आने जाने की झंझट से भी निजात मिल जाएगी। अजय ने सईद से कहा मुझे मंजूर है। मंजूर है तो चलो आपको आज ही शिफ्ट करा दें।

अब अजय के जहन में सिर्फ एक चिंता थी कि जो लोग अभी-अभी जुड़े हैं, वे यहाँ तक कैसे आएंगे? इसका जवाब भी सईद ने ही दे दिया कि लगभग सभी के फोन नंबर आपके पास है। उन्हें इत्तला कर दें कि अब से आपका दफ्तर यही है। इससे व्यापार की प्रतिष्ठा भी बढ़ेगी और

जैसे वे वहाँ आ रहे थे, यहाँ आने लग जाएंगे। इसमें कोई खास दिक्कत पेश नहीं आएगी। सईद इसलिए खुश था कि उसे अजय के रूप में न केवल नया साथी मिल रहा था; बल्कि नए व्यापार में भागीदारी का आगाज भी हो रहा था। अजय इसलिए खुश था कि एक तो वह होटल से मुक्त हो रहा था, दूसरा अपने लिए आफिस भी शुरू कर रहा था। दोनों एक सहमति के साथ होटल रवाना हो गए। वहाँ पहुँचते ही अजय ने सईद से कहा मित्र! मेरे पास विजिट वीजा है और वह भी पूरा हो गया। मुझे पता चला है कि यहाँ के नियम बड़े सख्त है। इससे मैं बहुत चिंतित हूँ। सईद कुछ देर चुप रहा फिर कुछ सोच कर बोला। मेरे मिनिस्ट्री में बहुत घनिष्ठ संबंध हैं। मैं आपका वीजा रिन्यू करवा दूंगा। इनता सुनते ही अजय को लगा कि भगवान ने फरिश्ता भेज दिया है। अजय ने सईद को शुक्रिया अदाकर बाबूराव से कहा मेरा फाइनल बिल बनाओ और मैं चेक आउट कर रहा हूँ। फोन रखकर अजय अपनी पैकिंग में लग गया। रूम की कालबेल बजी। बाबूराव ने प्रवेश किया। सर आप सच में जा रहे है। हाँ मि. राव, मैं सईद सा. के यहाँ शिफ्ट कर रहा हूँ और मस्कत में आफिस खोल रहा हूँ। आप सईद सा. से पता कर एक कार्ड ले लो। सईद ने अपना एक बिजनेस कार्ड निकाल कर राव को दे दिया। अजय ने राव से कहा मि. राव आप इतना ध्यान अवश्य रखना कि मुझसे मिलने वाले जो भी लोग आए उन्हें मेरा यह पता और फोन न. जरूर दे देना। दो चार दिन में मेरे बिजनेस कार्ड बन जाएंगे तो मैं आपको मुहैया करा दूंगा। फिर आप जो भी लोग मुझसे मिलने आए तो उन्हें मेरा कार्ड दे देना–ठीक है। काउण्टर पर पहुँचकर अजय ने बिल जमा करने की सारी औपचारिकताएं पूरी की। उसने यहाँ 26,500 रियाल जमा कराए थे, बिल दो हजार रियाल का था। शेष राशि लेकर अजय फिर सईद के साथ दफ्तर पहुँच गया। सईद ने वहाँ उसे दफ्तर की चाभियाँ सौंपी और थोड़ी सी औपचारिक बातचीत के बाद चला गया। उसके जाते ही अजय का माथा ठनका कि यहाँ तो सब कुछ ही खुद करना पड़ेगा। आफिस बॉय भी नहीं है। लांड्री और सफाई का क्या होगा? अब तक तो घंटी बजाते

ही आदमी खड़ा रहता था। यहाँ तो सफाई से लेकर फ्रिज में पानी रखने का काम भी खुद ही करना होगा।

नया फैसला सदैव एक झटके में साथ सकून और आराम एक साथ ले आए, ऐसा जरूरी नहीं होता। ज्यादातर नए फैसले ऊहापोह से भरे होते हैं। इसलिए कि उसमें हमेशा एकरूपता की गारंटी नहीं होती। अजय भी यही सोच रहा था कि दफ्तर तो ठीक है, लेकिन शेष व्यवस्थाएं गड़बड़ हैं। ऐसा कैसे चलेगा? फिर उसका मन उसे समझाने लगता कि अपना दफ्तर अपना होता है। थोड़ी बहुत दिक्कतों के बावजूद वह होटल के आदमकद और भयाक्रांत कर देने वाले बिल से तो बच निकला है। जहाँ तक खुद के लिए काम करने की बात है तो इसमें बुराई क्या है? आत्मनिर्भरता के एकाकी होने पर भी अपरिमित सुख मिलता है। उसे इस सुख को संजोना चाहिए न कि इससे घबराना चाहिए। फिर उसे सईद जैसा स्थानीय पार्टनर भी मिल गया। उसने केवल दफ्तर की मुहैया नहीं करवाया; बल्कि वीजा रिन्यूअल का आश्वासन भी दिया।

अजय फोन बुक करवा चुका था, लिहाजा उसकी ऊहापोह के बीच ही घंटी बज गई। आकांक्षा की आवाज ही उसके लिए प्रेरणा थी। जैसे ही उसके कान में खनकते शब्द घुले वैसे ही वह मन से उद्दीप्त हो उठा। उसने कुछ हासिल कर लेने के भाव से कहा कि आकांक्षा मेरे पास तुम्हें देने के लिए खुशखबरी है। उधर से चौंकने की ध्वनि आई कि अब रोज-रोज कैसी खुशखबरी आ रही है। कल ही की तो बात है जिसमें हमारी कल्पनाओं को पंख मिले थे। कल तुम्हारे जाने के बाद से हमारे सपनों के खिलने का कदाचित पहला दिन था। फिर आज...।

'हाँ! आकांक्षा आज भी।'

'तो क्या है वह खुशखबरी! बिना भूमिका के बताते क्यों नहीं।'

'भूमिका कहाँ? मैं तो तुम्हें यकीन दिला रहा था कि सचमुच खुशखबरी है। और वह यह कि मैंने दफ्तर खोल लिया है। अमूमन, इतनी जल्दी मस्कत में दफ्तर नहीं खुला करते।'

'हाँ! हाँ! मैं समझती हूँ। और मानती भी हूँ कि मेरा अजय कहीं भी

कुछ भी कर सकता है। ऐसे ही लोगों में तूफान का मुख मोड़ देने की क्षमता होती है।'

लेकिन आकांक्षा के मन में संशय भी था कि कल तक तो अजय ने नए आफिस की कोई बात नहीं की थी। कल तक नहीं की तो इतनी जल्दी उसे दफ्तर कैसे मिल गया? कहीं वह किसी मुसीबत में तो फंसने नहीं जा रहा। झूठ तो अजय बोलता नहीं है। वह कह नहीं रही थी। इस सबको अजय से बात करते हुए सोच रही थी। लेकिन अजय ने सईद से हुई बात को आकांक्षा को विस्तार से सुनाया तो उसे एतबार आया। अजय ने आफिस के सभी नंबर आकांक्षा को नोट करवाए, तब उसके भीतर चलती संशय की पतवारें रुक गई।

स्त्री जब प्रेम करती है तो सिर्फ आलिंगन ही नहीं करती, उसके हर विचार के केन्द्र में उसका पुरुष होता है। वह हर पल उससे सरोकारी भाव से जुड़ी रहती है। वह अपना सब कुछ लुटाकर तृप्त होती है और पुरुष सब कुछ लूटकर। यही वजह है कि पुरुष का प्रेम सदैव दो सीढ़ी नीचे रहता है। आकांक्षा भी अजय के साथ सिर्फ सूचनाएं ही शेअर नहीं करती थी, वह उन सूचनाओं में अपना और अजय का कल भी बुनती जैसे स्वेटर बुना जाता है।

उसने अजय से कहा देखो। अजय तुम्हें गए काफी समय हो गया। अब पैर टिकने लगे है। जरा जल्दी आ जाओ! तुम्हें देखने का मन कर रहा है।

'सिर्फ देखने का?'

'हं ...'

'सिर्फ देखने का?' अजय ने दुबारा कहा।

'नहीं ...'

'फिर'

'फिर क्या?'

'आगे बताओ भाई! और प्यार कहाँ...?'

'अच्छा-अच्छा प्यार करने का भी'

'तो करो प्यार!'

उधर से ओठों की आवाज आई और अजय पगुरा गया। उसने कहा चलो! बहुत रात हो गई फिर बात करेंगे। अजय को भूख लग रही थी। वह सईद के नजदीक बताए रेस्टोरेंट के लिए निकल पड़ा। उसने सोचा जब यहाँ रहना ही है तो क्यों न जायजा ले ही ले। खाना भी खा लेंगे और नजारा भी हो जाएगा। पास ही थोड़े से डिस्टेंस पर ही एक छोटा सा बाजार था अनेक रेस्टोरेंटस से पटा हुआ। अजय ने पहले तो बाहर से ही देखने का मन बनाया। साइन बोर्ड पढ़े। पाकिस्तानी, बांग्लादेशी, भारतीय, चायनीज अनेक देश अनेक रेस्तरां। लेकिन एक खास बात यह थी कि यहाँ भी कबूस मस्जिद जैसा ही माहौल था। एक बारगी देखने पर पूरा हुजूम भारतीय लग रहा था, हालांकि उनमें भारतीयों के अलावा पाकिस्तानी, बांग्लादेशी भी थे, परन्तु दिखते सब भारतीय। ऐसा होना इसलिए स्वाभाविक था कि सभी एक ही भूगोल पर रहते थे। सीमाओं ने दूरियां बढ़ा दीं; लेकिन यहाँ दूरियां नहीं दिल मिलने लगते हैं। कबूस मस्जिद में भी चाहे सप्ताह में एक बार ही मिलते हों हाथ और दिल मिलते रहते हैं। सीमाओं की भी याद शायद तभी आती होगी जब ये अपने मुल्क लौटते होंगे। यहाँ तो सभी गहरे अपनत्व से मिलते हैं। एक दूसरे की रोजी-रोटी की चिंता करते हैं। पूछते रहते हैं और हर संभव मदद करने को तत्पर भी रहते हैं। यहाँ देश से बड़ा मनुष्य है। जीवन है। न कोई संप्रदाय, न वर्ण, किसी भी प्रकार की समस्या नहीं। किसी को तब तक यकीन नहीं हो सकता जब तक वह यहाँ आकर देख न ले। वह लोहिया की तरह सोचने लगा कि काश! भारत, पाक और बांग्लादेश का एक महासंघ बन जाए।

यही सब सोचते हुए अजय भारतीय रेस्टोरेंट में चला गया और एक कोने की तन्हा टेबल पर बैठ गया। रेस्टोरेन्ट में हिन्दी फिल्मों के पुराने गीत बज रहे थे। कुछ देर तो उसे ऐसा लगा कि वह अपने ही देश के किसी रेस्टोरेन्ट में बैठा है। वहाँ खूब शोर शराबा था। 5 स्टार के माहौल से आया अजय यहाँ इत्मीनान नहीं पा रहा था। लेकिन हिन्दी गाने प्रीतिकर

लग रहे थे। इतने में एक वेटर आया पानी का जग रखकर बोला-क्या लेंगे साब? क्या है? उसने एक सांस में बताया-मच्छी करी, मीट करी, चिकन करी, बड़े का कीमा, नान-रोटी। अच्छा वेजिटेरियन में क्या मिलेगा? दाल मिलेगी या, बस ठीक है! एक दाल और दो नान ले आओ। थोड़ी देर में वह स्टील की प्लेट थालीनुमा में दाल और दो नान रखकर जाने लगा तो अजय ने उससे एक बोतल मिनरल पानी का भी आर्डर दे दिया। वहाँ भोजन करने वाले भी मिडिल क्लास लोग ही थे। कामगार किस्म के। अजय को लगा कि हो न हो इसका मालिक भी कोई भारतीय ही होगा। अजय खाना खाकर अपने दफ्तर आ गया। वैसे वह इतनी जल्दी खाने का आदी नहीं था। मगर भूख के चलते आज उसने खाना जल्दी खा लिया। दफ्तर पहुँचते ही उसे लगा कि उसे पता तो करना चाहिए कि होटल में उसके लिए कोई संदेश तो नहीं है। आखिर इतने दिन वहीं तो बिताए हैं। यह सोचते ही अजय ने बाबूराव से अलफलाज होटल फोन लगा कर पूछा-मेरे लिए कोई फोन या संदेश तो नहीं है? बाबूराव ने बताया सिर्फ साबित अली का फोन आया था। मैंने आपका नं. और पता बता दिया था। उसने आपको फोन किया होगा। वह आश्चर्य कर रहा था कि इतनी जल्दी दफ्तर खुल गया। अजय ने राव को बताया। मैं बाहर गया था अभी आया हूँ। उसने फोन किया होगा लेकिन मैं था नहीं अच्छा थैंक्स। फोन रखा ही था फिर घंटी बज गई। फोन साबित का था। हाँ साबित भाई बताइए कैसे हैं आप? अल्लाह के फजल से खैरियत से हूँ। आप तो बड़े आदमी है आफिस खोल लिया। पार्टी तो दूर की बात रही आपने जिकर तक नहीं किया? खैर अल्लाह ताला आपको बरकत नसीब करे और आप दिन दूनी रात चौगुनी तरक्की करे। ये मेरी दुआऐं हैं। उसने बोल लिया तो अजय ने कहा साबित भाई मैं कोई बड़ा आदमी नहीं। मैं तो आपका भाई हूँ। और आफिस लेने का जिकर तो तब करता जब जहन में पहले से कोई बात होती। वह तो आज सुबह एक अल्लाह के दूत होटल आए और कुछ ही घंटों में सारी बातें तय हो गई और आज से ही काम शुरू कर दिया। अरे! ऐसा भी कहीं होता है कि अरब से आप आज

ही मिले और आज ही फैसला हो गया। यकीन नहीं हो रहा न साबित भाई! बात हैरानी की जरूर है लेकिन है सौ फीसदी सच! मैंने अपनी तरफ से कुछ नहीं किया और अल्लाताला ने ऐसा बंदा भेज दिया। वह भी आज ही सब तय करना चाह रहा था मानों घर से ही निश्चय करके निकला था। अच्छा अजय खुदा आपको सलामत रखे और किसी की नजर न लगे। साबित एक बात कहकर फिर दुआ देने लगता। उसने कहा अजय भाई यह तो बताओ कि अबकी बार जुमेरात को हम लोगों का कबूस मस्जिद पर मिलने का प्रोग्राम पक्का है। ऐन टाइम पर केंसिल तो नहीं कर दोगे? पिछली बार अचानक कार्यक्रम स्थगित करना पड़ा था। इसलिए साबित, अजय से पक्का भरोसा चाह रहा था। वह मन से चाह रहा था कि सभी इकट्ठे हों और बेहतरीन मुलाकात हो। अजय ने भी उसे भरोसा देते हुए कहा–इस बार हम जरूर मिलेंग और कोई काम आ भी गया तो उसे छोड़ देंगे। मगर मैं चाहता हूँ कि हमारी मुलाकात कबूस मस्जिद की बजाय मेरे आफिस में हो। मेरे आफिस में ऐसी तो है ही, बीस लोगों के बैठने के लिए सोफे भी लगे हैं। इस बहाने सारे लोग मेरा ठिया भी देख लेंगे और मिलना भी हो जाएगा। बात तो ठीक है अजय भाई लेकिन इतने सारे लोगों देखकर तुम्हारा अरब नाराज तो नहीं हो जाएगा फिर उसके सामने हम लोग खुलकर कैसे बात कर पाएंगे। अजय ने समझाया कि अरब एक अच्छा आदमी है। फिर वह चार दिनों के लिए सलाला जा रहा है। इस पर तय रहा कि सभी इस जुमे को अजय के दफ्तर पर धावा बोलेंग। और उसी दिन समझो आफिस का उद्घाटन होगा। हाँ एक बात और अजय भाई! पिछले जुमे को मैं आप के पास बशीर भाई को लाने वाला था। इस जुमेरात को उनको भी आपके पास लाऊँगा, उनकी बड़ी इच्छा है आपसे मुलाकात करने की। जरूर! किसी और की भी तमन्ना हो तो उन्हें भी साथ ले आइएगा। अपने मिजाज और तेवर के लोग सभी जगह तो नहीं होते। अरे हाँ साबित भाई एक काम और करना बाबूराव को भी जरूर लाना। वैसे मैं भी उसे फोन कर दूंगा। उस बेचारे ने साढ़े तीन माह बड़ी सेवा की और बहुत साथ दिया। मुझे वह हमेशा याद रहेगा

उसे बता भी देना कि उसके साढू भाई का वीजा भी मैंने बनने को दिया है। वह बहुत अच्छा आदमी है। ठीक है अजय भाई हम सभी और बाबूराव समेत आपके आफिस में जुमेरात की शाम को 5-6 बजे तक पहुँच जाएंगे। कुछ और आदेश हो तो...नहीं साबित भाई कुछ नहीं। बस आप अनवर मियां को फोन कर दीजिए और मेरा पता समझा दीजिए। वह अगर दोपहर को 3 बजे तक मेरे पास आ जाए तो मुझे तैयारी करने में मदद मिल जाएगी। वह आसपास के भूगोल से भी परिचित होगा। खुदा हाफिज के बाद अजय ने फोन रखा और। वह सोफे पर पसर गया। यही उसका नया बिस्तर था, जिसने डबल बेड की जगह ली थी। उसे एक झटका सा लगा। मगर जल्दी ही संभल गया कि रूपहली सभ्यता की आसमानी चिमनी से भी कुछ पाना है तो खीज और ऊब पर काबू पाना होगा। झेलने होंगे संघर्ष के अंगारे और वह इसी गर्माहट भरी कसमसाहट में आकांक्षा के बारे में सोचने लगा। उसने तय किया था पहली कमाई से उसके लिए कुछ उपहार भेजेगा, लेकिन जीवन के खुले चौराहों पर आगे बढ़ती जिंदगी में भूल ही बैठा कि वह कुछ तय भी किए था। पहले तो उसने आकांक्षा को भेजने वाले उपहारों की सूची बनाई और लगे हाथ अपनी जरूरत के सामानों की सूची में लग गया। बड़ी देर की मशक्कत के बाद भी अजय की पलकें भारी नहीं हो रही थी। फिर भी वह लेट गया। लेटते ही उसे रजनीगंधा जैसी खुशबू का आभास हुआ और वह धीरे-धीरे इंदौर के चौबारों और रास्तों से होता हुआ अपने परिचितों के कहकहों में अटक गया। उसे लगने लगा कि उनकी उत्फुल्ल सांसों से बेहतर कहीं कोई संगीत नहीं होता और उनकी चुप्पी या स्मृति से बेहतर कोई संवाद और याद नहीं होती। अनुराधा, सुधेश, सुरभि और आकाश की याद में उसे अजीब घबराहट होने लगी। उसे सभी के साथ जिए लम्हे घटनाचक्र की तरह घुमड़ने लगे। वह भी आकाशवाणी पहुँच जाता, कभी उस भाभी के पास जो अपनी ड्यौढ़ी पर धूसर पैर और उदासी को नहीं आने देती थी। अपने सुघड़ यौवन पर उम्र की चुनरी तो उसने कभी ओढ़ी ही नहीं थी। वह सदा अजय को आलिंगन में बांध लेना चाहती थी। अनेक बार ऐसा

कर भी चुकी थी। अजय सोच रहा था अजीब करिश्माई मादकता की मदिरा थी वह भाभी! आशा की जुबां बड़ी साफ थी। भावुक और संवेदनात्मक रूप से सजग और अध्ययन में निमग्न! वह अपनी दैहिक अर्थवत्ता से अपने आसपास के निलय को भर देना चाहती थी। नख-शिख एक चुम्बकीय आकर्षण और स्नेह में पली आशा को बिसरा देना किसी के लिए भी संभव नहीं था। आशा एक मुकम्मल लड़की थी। संपूर्ण रूप से भारतीय। उसका अंग संचालन और हंसी आर्य थी। इतना ही नहीं उसका सम्मोहन वलय इतना ताकतवर था कि उसे पढ़ाने वाले बड़े-बड़े प्रोफेसर भी उस वलय से जूझते नजर आते। ऐसे में वह अजय के जीवन में चहल-कदमी कर चुकी थी। दोनों मन और तन की दूरियां मिटाकर उसकी गहराइयां भी नाप चुके थे। फिर अजय उसे कैसे विसरा सकता था। एक समय वह उसके प्रेम का लक्ष्य थी। लिहाजा रह-रहकर वह यादों के मांदल पर बज ही जाती। बमुश्किल दृश्य पलटा तो उस पर प्रीति उभर आई। वह थी तो शादी-शुदा, लेकिन उसका मैत्री जगत अब तक भी वैसा ही था, उसने उसे टूटने नहीं दिया था। वह अपना हक अजय पर पूर्ववत ही रखती रही। इसलिए वह उसकी हरकतों को आज तक भूल नहीं पाया। असल में, उसी समय अजय ने आकांक्षा से शादी की थी और लौटा था इंदौर! शहर में आपाधापी और हिंसा पसरी हुई थी, तनाव था श्रीमती इंदिरा गांधी की हत्या हो गई थी। थोड़ा सा शांत हुआ होगा वातावरण कि प्रीति और उसकी बहन इंदौर आ गए। आए तो भोपाल से ही थे, मगर जाना मुश्किल हुआ तो अजय के घर ही रुक गए। वे लोग इन्दौर में फंस गये थे। सभी गाड़ियाँ बन्द थी। इसलिए दोनों अपना बेग पकड़े अजय के फ्लेट पर आ गए। अजय ने उनका स्वागत किया। आकांक्षा से परिचय करवाया यह मेरी पत्नी आकांक्षा और यह मेरी दोस्त प्रीति और प्रीति ने बताया यह मेरी छोटी बहन हेमा है। इसकी अभी सगाई हुई है। लिहाजा, शोपिंग के लिए इंदौर आए थे। परन्तु कर्फ्यू में फंस गए। अजय ने शिष्टाचारवश कहा आपका ही घर है आराम से रहिए। प्रीति रूठा हुआ चेहरा बनाकर तंज कसा कि हमार घर होता या हम घरवाले

होते तो क्या मुझे शादी की खबर न होती। यह बात नहीं। मैंने एक दिन अचानक तय किया कि मुझे इसी हफ्ते में शादी करनी है। आकांक्षा के पास खबर भेजी। यह राजी हो गयी और हम लोगों ने पुष्कर में जाकर शादी कर ली। अभी दो दिन पहले ही हम लोग आए है। अजय स्पष्टीकरण दे रहा था कि मेरी शादी में हम दोनों के अलावा सिर्फ तीन लोग और थे। अभी किसी को नहीं मालूम कि हमने ब्याह कर लिया है। अब हम कभी रिसेप्शन देंगे तो लोगों को पता चलेगा। चलो ठीक है पार्टी में बुलाना मत भूलना। नहीं तो मैं छोड़ूगी नहीं समझे। अजय ने भी सहमती में सिर हिला दिया। आकांक्षा ने इसका नाम तो सुना था लेकिन मिली कभी नहीं थी। वह सोचने लगी यह तो बहुत तेज लग रही है। उसकी छोटी बहन शान्त मुस्कराये जा रही थी। दूसरे दिन प्रीति अपने अनन्तिम दुख को साध नहीं पायी। उसकी सब्र का बांध टूट गया और उसने अजय से कह दिया अजय! जो हुआ सो हुआ तुम्हें मुझसे भी शादी करनी पड़ेगी। अजय चौंक उठा। यह क्या बेहूदी बात कर रही हो। मैं विवाहित हो गया हूँ और तुम भी शादी-शुदा हो। उसने कहा तुम नैतिकता के गंदले और सूखे गमले लेकर घूमना बंद करो। मैं शादीशुदा हूँ इससे क्या क्यों होता है। मैं उससे तलाक ले लूंगी।

प्रीति को हर अवसर की बालू में झिलमिलाता पीला रंग नजर आता। पीला रंग उसे इतना भाता कि वह हर पगडंडी को अपने लिए बनी अवसरी पगडंडी मानने लग जाती। वैसे वह अपनी तरुणाई में उन तमाम अर्थों में अधुनातन नहीं थी, लेकिन विवाह के बाद उनके पति महाशय ने उसे तमाम नैतिक प्रतिबंधों से मुक्त कर दिया। उसका पति अपने कामों को लेकर इतना केन्द्रीकृत और एन्द्रिक था कि सामान्य मान्यताओं से उसका कोई मतलब ही नहीं था। उसने प्रीति को सिखा दिया कि चिड़िया से दर्द पूछकर क्या होगा, बादलों को लिखी चिट्ठी कभी पहुँचती नहीं, धूप को राज बता भी दो तो क्या होगा? चिड़िया तुम्हारी भाषा नहीं जानती। इसलिए जरूरी यह है कि अपने सपनों को जैसे बन सके पूरा करो। नाहक नैतिकताओं के लबादे कांधे झुका देते हैं और कुंठित बना देते हैं,

सो अलगा फिर तो प्रीति पार्टियों में जाने लगी। उसके बसन बदल गए। शराब पीने लगी। उसकी किसी भी तरह झिझक समाप्त हो गई। एक समय उसके पति ने ही अपने काम और आगे बढ़ने की अंध महत्वाकांक्षा में प्रीति को ही अपने बॉस का साथी बना दिया था। जब पहली बार पतिदेव ने कहा तो थोड़ा झिझकी लेकिन जल्दी ही मान गई थी। उसके बाद से वह मानने भी लग गई थी कि इससे नैतिकता का कोई लेना-देना नहीं है। बात होती है उपलब्धियों की।

लेकिन प्रीति ने अजय के साथ अपनी सुर्ख संबंध लताओं को कभी मरने दिया। बरसो-बरस वह अजय के सान्निध्य और गर्म अहसास के लिए लगी रही। और एक दिन उसे अवसर हाथ लग गया। अजय का एक विदेशी मित्र आया हुआ था। उससे अजय के व्यावसायिक ताल्लुक थें। कहीं हुई मुलाकात में अजय ने बता दिया था कि वह कलकता जाने वाला है। उसका एक मित्र विदेश से आ रहा है। प्रीति ने इतनी जिद की कि अजय मना नहीं कर पाया। एअरपोर्ट से ही उसने अपने मित्र को कहा कि पहुँच गया हूँ। शाम को मिलते हैं। उसने अचरज जताया शाम को क्यों? अजय को बताना पड़ा कि उसकी मित्र भी साथ आई है। फिर तो उसने उसे भी बुला लिया। शाम को पार्टी गहराई। प्रीति ओरेंज कलर की साड़ी में थी। खुले गले के ब्लाउज से उसके पहाड़ लगातार आमंत्रित करते लगते थे। अचानक विदेशी उठा और उसने हाय! ब्यूटीफुल कहते हुए उसे बाजुओं में उठा लिया। उसके लिए यह सहज रहा होगा; लेकिन अजय असहज हो गया। उसने जल्दी ही उठने का उपक्रम किया। मित्र भी समझ गया कि कुछ गड़बड़ हो गई है। अजय ने प्रीती के साथ हुए व्यवहार पर अपने व्यापार की लाखों की डील कुर्बान कर दी। अजय कब उसे लेकर पजेसिव हो गया, उसे भी यह मालूम नहीं था। हो सकता है वह अजय के साथ थी तो फिरंगी का उस तक हाथ बढ़ाना उसे इतना नागवार गुजरा कि उसने फिर उससे व्यापार पर कोई बात नहीं की। मगर प्रीति कहती रही क्या फर्क पड़ता है। मैं कभी, कहीं तो तुम्हारे काम आ पाती। दो-तीन दिन में बात आई-गई हो गई। शायद इसलिए कि इस बारे

में फिर कोई बात नहीं हुई। इस बीच दो दिन में प्रीति की बहन हेमा भी घुल मिल गई थी। और मौका मिलते वह अजय से बातें करने का मौका देखती रहती। एक दिन उसे मौका मिल गया। वह अजय को बताने लगी कि मैं बरसों से आपके बारे में सुनती आ रही हूँ। आप तो जानते ही है कि दीदी यहीं अहिल्याश्रम में पढ़ती थी। उसी समय से वे आपकी बातें किया करती। आपकी कविता, फोटोग्राफी पसंद, ना-पसंद सभी तरह की। धीरे-धीरे मेरे मन में भी उछाह भरने लगी कि आपसे मुलाकात हो तो कितना अच्छा हो। यही वजह है कि मैं आपके बारे में काफी कुछ जानती हूँ और जानना भी चाहती हूँ। हो सकता है इसकी एक वजह यह भी हो कि दीदी ने इतनी चर्चा जीजा जी की भी नहीं की, जितनी आपकी। शायद इसलिए आप मेरे सपनों का झिलमिल समय बन गए। यही वजह है कि मुझे किसी से भी ज्यादा आपके बारे में मालूम है। अच्छा! क्या जानती हो? अजय चौंका था और मुस्कराया भी। जब आपसे अकेले में मिलूंगी तब बताऊंगी। हेमा; प्रीति को आते देख चुप हो गई। आकांक्षा भी पास आ गई। आकांक्षा वैसे तो काफी बोल्ड लेकिन अन्तरमुखी लड़की थी। वह कोशिश करने लगी कि ज्यादातर समय उन सबको एकांत में न मिलने दे अजय से। ताकि वे अजय से मनचाही बातें न कर सके। शाम के चार बजने वाले थे और कर्फ्यू 4-6 बजे तक खुलता था। इसलिए प्रीति ने कहा अजय! मुझे जेल रोड मम्मी के घर तक छोड़ दो। मन हो रहा है माँ से भी मिलने का। प्रीति की माँ एक हास्पीटल के स्टाफ क्वार्टर में अकेली रहती थी। प्रीति के माता-पिता में अनबन थी। पिता भोपाल रहते थे। हेमा उनके साथ ही रहकर पढ़ती थी। अजय ने कहा चलो मैं तुम लोगों को छोड़ आता हूँ।

हेमा ने देखा कि बाहर जाने का प्रोग्राम फाइनल हो गया है तो उसने कहा मुझे नहीं जाना। मैं तो घर पर ही रहूंगी। वैसे भी हेमा का मन पिता के हक में ज्यादा था। इस बीच आकांक्षा को लगा कि मुझे किसी भी हालत में अजय और प्रीति को तनहा नहीं भेजना है। जो बात ही इतनी बेलौस करती हो वह एकांत पाकर पता नहीं क्या करेगी? इस बात के

दिमाग में आते ही आकांक्षा, अजय की ओर मुखातिब होकर बोली–मैं भी चलूंगी छोड़ने। इस पर अजय ने कहा भाई! मैं सिर्फ छोड़कर आ रहा हूँ, तुम क्या करोगी साथ चलकर! मगर आकांक्षा नहीं मानी और वह चलने के लिए उद्यत हो गई।

कोई रास्ता दिखाई नहीं दिया अजय को कि वह आकांक्षा को कैसे मना करे। अंततः वह राजी हो गया। प्रीति और आकांक्षा पिछली सीट पर जम गए। बैठते समय आकांक्षा इतनी चौकन्नी थी कि उसने प्रीति को अजय के ठीक पीछे नहीं बैठने दिया। अजय के बैठते ही लगभग कूदकर वह जम गई। प्रीति को आकांक्षा के पीछे बैठने पड़ा। वंचना और अतृप्ति पर्याप्त असुरक्षा में भी गहरा लगाव पैदा कर जाती है। एक बार भी समझ आ जाए कि संभव है कि उसका भविष्य कहीं और या कुछ और हो, लेकिन मेरा भविष्य तो कदाचित यही है। फिर यह प्रतीती प्रेम के इस मुकाम से लौटने नहीं देती। ठीक ऐसा ही हाल प्रीति का हो रहा था। इंदौर समतल है, इसलिए बहुत वक्त नहीं लगा इन लोगों को प्रीति की मां ड्योढ़ी तक पहुँचने में। घर पहुँचने पर उसकी माँ ने बहुत बुलाया कि भीतर तो आओ, लेकिन अजय फिर कभी कहकर लौटने लगा। यह मालवा की अदबी रस्म है। आज भी कोई दहलीज से ही लौट जाए तो लोग बुरा मानते है। इसके कई अनुवाद करते हैं। इसमें एक अनुवाद सबसे वजनी होता है कि लौटने वाले ने हमें अपना नहीं समझा, शायद इसीलिए लौट गया। अजय को छोड़ने के लिए प्रीति दहलीज पर थी। उसने हाथ हिलाया था, लेकिन उसका मन इतना भारी हो चुका था कि वह अपने आंसू रोक नहीं पायी। बहुत दूरी भी नहीं थी। स्कूटर और प्रीति के खड़े होने में। इसलिए आकांक्षा ने अजय से पूछ ही लिया कि प्रीति को क्या हुआ? उसने बात घुमाते हुए कहा कुछ भी तो नहीं। न–नहीं मैंने देखा कि उसके गालों तक आंसू ढुलक रहे थे। अब तुम यह बताओ कि उसकी आंखों में आंसू की वजह क्या थी? पहले तो वह टरकाता रहा कि घर चलो बैठकर बात करेंगे। मगर वह जितना इस सवाल से बच रहा था, आकांक्षा उतनी ताकत और तल्खी से उसे पकड़े थी।

आकांक्षा ने कहा 'अजय तुम बता रहे हो या नहीं कि वह क्यों रो रही थी?'

'मैंने कहा तो घर चलकर बात करेंगे।'

'घर चलकर क्या बात करेंगे? अभी बताओ कि प्रीति के रोने का सबब क्या है?'

इस पर अजय रोष में आ गया। उसने थोड़ा चिढ़कर कहा कि मुझे क्या मालूम क्यो रोई थी? अब तो आकांक्षा को लगा कि अजय कुछ छुपा रहा है। उसने भी वाक्यों पर और जोर देकर कहा,

'देखो अजय यदि तुम यहीं और अभी नहीं बताओगे तो मैं स्कूटर से कूद जाऊंगी' अजय ने जवाब देने के बजाय स्कूटर की गति बढ़ा दी। लेकिन ऐसा थोड़ी देर ही चला कि मालवा मिल चौराहा आ गया था। आकांक्षा को लगा अजय तो मानने वाला है नहीं तो उसने स्कूटर से छलांग लगा दी। धड़ाम एक आवाज आई और आकांक्षा सड़क पर!

अजय ने स्कूटर रोका और देखा तो आकांक्षा सड़क पर पड़ी थी, हालांकि जब तक वह स्कूटर उठाकर उसके पास पहुँचता कई लोग इकट्ठे हो गए। फिर जितने मुंह उतनी बातें। कोई कह रहा था स्कूटर को हवाई जहाज बनाकर चला रहा था। कोई कह रहा था चलाना आता नहीं तो घर के लोगों को बैठाते क्यों हो? असल में, मालवा में खासकर इंदौर में ज्यादातर लोग सरोकारी है। मुंह फेरकर अपने जीवन को लक्षित करते लोग वहाँ नहीं है। वे अब भी सामूहिक उल्लास, सामूहिक उत्सव और सामूहिक प्रगति में भरोसा करते है। इसलिए आकांक्षा के आसपास भी इंदौरी जमा हुए, लेकिन वह तुरंत ही उठकर स्कूटर पर बैठ गई। अजय ने आकांक्षा का तांबई लाल चेहरा देखा, कहा कुछ नहीं, लेकिन मन में कहने का उबलता गुस्सा था। अजय उसे और-और कुछ तो समझता ही था, वह उसे बेहद सहनशील और गंभीर भी मान बैठा था। इसलिए उसे बड़ी खीझ हुई कि यह सब तो नाहक उत्तेजना है, बिना कुछ जाने ऐसा भी क्या कि अपने आपको ही चोट पहुंचा ली। वह भी जिद में। अजय मन ही मन इतना कुपित हुआ कि घर पहुंचकर आकांक्षा की अच्छी तरह से

खबर ले। लेकिन घर पर उसके बड़े भाई दिखाई दे गए। यह भी मालवा का एक अनोखा रिवाज है कि घर का कोई बड़ा दिखाई दे जाए तो अपने काम छोड़कर पहले उनसे बात की जाती है। विनम्रता और सम्मान के साथ। यदि वे थोड़ी दूरी पर है तो थोड़ा तेज चलकर या कि दौड़कर उन तक जाया जाता है। जैसे जता रहे हो कि आपकी आंखों को भी मेरे लिए दूर तक क्यों देखना पड़े। उसी तरह दोनों ने बड़े भाई को तेजी से पहुंचकर प्रणाम किया। अजय भाई साहब से बात कर रहा था और आकांक्षा भीतर की ओर बढ़ गई। थोड़ी देर में जब वह चाय ले आई तो अजय ने हेमा को आवाज देकर हिदायत दी कि आकांक्षा को चोट लगी है। उसे डिटोल वगैरह लगा दो। इतना सुनते ही भाई साहब ने अजय को फटकारा कि चोट लगी है तो घर में क्या कर रहे हो। किसी डॉक्टर को दिखा आओ। अजय आज्ञाकारी की तरह नीचे उतरा और ऑटो में हेमा, आकांक्षा और अजय सवार होकर डॉक्टर के पास हो आए। आकांक्षा की ड्रेसिंग हुई थी और उसे पांच दिन की दवाई भी दी गई थी। घरेलू जिम्मेदारियों को हेमा को सौंपा गया और उसने सहर्ष उन्हें स्वीकार कर लिया। देह से लकदकु हेमा हमेशा किसी को भी आकंठित कर लेने के लिए पर्याप्त देहयष्टि रखती थी। ताकि कोई भी उसके दिखते पहाड़ों की धक-धक ध्वनि में विश्रामित होने के लिए ललचा जाए। उसे कम से कम दो-तीन दिनों तक सबका ध्यान रखना था। सबका अर्थात् अजय का भी। उसने ध्यान रखा भी। अपने लिए समय निकाल वह अजय से जरूरी संवाद कर लेती थी।

हेमा की आवाज में सागर जैसी खनक और लहजे में आसावरी लोच था। जल्दी ही उसने अपने सरोकारी स्वभाव और बातचीत से अपनी जरूरी स्थिति बना ली। इस दरमियां वह कोशिश करती रहती कि वह अजय के ज्यादा से ज्यादा नजदीक रह सके, उसे खुश रख सके, उसे सुन सके, उसे महसूस कर सके। भावों के स्तर पर भी और देह के स्तर पर भी। वह मन से तन की तरफ आते रिश्तों की तरफदार थी और अजय भी। अजय हमेशा रिश्तों के रेशमीपन की वजह मन से जुड़ाव मानता था। वह अपने भाई और मित्रों के साथ भी इसी तरह के रिश्तों की तरफदारी

करता था। इसलिए उसके अपने परिवार में भी उसे सहज स्नेह प्राप्त था। हेमा उसकी इन बातों की दीवानी थी। यूं तो वह अजय को इतना अधिक चाहने लगी थी कि उसने अपनी सगाई तोड़ने के लिए भी भरसक प्रयास किए। मगर वह अजय का नाम लब पर नहीं लाई। उसे मालूम था कि इससे पारिवारिक अनर्थ के अलावा कुछ और नहीं उपजेगा। उसने प्रीति की तरह ऐसा कुछ नहीं किया था। इस बात का ध्यान रखा कि आकांक्षा को किसी प्रकार का संदेह न हो। वह अपने लिए यहाँ के दरवाजे हमेशा खुले रखना चाहती थी। रात काफी गहरा गई थी और स्मृतियां गडमड होने लगी थीं। नींद ऐसे ही थके मोड़ पर आती है और अजय सो गया।

अनवर 3 बजे से पहले ही अजय के आफिस आ गया। इसलिए कि जुमेरात की शाम को बहुत सारे हिन्दुस्तानी, बांग्लादेशी और पाकिस्तानी दोस्तों को मिलना था। यही वजह थी कि अजय ने अनवर को उनकी खातिरदारी के लिए बुलाया गया था। अजय ने शिष्टाचारवश अनवर से पूछा मियां क्या लोगे? जूस, चाय या और कुछ! वह सकुचा गया। फिर अजय ने चाय का बंदोबस्त किया और उसकी चुस्की लेते हुए पूछा घर में यानी (इंडिया) में कौन-कौन है। थोड़ी देर वह चुप रहा तो अजय को लगा उसने दुखती रग पर हाथ रख दिया है। फिर कुछ सोचकर वही बोला जैसे कोई भीतर की पूरी ताकत बटोरकर कुछ कहना चाह रहा हो। उसने बताया वह माहिम में बांझावाड़ी में रहता है। उसकी माँ और पत्नी रुखसाना वहीं रहते हैं। पहले जब अब्बा थे हम लोग धारावी में रहते थे। वहीं की झुग्गी में हमारी खोली थी। आप तो जानते ही होंगे धारावी एशिया की सबसे बड़ी झुग्गी बस्ती है। अब्बा एक प्लास्टिक फैक्ट्री में काम करते थे। और मैं मदरसे में पढ़ता था। जैसा भी था; अब्बा के होने से बरगद जैसा साया था। एक दिन दिलबर भाई ने फैक्ट्री में आग लगा दी। अपने मालिक को बचाने में अब्बा का इंतकाल हो गया। मेरी माँ रो-रो कर पागल हो गई थी। कोई कमाने वाला नहीं था। माँ के पास जो थोड़े से रूपये थे वह अब्बा को दफनाने में लग गए थे। 2-4 दिन बाद घर में फांका करने की नौबत आ गई। अम्मी ने मुझे वहीं झुग्गी बस्ती में एक

चाय की दुकान पर 5 रूपये रोज पर लगा दिया। यह सोचकर कि कम से कम मेरा पेट तो भरता रहेगा। वह ढाबा भी चलाता था। अम्मी भी अपने लिए काम ढूंढने लगी। उसी समय एक और घटना घट गई। जिस झुग्गी बस्ती में मेरी खोली थी उसका नाम था मेनन नगर। वहाँ एक दिन बर्धा भाई के आदमी आए गलियों में ऐलान कर गए कि तीन दिन में बस्ती खाली कर दो नहीं तो आग लगा देंगे। सब लोग बहुत गिड़गिड़ाए लेकिन कमीने नहीं माने। उसने अजय से पूछा आप तो बर्धा भाई को जानते होंगे। अजय के इनकार करने पर अनवर ने आश्चर्य से आंखें फाड़ी, मगर कहना जारी रखा। बर्धा भाई वर्धराजन और सोमा भाई इन्हें आप धारावी बस्ती के खुदा ही समझे। बड़ी पहुँच वाले भाई हैं। धारावी में उनकी तमाम देशी दारू की भट्टिया है। सभी उन लोगों की है। यहीं से अक्खी मुंबई का स्मगलिंग का माल सप्लाई होता है। बर्धा भाई सोमो भाई की बगैर इजाजत कोई पुलिस वाला भी इस बस्ती में नहीं घुस सकता था। फिर एक दिन बर्धा भाई के आदमी आए और चिल्ला कर बोले चार दिन हो गए सिर्फ 30-40 झुग्गियाँ ही खाली हुई है। तुम लोगों के पास दो घंटे का समय हैं अपना सामान निकाल सको तो निकाल लो नहीं तो दो घंटे बाद हम लोग यहाँ आग लगा देंगे। ऐसा इसलिए कि यह जमीन भाई ने किसी को बेच दी है। उन्हें जमीन खाली चाहिए। बर्धा का हुकुम मानो खुदा का हुकुम। वहाँ कोई दूसरी सरकार नहीं थी। जहाँ कोई फरियाद कर पाता। कुछ लोगों ने तो अपना-अपना सामान बांध लिया। कुछ बैठे थे चुप कि शायद खुदा कोई करिश्मा कर दे। मगर थोड़ी देर में उन जाहिलों ने झुग्गियों के एक किनारे पर आग लगा दी। अम्मी दौड़ती हुई ढाबे पर आई और मेरा हाथ पकड़ कर खींचती हुई मुझे ले गई। दो पोटली सामान बांध कर एक थैला उन्होंने मुझे पकड़ा कर खाली मैदान में आ बैठी। कमोबेश सभी का यही हाल था। कुछ ही देर में हांफते-कांपते सैंकड़ों लोग खुले आसमां के नीचे आ गए। कुछेक महिलाएं इस विपत्ति में अल्लाह का नाम लेकर बिसूर रहीं थी। कुछ की तो जैसे आंखें पथरा गई थी। किसी को कुछ सुझायी नहीं दे रहा था कि इतनी बड़ी मुंबई में जाएं तो जाएं कहाँ? मेरी

अम्मी की नजरें आसमां पर टिकी थीं, जैसे वह अब्बा को ढूंढ रही हो। वे जिस पोटली पर बैठी थी अचानक उससे उठी, उसे खोला और उसका सामान बिखरा दिया। मेरी कुछ समझ में नहीं आया कि वे कर क्या रही है। फिर देखा कि एक मैला मुड़ा-तुड़ा कागज उन्हें मिला। उन्होंने कागज हाथ में लिया, फिर पोटली बांधी और मुझे हिदायत देकर सामने वाली बस्ती में चली गई। हिदायत वही जैसे बच्चों को देते है कि यहां से कहीं जाना नहीं, मैं अभी आती हूँ।

बस्ती दक्षिण भारतीय लोगों की थी। ज्यादातर वे ही रहते थे। वहां सिर उठा कुछेक पक्के मकानात भी थे और अनेक दुकानें थी। मुझे ज्यादा देर अम्मी का इंतजार नहीं करना पड़ा। अम्मी फोन करके लौट आई। उनके चेहरे पर तनाव कुछ कम दिख रहा था। अम्मी ने आकार सामान उठाया और एक एक झोली मैंने; फिर हम चल दिए। मैंने पूछा अम्मी कहाँ चल रहे हैं? अम्मी ने मुझे बहुत प्यार से समझाया तुम्हारे अब्बा के एक दोस्त है युसूफ भाई कलई वाले। वे बांझाबाड़ी माहिम में रहते है। उन्हें मैंने अपनी तकलीफ बताई वे अपने घर पर एक कमरा देने को राजी हो गए। हम दोनों वहीं कुछ काम ढूंढ लेंगे और अभी हम लोग मेन रोड बस स्टाप पर चल रहे हैं। वहाँ युसूफ भाई हमें लेने आ रहे हैं। अम्मी ने इतना मुझे बताया मैं और अम्मी बस स्टाप के पास बैठ गए। उसकी कहानी अनन्तिम दुख की असमाप्त कथा थी। वह भीतर से करुणा खींचकर आंखों के रास्ते आंसू बनाने में कामयाब थी। एक बच्चे ने कैसे झेला होगा इतना आपार दुख। अजय निस्तब्ध; अपलक उसकी बात सुन रहा था और उन पर बिना घटनाएक्य में तब्दीली किए बोलता जा रहा था। थोड़ी देर में युसूफ चाचा आ गए। उनकी टैक्सी में सामान रखकर मैं और अम्मी बांझाबाड़ी पहुँव गए। उनके घर के तीसरे माले पर यानी बरसाती पर एक कमरा और गुसलखाना बना था। वहीं सामान समेत हम लोग धंस गए। बांझाबाड़ी माहिम की एक गली में ही पूरा मोहल्ला है और नीचे पूरा बाजार है। अम्मी वहीं एक दर्जी की दुकान पर बटन टांकने आदि का काम करने लगी और मुझे बांझावाड़ी में ही एक सेठ

पोत्दार जी के घर-घर का काम करने को लगा दिया। मेरी उम्र उस समय 11-12 साल की थी। मैं घर की साफ सफाई करते-करते खाना बनाना भी सीख गया। दो साल बाद युसूफ चाचा टीवी की चपेट में आकर गुजर गए। उनकी गुजरे एक महीना भी नहीं बीता कि युसूफ चाचा की बेगम शायद उनका नाम सबीना था। उन्होंने अम्मी को बुलाकर कहा देखो! चाचा तो अब रहे नहीं मुझे उस कमरे की जरूरत है, जिसमें तुम रहती हो। तुम खाली कर दोगी तो मैं इसे 5-7 हजार रू. मासिक किराए पर चढ़ा दूंगी। अम्मी को वह जगह बहुत महफूज लगती थी। थोड़ा बहुत काम चल निकला था। अम्मी ने चाची को 5 हजार रूपए माहवार देना मंजूर कर लिया। आज उसका किराया 8 हजार है। मगर हम लोग वहीं रहते हैं। अम्मी की धारावी के समय से एक पक्की दोस्त थी मुमताज खाला। अब वे डूंगरी रहती है। वे भी उसी समय बेघर हो गई थीं। अचानक मुमताज खाला अपनी बड़ी बेटी रुखसाना के साथ मिल गई। पहले तो दोनों सहेलियाँ गले मिली फिर खूब रोई। आप कोई बात महज़ सुन नहीं सकते। सुनते हुए भी समांतर विचार आते रहते है। अजय सोच रहा था और फर्क कर पा रहा था कि अघाए और रिरियायी किस्मत के लोगों में कितना फर्क होता है। मगर अनवर आज अपने अतीत को जैसे अपने सामने देख रहा था। उसे बहुत बातें बतानी थी। शायद इसलिए कि उससे कभी किसी ने इतनी आत्मीयता से उसके बारे में पूछा ही नहीं था। वह बताए जा रहा था। उसके बाद अम्मी उन्हें अपने घर ले आई। मुझे 100 रूपये का नोट थमा कुछ मीठा-नमकीन लेकर घर आने की हिदायत दे दी, जैसा अम्मी ने कहा मैंने वैसा ही किया। घर पहुँचा तो मुमताज खाला ने मेरा माथा चूम कर कहा अरे मेरा अनु इतना बड़ा हो गया। उनके पास बैठी रुखसाना कनखियों से मुझे निहार रही थी। अच्छा तो लग रहा था मगर काम पर जाना था। थोड़ी देर बैठकर मैं अपने काम से सेठ के घर चला गया। इसी बीच अम्मी और खाला ने मेरी ओर रुखसाना का निकाह पक्का कर दिया और अगले जुमे यानी एक हफ्ते में ही मेरा निकाह हो गया और रुखसाना मेरे घर आ गई। पहली बार मुझे जिंदगी हसीन लगी।

और एक साल में घर में बढ़ोतरी हो गई और सलीम मियां आ गए। फिर करीब एक साल बाद रुखसाना के मामू ने मेरी नौकरी मस्कत में लगवा दी। तब से मैं यहाँ और अम्मी, रुखसाना, सलीम वहाँ हैं।

अब जाकर अजय थोड़ा सहज हुआ कि जिंदगी पत्थरों से होती हुई पटरी पर आ गई थी। अनवर थोड़ा रुका तो अजय ने ही बात बढ़ाने की गरज से उससे पूछ लिया तुम्हें रुखसाना की याद नहीं आती। अरे! क्या बात कर रहे हैं भाईजान! मेरी तो जान उसी में अटकी रहती है। हर हफ्ते दो खत जरूर लिखता हूँ। रुखसाना तो पूरा दिल उड़ेल कर लिखती है कुछ ऐसा कि खत एक बार में तो पूरा पढ़ा ही नहीं जाता। दो-चार बार में पढ़ता हूँ। मेरा यहाँ का अरब मालिक बहुत अच्छा है। हर महीने बात भी करा देता है। मेरा बेटा भी बहुत याद करता है। फोन पर बुलाता भी रहता है। माफ कीजिएगा आज किसी ने दिल के तार छेड़ दिए तो इतना कह गया। चलिए अब उन लोगों की खातिर-तवज्जो के लिए भी कुछ कर लें। मैं तो तैयार ही बैठा था। अपनी खरीदारी की सूची के साथ। अनवर की स्थानीय जानकारी का अजय को खासा लाभ मिला। वे सोचे गए समय से भी कम समय में सामान खरीद कर आफिस पहुँच गए।

थोड़ी ही देर बाद बाबूराव, साबित अली के साथ 7-8 और लोगों का समुच्चय आज और बढ़ गया। करीब 10-11 लोग अजय के आफिस पहुँच गए। सभी अजय से गले मिले। सलाम दुआ हुई और परिचय हुआ। इनमें बशीर भाई चाभी वाले और उनके छोटे भाई शब्बीर भाई भी थे। बशीर भाई मिले भी बड़ी गर्म जोशी से एक नजर में उन्हें जिंदादिल शख्सियत कहा जा सकता है। उनके चेहरे से रुहानियत और शराफत टपक रही थी। वह अजय के साथ सोफे पर बैठ कर बातें करने लगे। थोड़ी औपचारिक बातचीत के बाद बशीर भाई ने अजय से पूछा कि आप इंडिया में कहाँ से है? बशीर की कहन शोरबे की तरह थी। लफ्जों में मांसल गर्मी जो नाभी तक किसी को भी आप्लावित कर दे। जैसे ही अजय ने इंदौर, म.प्र. कहा बशीर उछल पड़ा सुभानल्लाह कह खड़ा हो गया और अजय को खींच कर खड़ा कर उसके गले से चिपट गया। सभी

चकित रह गए। कुछ लोग सोफे से खड़े हो गए और पूछने लगे और भाई ऐसा क्या हो गया जो बिछड़े यार की तरह मिल रहे हो? एक दूसरे से अलग होकर बशीर भाई बोले अजय भाई तो हमारे वतन से ही हैं। इसलिए साबित ने गरज जताते हुए कहा क्या हम आपके वतन से नहीं है? बशीर भाई ने वाक्य में और मिश्री घोली मेरा कहने का मतलब यह था कि अजय भाई भी मेरे नेटिव प्लेस इंदौर से हैं। अल्लाह आज तो मैं कुछ और भी खुदा से मांगता तो मुझे जरूर मिल जाता। बशीर की आंखों में मस्कत में ही इंदौर उग आया लगता था। उसके स्पर्श में इंदौर के अपनापे की शीरी थी। अजय को भी लगने लगा कि दुनिया कितनी छोटी है। बशीर अपनी रंगत में था। इस अहसास के साथ जैसे अभी भी सराफे की रसभरी दूकानों को निहार रहा हो। उसने बताया वे लोग रूपरामनगर में रहते हैं। वहां आजकल अम्मी और एक भाई रहता है। और आप अजय भाई! उसने कहा मैं नेहरू पार्क के पास! अरे! वाह! वहाँ तो बहुत धूम मचाई हम लोगों ने। खूब खेले हैं। अब तो साल में एक बार ही जाना हो पाता है। भाईजान! क्या बताऊं? मैं सभी को बताना चाहता हूँ शायद वह अकेला शहर है जो आपको अकेला नहीं रहने देता। दरख्तों से दोस्तों तक सभी आपकी परवाह करते है। आज अजय भाई आप मिले बाखुदा ऐसा लगा मेरा सगा भाई मिल गया हो। बशीर और अजय की बातों में कुछ लोग रस ले रहे थे और कुछ अलग ग्रुप में बैठे गपियाने लगे थे। असल में वे सभी अजय से मिलने बतियाने आए थे, लेकिन अजय बशीर भाई मशगूल थे। ऐसे में बाबूराव ने मोर्चा संभाला और अजय को न केवल निजात दिलाई बल्कि और लोगों से अजय का तार्रूफ कराया। अजय को लगा कि ये लोग क्या सोच रहे होंगे तो उसने एक साथ ही सभी को संबोधित करते हुए कह दिया-आप लोग तो जानते ही होंगे कि बिल्कुल उसी शहर का कोई शख्स मिल जाए तो बचपन में ढूंढी खुरासानी इमली के मिलने का भाव जग जाता है। आप माफी दें। फिर अजय आलम भाई की ओर मुखातिब हो गया। आलम भाई आपसे पिछली बार भी मुलाकात हुई थी। लेकिन कोई बात नहीं हुई। आप कम बोलते है क्या? इस बीच

इस्तयाक ने कमान संभाली और कहा कि अजय आलम भाई का काम ही ऐसा है कि इनकी बोलने की आदत ही खत्म हो गई। पूरे दिन मुँह पर काला चश्मा पहने वेल्डिंग मशीन पर भिड़े रहते हैं। वो तो कहो कि हमारी गुजारिश भरी जिद इन्होंने मान ली और ये कबूस मस्जिद आने लगे नहीं तो बोलना तो दूर सलाम दुआ भी भूल गए होते। आलम ने खुद ही चुप्पी तोड़ी यह सब तो इन भाइयों की जर्रानवाजी है। वैसे इतनी शिद्दत और मुहब्बत से कोई बुलाए तो भला कोई कैसे मना कर सकता है। फिर मुझे तो लगता है मुहब्बत में लफ्ज बेमानी हो जाते हैं। वह चुप रहकर महसूस करने की चीज है। कहने की तो बिल्कुल नहीं। सभी वाह-वाह कर उठे। इतने में अजय ने अनवर मियां से कहा पानी तो पिलवा दो भाई! कावा, जूस तो सभी ले ही लेंगे। थोड़ी देर में ही सभी बेतकल्लुफ हो गए। खाने-पीने के साथ-साथ बतरस जारी था। शब्बीर ने बताया मैं तो बशीर भाईजान के साथ ही दुकान पर बैठता हूँ। अजय समझा नहीं यह बात साबित अली भूल गया शायद अब तलक अजय भाईजान को यह भी नहीं मालूम कि बशीर भाई को बशीर भाई चाभी वाले क्यों कहते हैं? बशीर भाई की मार्केट में ताले चाभी की दुकान है। सचमुच अजय अब तक चाबीवाले शब्द को उपनाम समझ रहा था। सबको चुप देख मुर्तुजा नमूदार हुए। उन्होंने बताया अजय भाई मैं रावल पिन्डी पाकिस्तान से हूँ और मेरी अम्मी इंडिया से है। मैं टेलर मास्टर हूँ। एक दुकान पर कपड़े सिलता हूँ। और मेरा निकाह मेरी खाला की लड़की से लखनऊ में पक्का हुआ है। रमजान बाद इंशाअल्लाह पहले अपने मुल्क जाऊंगा फिर वहाँ से इंडिया जाकर लखनऊ पहुँचुगा। निकाह के बाद आजमगढ़ नाना के यहाँ दो हफ्ते हम लोग रहेंगे। आप हिन्दुस्तान में होंगे या नहीं। अजय ने भरोसा दिया मुर्तुजा भाई! उस समय यदि मैं इंदौर में हुआ तो आपकी दावत में जरूर शरीक होऊंगा। चिंता न करे घर का पता मैं आपको देकर जाऊँगा। सभी ऐसे मसरूफ हो गए जैसे एक ही परिवार के सदस्य हों। न भूगोल न भाषा की दूरियां। सब मिट गई थी। एक बारगी अजय को लगा मुल्कों की सरहदों ने आदमी को कितना बाँट रखा है या कि अपनी

जमीन से छूटकर वह हर आदमी में मुहब्बत खोजने निकल पड़ता है। वह किसी निर्णय पर नहीं पहुँचा। और ऊहापोह में घिर गया। वह चुप था तो बाबूराव ने खामोशी तोड़ते हुए कहा अजय सा. ये सब आपके बारे में भी जानना चाहते हैं। जरूर! कहते ही अजय शुरू हो गया। मैं और मेरा एक छोटा भाई इंदौर में रहते हैं। मैं यहां दो-ढाई महीने कन्सट्रक्शन का काम खोजता रहा, लेकिन नहीं मिल पाया। मजबूरी में यह काम पकड़ लिया। इस बात के गवाह बाबूराव जी हैं। अनवर को मजा आ गया। उसने कहा भाईजान यह काम तो बहुत अच्छा है। आपको एक दो लोगों की जरूरत होगी ही। फिर मैं भी खाना बना-बना कर थक चुका हूँ। सभी लोग अनवर की कहन पर हँस पड़े। अजय बोला मैं क्या यहाँ परमानेन्ट थोड़े ही रहूँगा। मैंने तो रमजान से पहले ही वीजा अप्लाई किये हैं। वह लेकर हिन्दुस्तान चला जाऊँगा। उन लोगों को मस्कत भिजवाना है। मेरी अभी-अभी शादी हुई है। मेरे पास उसकी याद की मुट्ठी भर कविताएं है। बाल्टी भर आंसू। नीरव रात में सिर्फ उसकी सांसें सुनाई देती हैं। घंटों फोन पर बतरस घोलने पर भी कलेजे में ठंडक नहीं पड़ती। बतियाते हुए फोन पर ही वह सुबकने लगती है। अजय को सुन अनवर भी भावुक हो गया। उसकी आंखें भीग गई। उसे रुखसाना और परिवार की याद हो आई थी। विदेशों में रह रहे लाखों लोगों की हालत ऐसी ही पनीली है। लंबी प्रतीक्षा चिट्ठी पर उसके अक्षरों के बीच में प्रेम को ढूंढते रहना नियतिबन गई है। उसकी अंगुलियों के पोरों को चिट्ठी में महसूस करते हुए चूमना। बस! इसी तरह गुजरती है उनकी जिन्दगी। जब तक अगली चिट्ठी न आ जाए पुरानी चिट्ठी को ही प्रेम ग्रंथ समझकर लगातार पढ़ा जाता है। कभी बरस भर में कोई आता-जाता है तो उसकी मार्फत सामान भेजा जाता है और खबरों की आमद होती है। मगर अपने वतन से इतनी दूर होने पर भी किसी से प्रेम का, मानवता का जज्बा कम नहीं हुआ। सभी में बहुत ही एका, लगाव, त्याग की भावना कूट-कूट कर भरी लगती है। चाहे वह हिन्दू हो या मुसलमान किसी भी मुल्क का हो फिर वह पाकिस्तानी हो या बांग्लादेशी कोई फर्क नहीं नजर आता। सभी एक दूसरे

की मदद करने का तत्पर। इन लोगों के बीच न तो ऊंच-नीच पता चलती है न धर्मावलंबन का फर्क। अजय सोचने पर मजबूर अगर ऐसा समाज हमारे देश में बन जाए तो मेरा देश स्वर्ग हो जाए। जहां न तो जातिवाद हो न हिन्दू-मुस्लिम-क्रिश्चियन हो न ऊंच-नीच हो न छोटा-बड़ा हो तो कितना मजा हो जाए। फिर तो छोटी-छोटी खड़ी की गई दिवारें अपने आप ढह जाएंगी।

फिर वहाँ न सांप्रदायिक शमशीरें होगी न गरीब, अमीर में फर्क होगा। सिर्फ तिजारत के लिए गले काटते लोगों का मुल्क न होगा मेरा देश। जहाँ दलितों के साथ भेदभाव न हो। सभी एक दूसरे की उन्नति से खुश हो, कोई जलन न हो। ऐसे ही देश की कल्पना तो की गई थी शायद! जहाँ लोग वंचितों के लिए अपने हित त्यागकर खड़ें हों और उन्हें मुख्यधारा में ले आएं। कब होगा मेरे देश में ऐसा! जहाँ सिर्फ मनुष्य होने की कीमत पर ही उसकी कद्र हो।

बतरस घुलता रहता है तो बड़ी दूर तक जाता है। फिर भी मनुष्य की दूसरे के प्रति और जान लेने की इच्छा खत्म नहीं होती। वे सब भी अजय को और-और जान लेना चाहते थे। जैसे अपनी धारणा को पुष्ट कर रहें हो कि आखिर अजय इसलिए और इन वजहों से एक बेहतर आदमी और अच्छा व्यवसायी है। अजय विचारों में था कि बशीर भाई ने उसकी तंद्रा तोड़ते हुए पूछा कि यार! यह तो बताया नहीं कि भाभी जान करती क्या हैं? हाउस वाइफ है या...! अरे! बताना रह गया होगा। वे स्टेट बैंक में है। अधिकारी है। दिन भर बैंक में व्यस्त रहती है और रात को मैं फोन लगाकर व्यस्त कर देता हूँ। नए ब्याह का खामियाजा है। किसी ने कहा और सभी ठठाकर हँस पड़े।

बशीर भाई ने संवाद जारी रखा अजय भाई, आप तो 'संकट मोचक' बनकर आए हो। मैं अपनी माँ को पे-आर्डर से पैसे भेजता हूँ, हर महीने। दिक्कत यह है कि बैंक के कर्मचारी दस-दस दिन तक कैश नहीं करते। इससे अम्मी को बड़ी दिक्कत पेश आती है। चलिए तो आपकी दिक्कत आज से खत्म! मैं आकांक्षा से कह दूंगा। वैसे वह जहाँ है वहाँ से ही

विदेशी चैक क्लीयर होने जाते हैं। उसके पास ही यह काम है। उनका एकाउण्ट किसी भी शाखा में हो कोई बात नहीं। महज एक बार अम्मी को उनके पास बैंक तक भेजना होगा। वे जरूरी कागजातों पर उनके हस्ताक्षर ले लेंगी फिर तो वे खुद ही घर तक की सेवा कर देंगी। अम्मी को नाहक परेशान नहीं होना पड़ेगा। मेरा ख्याल है एक ही दिन में अम्मी के हाथ नगद रूपए आ जाएंगे। बशीर को लगा अल्लाह कितना बड़ा मददगार है वह कहीं से भी कोई सूरत निकाल देता है किसी भी परेशानी को हल करने की। वह अर्से से परेशान था कि समय पर पैसे भेजने पर भी अम्मी की तकलीफें कम नहीं हो रही थी। वह चाहकर भी कुछ नहीं कर पा रहा था। वह दो कदम आगे बढ़ा और उसने अजय के हाथ को अपने दोनों हाथों में लेकर उसका शुक्रिया अदा किया। अजय तो मुक्त हस्त मुहब्बत लुटाने का अभ्यासी था। उसने बशीर से कहा इसमें आभार जताने जैसी कोई बात नहीं। देखो! बशीर भाई! नदी के पास पानी होता है वह बिना नाम पूछे अपना जल देती है, किरणों के पास रोशनी होती है, वे बिना देश और मजहब पूछे हर घर रोशनी देती है। जिसके पास जो हो उसे वह देना चाहिए, यह प्रकृति हमें सिखाती है। आकांक्षा वहाँ काम करती है। बैंक का ही काम करती है। इत्तफाकन, यही काम उसके जिम्मे है। इसलिए वह आराम से हो जाएगा। इसमें शुक्रिया की भी कोई बात नहीं। बशीर ने उठते हुए कहा अजय भाई! अल्लाह आपको बरकत दे। आपका दिल जितना अच्छा है जुबां भी उतनी ही मीठी। मुझे लगता है हममें से कोई अब आपको छोड़ना नहीं चाहेगा। सभी जैसे सहमत हो वैसे हाव-भाव प्रकट कर रहे थे। फिर अगली मुलाकात की बात और बारी आई तो बशीर भाई का नाम उभरा और वे सहर्ष सबको बुलाने को राजी हो गये।

लोग एक-एक कर रुखसत हो गए। करीब 6-7 घंटे की गप्पेबाजी और उसके लिए किए जतन की भागा-भागी से अजय निढाल हो गया। कुछ देर तक तक तो वह उसी बातचीत के वर्तुल में रहा, लेकिन सोफे पर बिछाए बिछौने पर पीठ टिकाते ही उसे लगा कि कितना अच्छा होता

यदि आदमी कोकिल की कूक, नीम का पेड़ और उसकी छांह, सुबह की हवा और दोस्तों के कहकहे भी आलमारी में रख पाता। जब मन उदास हुआ कूक सुनली, थक गए पेड़ की छांह में खटिया डाल ली और दैनंदिन से ऊब गए तो दोस्तों के कहकहे सुन लिए, वह भी उनके लतीफों के साथ! फिर तो उसे लगा शायद इसलिए आदमी ने संग्रह करना सीखा होगा। इस चिंता में कि कल क्या होगा? आनेवाला 'कल' कम से कम आज जैसा तो हो। हाँ! इसीलिए उसने सामान इकट्ठा किया गया होगा। घर बनाया होगा। मगर उस घर में भी वह निरंतर गूंजने वाली हंसी, अल्हड़पन, ममत्व और स्नेह के लबालब दरिया बनाना भूल गया। बहुत सोच नहीं पाया अजय! उसे लगा शायद वह हमेशा फूलों की तरह खिलना चाहता है, खुशबू की तरह बिखरना चाहता है। एक संपन्न खुशबू की तरह। जो अपनी तरह की हो। अजय का थ्रस्ट हमेशा 'अपनी तरह की' पर रहा करता। जल्दी ही उसकी आँख लग गई। वह बिना भोजन किए ही सो गया।

सुबह जगते ही अजय को लगा कि यह क्या हो गया? मैंने कल आकांक्षा से भी बात नहीं की। उसने कितना इंतजार किया होगा? अजय, आकांक्षा में ही अपने जीवन की लघु कथाएं ढूंढने लग गया था। यह चूक उसे बुदबुदा रही थी कि ऐसा कैसे हो गया? उसने शायद अपनी माँ का उलाहना भी सुना होगा कि इतनी देर से जाग रही हो सुबह बैंक भी जाना है। जल्दी-जल्दी वह गुसलखाने से निपटा और आकांक्षा को फोन लगा दिया। तमाम रात की बातें जल्दी-जल्दी बताते हुए अजय, आकांक्षा से दो-चार बार 'सॉरी' कह गया। तब उसने ही कहा-'जानूं' तुम्हारा बार-बार इस तरह 'सॉरी' कहना मुझसे सहा नहीं जाता। हाँ! यह बात ठीक है कि मैं देर रात तक तुम्हारे फोन के इंतजार में सो न पा रही थी। 'अच्छा मैंने तुम्हें फोन एक जरूरी बात के लिए किया है। यहाँ एक दोस्त बने हैं बशीर भाई! उनकी माँ रजिया आंटी तुमसे मिलने आएंगी। उनके पे-आर्डर कैश होने में कुछ दिक्कत आ रही है। उनसे सम्मान से मिलना। वो जिसे कहते हैं ना! 'सास वाली इज्जत' देना।' ...अरे! बस! बाबा मैं समझ गई।

अब जल्दी फोन रखो। बैंक जाना है।

'ऐसे कैसे रख दें अजय चुहल कर रहा था

तो कैसे रखोगे?

'कुछ मिलना चाहिए'

क्या?

'अब यह भी बताना होगा'

'चाहिए तो बताना पड़ेगा'

'वह जो प्रेम में भीग कर दिया जाता है'

क्या रूमाल! इस बार चुहल की बारी आकांक्षा की थी।

'हद हो गई...' अजय गुनगुनाया

'चलो ठीक है दिया...'

क्या?

तुम्हें मिला नहीं जो चाहिए था। देखो ध्यान से सुनो और मुझे बैंक जाने दो। एकाएक आकांक्षा ने दो-तीन नेहकवच जड़ दिए। शायद प्रत्युत्तर में अजय ने भी।

अजय की मनुहार मानकर आकांक्षा जरूर बेडरूम की आमने-सामने रखी कुर्सियों को थोड़ा पास ले आती। उसे हमेशा लगा करता रिश्ते गोलाकार होते हैं। आसत्र नहीं। आमने-सामने के रिश्ते जड़ता लाते हैं। रिश्ते कहते ही शायद उसे हैं, जिनमें नजदीकी होती है। कुछ इतने नजदीक कि अनकहा सुन लिया जाए और अनसुना कह लिया जाए। उसके गालों पर अजय के प्रेम की लाली बढ़ गई और वह तेजी से नहाने के लिए भागी। उधर, अजय जब भी इस तरह आकांक्षा उसकी बात मान लेती और उसे फोन पर ही कई चुंबन दे देती तो वह अहसास में भर जाता। अचानक उसमें काम करने की ऊर्जा बढ़ जाती। और बढ़ जाता लक्ष्य संधान का जज्बा! मगर आज वह कुछ देर तक आकांक्षा की उस पतली आवाज को अपने दिमाग में आकारीत करने लगा। आकार निश्चित ही रूपहीन नहीं होता और मनछवि के मनमीत के रूपाकार के जाल से इस बार अजय को निकलने में थोड़ा समय लेगा।

आकांक्षा के चिकुर जाल से मुक्त होकर अजय अरब के लोगों को

फोन लगाकर वीजा के लिए याद दिलाता। जिसको भी अजय के वीजा के लिए पेपर्स दिए थे वह रोजाना उन सभी को फोन लगाकर वीजा के लिए रिमाइन्डर देता। पूछता रहता कि वीजा कब तक तैयार हो जाएंगे। अजय उनसे कहता कि वीजा में लेटलतीफी सब गड़बड़ कर सकती है। ऐसा हुआ तो रमजान तक आपकी माँग की आपूर्ति नहीं होगी। आपको न खद्दामा मिलेगी, न ड्राइवर इस दबाव की एक वजह तो यह काम थी ही, दूसरी वजह यह थी कि अजय आकांक्षा की अनुपस्थिति को भी उपस्थिति की तरह जी रहा था। इससे बड़ी दिक्कत हो रही थी। आकांक्षा जहन में उमड़ती तो उसे लगता उसके ओठों तक आकर शब्द चमक के साथ अर्थ बताने लगते हैं। आकांक्षा उभरती तो उसे लगता उसका हल्दी सा उजला रूप और धनिए की सुगंध जैसी देह लगातार उसे निमंत्रित कर रही है। उसका मन उस पर जितना दबाव डालता अजय वीजा के लिए उतना ही दबाव इन लोगों पर बना देता। वस्तुतः वह अब आकांक्षा के बगैर रह नहीं पा रहा था। कभी-कभी अकेले में उसकी आंखों से आंसू बह उठते। उसे आकांक्षा के साथ बिताए तमाम लम्हें तंग करते। आज याद की किताब का सफा खुल गया। वह आकांक्षा के साथ पहली बार ही मांडव अपने दो दोस्तों विनय और अभय के साथ मांडव गया था। उनकी महिला मित्र भी साथ थी। मांडव पुराना किला है। इसे पिकनिक स्पाट बना दिया है। वहाँ तीन रूम लेकर सब लोग एक दिन रुके थे। खूब घूमे फिरे मस्ती की और दूसरे दिन लौटे थे। जब अजय मस्कत आने के लिए बम्बई आया था तब उसके साथ आकांक्षा और अजय के दो भाई और एक मित्र अनिल और नौकर भी आए थे। बम्बई में माहिम के एक मीडियम से होटल में रुककर-वीजा लेने का इन्तजार करना पड़ा। वीजा 10-12 दिन में मिला था। उन दिनों की मस्ती अजय को भुलाते नहीं भूलती। दिन भर बाम्बे घूमते दोस्तो से मिलते जुलते बड़ा पाव खाते।

जितने दिन उतने शगल, जितने शगल उतनी मस्ती! आकांक्षा की आवाज कानों से सीधे दिल तक पहुँचती। दिमाग तो अनुवाद करता ही नहीं था। नाभि और दिल ही उसकी मान लेते। उन दिनों की रातें अद्‌भुत

और सुरमयी थी। उसका कमरे में होना ही दीवारों के हर कोने को जिस्मानी गर्मी से भर देता। वह लेटती तो लगता रात लेट रही है। वह जगती तभी सुबह का बोध होता। अजय उस समय आकांक्षा की देह का हिस्सा बन गया था। उसकी याद अब उसे बेधती रहती है। उसे लगता है अब भी शायद उसके दफ्तर के तकिये पर आकांक्षा ने सिर रखा है, तभी तो सुबह चम्पई खुशबू आ रही थी। वह जितना अपने को इससे दूर हटाने की कोशिश करता उतना उसमें उतरता जाता। आज तो उसे एक-एक किस्सा याद आ रहा था, जैसे फिल्म देख रहा हो। उतना ही ताजा, नया और सुगंधित। जितना शायद घटना के दिन रहा होगा। ताड़देव, बान्द्रा रात को कहाँ कहाँ नहीं भटके थे। हाथों में हाथ डाले, पावभाजी खाते हुए सभी दोस्त और दोस्तों के नाचते तन-मन! रात को समंदर की रॉक्स पर बैठकर फोटोग्राफी करना, उसमें आकांक्षा की शोखी, हँसी, अंगड़ाई के सैंकड़ों दृश्य होते। अजय यादों में जब भी इतना निमग्न हो जाता उसे लगता आकांक्षा उसकी अंगुली का पोर हो गई है। वह खुद को भी जहाँ छूता है, वहाँ आकांक्षा की धड़कती उपस्थिति होती है। उसे समझ नहीं आ रहा था कि वह कैसे इससे निजात पाए। हकीकत में वह आकांक्षा से बहुत दूर था। और इसी बात से लगातार परेशान! कभी-कभी वह अपनी जिद से भी खुद चिढ़ जाता कि ऐसा भी क्या कि धड़कन पर कान रखे बिना रूपए पकड़ने की राह पकड़ ली।

रोज की तरह आज भी अजय आफिस में बैठा था। किसी अरबी के इंतजार में। उसने अपना नाम सईद अल अराफाती बताया था। अजय को उसने फोन कर कहा था कि मैं आपसे मिलने शाम को 4-5 बजे आऊँगा। पूछने पर बताया था कि बिजनेस डील करनी है। सईद अल अराफाती दिए वक्त पर ठीक 4:30 बजे 3-4 अरबों के साथ अजय के आफिस में आ धमके। उनकी बॉडी लेंग्वेज बिजनेस की नहीं लग रही थी। अजय इनमें सईद अल अराफाती को पहचानने की कोशिश कर रहा था। उसने हाथ मिलाया सलामा दुआ हुई। अजय ने फदल रफीक कहकर सोफे की तरफ इशारा किया। मगर उनका जवाब माकूल नहीं था। अजय चौंक गया।

उनकी आवाज भी कठोर थी। उन लोगों ने अजय को आदेशित किया। वह अपना पासपोर्ट दिखाए। अजय को हमेशा इसी बात कि चिंता लगी रहती थी। उसने सईद अल हाशमी को कई बार इस बारे में उल्लेख किया, मगर वह टालता रहा। उसके दफ्तर को लेने के दिन भी अजय ने इस बारे में बात की थी। मगर, पासपोर्ट मांगते ही अजय समझ गया कि वह घोर मुसीबत में फंस गया है। उसके कार्यालय में एसी चल रहा था, लेकिन ड्रावर से पारपत्र निकालते हुए वह पसीने में नहा गया। उनके हाथों में पारपत्र देते ही उसने सईद अल हाशमी को फोन करने की कोशिश की तो उनमें से एक ने आगे बढ़कर फोन छीन लिया। फिर तो वे बेपर्दा हो गए। उन्होंने बताया हम क्राइम ब्रांच से है और आपके वीजा की मियाद खत्म हुए डेढ़ महीने से ज्यादा हो गया। आप हमारे साथ चलिए।

यह सब अजय के लिए नया अनुभव था। लेकिन उसकी आशंकाओं में घिरते रहे काले बादलों की तरह था। अजय ने इन लोगों से बड़ी मिन्नतें की, लेकिन कोई टस से मस नहीं हुआ। वे इस बात पर आमादा थे कि अजय तुम्हें हमारे साथ चलना होगा। नहीं चलोगे तो जबरदस्ती तुम्हें ले जाएंगे। अजय ने बड़ी अनुनय के बाद कहा कि मुझे अपने पार्टनर से तो बात कर लेने दो। इसे भी उन लोगों ने ठुकरा दिया। कहा कि उसे खबर हम कर देंगे। अजय महाराज! तुम्हें उसे बताना ही तो है कि तुम क्राइम ब्रांच के चुंगल में हो। हम बता देंगे। वे पास आकर खड़े हो गए। उनकी मुद्रा कुछ ऐसी थी कि चल रहे हो या नहीं। अजय निर्विकल्प था। दफ्तर बंद कर पास की प्रिंटिंग प्रेस में चाभी दी और उनके साथ चल दिया। उसके दिमाग में घंटे निनाद कर रहे थे। हर घंटे की आवाज में सैंकड़ों सवाल थे। सईद अल हाशमी को पता हो पाएगा या नहीं? ये लोग बताएंगे या नहीं। उसने उसके साथ ऐसा क्यों किया? कहा था तो बीजा रिन्यू क्यों नहीं करवाया।

थोड़ी देर चलकर ये लोग अजय को नितांत अंजानी एक इमारत में ले आए। वहाँ कुछ और लोग भी बैठे थे। देखने पर भारतीय लग रहे थे। वहीं एक बलूची भी बैठा था। वह अरबी में लगातार गालियां दे रहा था।

उस इमारत में जहाँ ले जाया गया था बेइंतहा गर्मी थी। सारा आलम उबल रहा था। काफी इंतजार के बाद एक कमरे में किसी बड़े साहब के पास पेश किया गया। वहाँ करीब डेढ़ घंटे पूछताछ हुई पचासों सवालों के जवाब अजय को देने पड़े। वह टूटी-फूटी अरबी में स्वयं को निरपराध समझे जाने की गुहार कर रहा था। फिर उन लोगों ने अजय से दर्जनों कागजों पर दस्तखत कराके एक बैठक में ले जाकर बंद कर दिया। वहाँ 7-8 लोग और बन्द थे। इन्हीं में वह बलूची भी था जो काफी देर से गालियां दे रहा था। उसने फिर गालियाँ शुरू कर दीं और अजय को दांत पीस कर तरह-तरह के इशारे करना शुरू कर दिया। यह देखकर बैठक में बन्द केरल के मोहन पिल्लई ने उस बलूची को समझाने की कोशिश की कि ऐसा न करें। इस पर बलूचीजे ने एक मग्गा गरम पानी मोहन पर डाल दिया। वहाँ पीने के पानी का नलका लगा था। उसमें से तापमान ज्यादा होने से पानी उबलता आता। वही पानी मग्गे में था। मोहन तड़पकर रह गया। कसमसा तो वह रहा था, मगर कर कुछ नहीं पाया। अजय ने संतरी को शिकायत की। संतरी गेट पर ही खड़ा था। लेकिन उसने मदद करनी तो दूर बात पर ध्यान तक नहीं दिया। यह देखकर अजय और मोहन पिल्लई घुटनों पर हथेलियां रखकर सिर नीचा कर भगवान भरोसे बैठ गए। वैसे ही जैसे कोई जुल्म को सामने देखकर कुछ कर नहीं पाता। फिर तो बलूची निर्द्वंद्व गालियां हवा में उछालने लगा। संतरी अपनी जगह बिना हिले खड़ा था। अजय और मोहन अपनी जगह। कुछ देर बाद बलूजी अपनी जगह से उठा और गेट तक चलकर आया। उसने संतरी से धूम्रपान की फरमाइश कर दी। संतरी निर्विकार भाव से खड़ा रहा। इस पर बलूची जोरों से अपशब्द बकता रहा। लेकिन संतरी ने उसकी ओर नजर उठा कर देखा भी नहीं। थोड़ी देर बाद वहाँ खड़े रहने के बाद वह पलट कर अपनी जगह पहुँचने के लिए पलटा और जाते मोहन के गाल पर जोरदार तमाचा जड़ गया। गालियाँ तो वह अहर्निश दे रहा था फिर जाकर बैठ गया। मोहन ने लेशमात्र भी प्रतिबाद नहीं किया और अजय और मोहन उससे इतने भयभीत हो गए कि उसकी तरफ नजर भी उठा कर देखने की हिम्मत

नहीं रही। फिर वे इंतजार करने लगे कि कब यह बला सोए तो सोया जा सके। अजय सोचने लगा मैं तो जेल पहुँच गया अब आगे क्या होगा? अगर यह बलूची साथ ही लाकअप में रहा तो मर ही जाएंगे। इतनी बेइज्जती कैसे और कब तक झेलेंगे। अजय और मोहन अपने-अपने फट्टे पर बैठे रहे बाकी सारे लोग सो गए थे। उन लोगों को शायद भभकती गर्मी में सोने की आदत थी। अजय की आंखों से नींद कोसों दूर थी। वह सोचे जा रहा था सईद हाशमी उसे बेवजह आश्वासन क्यों दिया कि वह वीजा रिन्यू करा देगा फिर क्राइम ब्रांच ने उसे बताया होगा तो मिलने क्यों नहीं आया? उसे छुड़ाने क्यों नहीं आया? इतना बड़ा झूठ वह क्यों बोला? हो सकता है उसे यह खबर ही न मिली हो। मन कितना खिन्न और परेशां हो वह उम्मीद का दामन नहीं छोड़ता। अजय को लगा हो सकता है वह कल आ जाए। इन लोगों ने न भी बताया हो तो भी अल अकीदा प्रिंटिंग प्रेस वालों ने तो उसे बताया ही होगा। वह सारे लोग अजय को ले जाते देख रहे थे। फिर वह क्यों नहीं आया? क्यों नहीं आया? यह सवाल उसे मथता जा रहा था कि उसके न आने की वजह क्या होगी? दूसरा सवाल यह कि अब क्या होगा? अभी तो सजा हुई ही नहीं। होगी! होगी तो कितनी होगी? कब छूट पाऊंगा? अब पता नहीं मेरे साथ क्या होगा। अजय का मन दुख और निराशा में डूबा जा रहा था। सबसे ज्यादा चिन्ता उसे दो बातों की हो रही थी एक तो अरब दो-चार दिन में ही वीजा देने वाले थे। उनका क्या होगा। कहीं उन्हें मालूम पड़ गया कि मैं गिरफ्तार हो गया हूँ तो क्या होगा और रमजान में मैं लेबर कैसे भेज पाऊंगा? आगा भाई को खबर भी नहीं हो पाएगी। दूसरी बड़ी चिन्ता आकांक्षा की थी। वह आज से ही चिंतित होने लगेगी। कई दिन और महीने हो जाएंगे तो वह झेल पाएगी या नहीं। पता नहीं, कहीं मर ही न जाए। कहाँ से क्या पता करेगी? अनिश्चय, अवसाद और भविष्य के अंधेरे में उसकी रुलाई फूट पड़ी। हालांकि उसकी रुलाई बे-आवाज थी। उसमें स्वर नहीं था। बाकी के लोग या तो सो रहे थे या गर्मी के कारण हल्की बेहोशी जैसी हालत में थे। फिर भी मोहन पिल्लई ने उसे देख लिया। और अजय के पास

आकर उसकी पीठ पर हाथ फेर कर मूक सांत्वना दे रहा था। जैसे कह रहा हो मर्द रो कर इन मुसीबतों से नहीं जीत सकते हैं वे इससे लड़कर या इन्हें झेल कर ही पार पा सकते हैं। ऐसे ही बैठे, अध लेटे या जागते रोते उसकी रात बीती। सुबह दो पीस ब्रेड और एक गिलास चाय एक कैदी (सेवादार) सभी को पकड़ा गया बगैर मुँह धोये बगैर पेस्ट किये सभी ने चाय ब्रेड खाली। आठ बजे से पहले एक मजबूत कद काठी वाला आदमी आया और चिल्ला कर कड़क आवाज में हुकुम दिया सभी तैयार रहो सभी आफिस में पेशी को चलेंगे। तैयार होने को किसी के पास कुछ था नहीं जो जैसे थे कपड़े झाड़कर उठ खड़े हुए। थोड़ी देर में बैठक के गेट के सामने एक मिनी बस आकर रुकी उस पर ओमान पुलिस अरबी और अंग्रेजी में लिखा था। उस वैन में अजय समेत सभी लोगों को बैठाकर वैन चल पड़ी। वैन में पहली बार पुलिस की ड्रेस में 4–5 आदमी दिखाई दिए। नहीं तो अभी तक ये लोग ड्रेस में नहीं थे। सभी अरबी तन्दूरा पहने हुए थे और इस लॉकप के कर्मचारी भी तन्दूरा ही पहने थे। बस 15–20 मिनट में एक विशाल अहाते में जाकर रुकी। उस अहाते में कई बड़ी–बड़ी इमारतें थीं और कई पुलिस वाहन तथा पुलिस वाले भी थे। हिरासत के सभी लोगों को एक हॉलनुमा बड़े कमरे में ले जाया गया। देखने में वह कोर्ट ही लग रहा था। सामने 20–30 कुर्सियां पड़ी थी। उन पर सभी को बैठा दिया और दोनों तरफ पुलिस वाले बैठ गए। सामने की दीवार पर अरबी में कुछ लिखा हुआ था। थोड़ी देर बाद अरबी तन्दूरा पहने दो सेवक के साथ हाल में किसी ने प्रवेश किया। सभी लोगों ने खड़े होकर बहुत इज्जत के साथ उसका अभिवादन किया और पुनः कुर्सियों पर बैठ गए। बारी–बारी से सभी को जज के सामने पेश किया। जज ने टूटी–फूटी अंग्रेजी में सिर्फ नाम और बाप का नाम के साथ देश का नाम पूछा और काफी देर तक अरबी में बोलता रहा जो कि एक सेवक लिख रहा था। अजय की फाइल पर भी एक पेज का आर्डर लगा दिया। फिर पुलिस वालों ने कहा रो यानी चलो और सभी को लेकर वैन में बैठाकर और चल दिया। बलूची सुबह से खामोश था। रास्ते में मोहन पिल्लई ने पास

बैठे पुलिस वाले से अरबी में पूछा कि आप हम लोगों को कहाँ ले चल रहे हैं? पुलिस वाले ने बताया जेल! मोहन को आश्चर्य हुआ। उसने कहा जेल में तो हम कल भी थे। इस पर पुलिस वाले ने बताया कल से तो क्राइम ब्रांच के लाकअप में थे। अब जेल जा रहे हो। आप लोगों का जेल का आर्डर हुआ है। पाँच दिन बाद तुम लोगों को बड़े कोर्ट में पेश करेंगे। वहाँ सजा का आर्डर होगा तभी पता चलेगा सजा कितनी हुई है। मोहन पिछले तीन सालों से मस्कत में था। लिहाजा अरबी अच्छी बोल और समझ लेता था। अजय को ज्यादातर बातें समझ आ गई फिर भी स्पष्ट समझ के लिए उसने मोहन से पूछा कि पुलिस वाला क्या बता रहा है। उसने बताया वह हम लोगों को जेल छोड़ने जा रहा है और पाँच दिन बाद बड़े कोर्ट में पेश करेगा। उस दिन सजा सुनाई जाएगी। सजा की अवधि कितनी होगी यह वहीं पता चलेगा। अजय का चेहरा चिंता और उद्विग्नता में खिंच गया था। उसे इस हाल में देखकर मोहन ने कहा 'यार तुम चिंता न करो।' हम कोई अपराधी तो है नहीं। बाहर से आए हैं। वीजा की मियाद पूरी हो गई। बस! ज्यादा से ज्यादा तीन महीने की सजा होगी। इतना सुनते ही अजय को गश आ गया। उसने सिर पकड़ लिया। मोहन उसे देखकर समझ गया कि अजय की हालत खराब हो गई है। उसने कहा तुम्हें क्या लग रहा था अजय! कब तक छूट जाएंगे। अजय जवाब देने के बजाय कह उठा भाई! तुम नहीं समझ रहे मैं कैसी मुसीबत में फंस गया हूँ। रात भर सो नहीं पाया। इतनी गर्मी में तो मर ही जाऊंगा। मेरे बिजनेस का क्या होगा? कभी वह इस याद से इतना दुखी हो जाता कि उसका सारा बदन ऐंठ जाता और जैसे वह गहरे अवसाद में उतर जाता। उसे लगता ऐसा क्यों होता है कि इंसान जिसे चाहता है उसे पा नहीं पाता। पा लेता है तो जी नहीं पाता। जीना चाहता है तो जिंदगी पत्ते बदल देती है। हाँ! पत्ते ही तो बदल जाते हैं। अस्तित्व नया जरूर होता है बदलता नहीं। इंसानी फितरत का समर्थन सबसे बड़ा सकून मुहब्बत है। मगर इसका एतबार सिर्फ उसे होता है जिसने उरोजों के साथ नाभी पर कान धरें हों और अपने अहसास से सामने वाले शख्स की ऊर्ध्व ऊर्जा

की तरंगों को महसूस किया हो। उन्हें क्या पता जो शरीर को सिर्फ सहवास का एक यंत्र मानते हैं अथवा जिनमें दूसरे के लिए मरने या मारने का जज्बा नहीं है। अजय आज भी इसी तरह की बातें सोचते हुए हलकान था और शरीर से शिथिल भी। फिर भी उसने अपने काम की गति को अप्रभावित रहने दिया। सबको कैसे खबर कर पाऊंगाा? रमजान में मैन पावर कैसे पहुँचेगी? अजय के दिमाग में सैंकड़ों प्रश्न कौंध रहे थे। मोहन भाई आप नहीं समझोगे। कहते हुए अजय का गला भर गया तो वह चुप हो गया। लेकिन उसके जहन में तमाम अच्छे बुरे विचार आ रहे थे। वह सोच रहा था कि यदि जेल में तीन महीने काटने पड़े और अरब लोगों की खद्दामा और लेबर नहीं पहुंची तो वे भी केस कर देंगे। उन्होंने तो पैसे एडवांस दे रखे हैं। फिर तो वर्षों जेल में ही सड़ना पड़ेगा। उसका विश्वास अपने पार्टनर सईद अल हाशमी पर से उठ गया। यदि वह अच्छा व्यक्ति होता तो मदद करने अभी तक आ गया होता। यदि अगर किसी तरह आगा भाई को मुम्बई खबर पहुँच जाए तो वह कम से कम मैन पावर को रमजान से पहले यहाँ भेज सकते थे। ऐसा हो जाए तो एक संकट से तो बच जाते। आकांक्षा क्या करेगी? यहाँ किसी को जानती भी नहीं। फोन न. सिर्फ मेरा ही है उसके पास। वह लगेगा नहीं। क्या करूँ। इसी बीच अजय ने सारे देवी-देवता याद कर लिए। अजमेर शरीफ दरगाह के बाबा के पास दरख्वास्तें मन ही मन लगा डाली। इस बीच वैन जेल पहुँची। शहर से काफी दूर जेल वीरानें में बनी थी। रेगिस्तान जैसा नजारा था हरियाली तो दूर एक पत्ती भी नहीं थी वहाँ हरे रंग की। ऊपर से बेइंतहा गर्मी। पुलिस वालों ने सारी औपचारिकताएं पूरी कराई। दसियों जगह अंगूठे के निशान लगाकर अंदर प्रवेश कराया गया। इस दरमिया एक काम अच्छा हुआ कि उस बलूची बन्दी को एक अलग कोठरी में बन्द किया गया और हम लोगों को एक अलग वार्ड में जहाँ 25-30 लोग पहले से थे। वे सभी शक्ल सूरत से भारतीय उपमहाद्वीप के जान पड़ते थे। बैरक में सभी ने बड़े आत्मीय ढंग से सलाम कर हाथ मिलाए और कुछ लोग गिलासों में पानी ले आए। पानी नार्मल से थोड़ा ठंडा था। सभी के गले

सूख रहे थे। इसलिए बड़ी राहत मिली। अजय ने पूछा इतना ठंडा पानी कैसे कहाँ से मिला उन लोगों ने बैरक में ही कई घड़े रक्खे थे। उन घड़ों पर कपड़ा बांध कर गीला करते रहते थे। अजय के लिए यह भी कुतूहल था कि जहाँ उबलता पानी पिलाया जा रहा था, कमोबेश वैसी ही जगह पानी ठंडा मिला तो जीने की आस बंधी। हाथ मिले तो हौसला बढ़ा। आकांक्षा की स्मृति और चिंता में उसके भीतर की लय ठहरी हुई थी। वह जैसे एक विसर्जित वलय में था। अपने भीतर जन्मे अर्थप्रवाह को लिए हुए। बदलाहट कभी-कभी बेहतरी का भाव भी पैदा कर देती है। यही हाल अजय का था। यहाँ पहुँचकर अजय और मोहन पिल्लई को थोड़ी राहत मिली। क्राइम ब्रांच के लाकअप में तो दर्द भी चीखता था। एक तो भयंकर गर्मी थी, उस पर उबलता हुआ पानी। पूरी बैरक एक भी पंखा नहीं था। ऊपर से उस बलूची कैदी के आतंक। बैरक में पहले से जो कैदी थे वह सभी इकट्ठे होकर नये आये लोगों से परिचय हासिल कर रहे थे पूरी शाइस्तगी के साथ। बैरक में पाकिस्तान, बांग्लादेश, भारत, श्रीलंका के लोग थे। बलूची और अरब लोगो को दूसरी बैरक में रखा गया था। करीब एक घंटे बाद पाकिस्तान मूल का वार्ड का मुंशी अपने साथ दो सेवादार और लेकर आया। उसके पास बैरक की चाभी थी। उन्होंने चिल्ला कर आवाज लगाई चलो कटोरी उठा लो एक कोने में 10-20 बड़े साइज के कटोरे रखे थे। एक-एक सभी ने उठा लिए और गेट के सामने लाइन में खड़े हो गए। सेवादारों ने उस भगोनेनुमा कटोरे में चावल और ऊपर से दाल उड़ेल दी। कोई बोलने का मौका नहीं। अजय का मन हुआ कि कहे ज्यादा है। मगर बिना गाली के एक वाक्य भी नहीं बोल रहे थे। इसलिए कुछ सोचकर अजय रुक गया और कटोरा लेकर अपने फट्टै पर आकर बैठ गया चुपचाप। मगर वह खा नहीं रहा था उससे इस हालत में खाया नहीं जा रहा था। एक कैदी ने देखा तो आवाज दी भाई खा क्यों नहीं रहे। कुछ चाहिए नमक या कुछ और।

अजय ने ना-नुकुर में वाक्य बनाते हुए कहा भाई! एक चम्मच हो तो दिलवा दो। यह सुनते ही सभी हँस पड़े। अजय के लिए हाथ से

दाल-चावल खाने का यह पहला मजबूरी भरा तर्जुबा था। कुछ लोग टिप्पणियां कर रहे थे गनीमत है कि कटोरा भी दे दिया वरना हाथ में लेकर खाना पड़ता। कुछ पेट में गया तो अजय उनींदा हो गया। शायद यह ठीक नहीं। अजय और जग नहीं पाया तो बेहोशी में सो गया या बेहोश हो गया। ताला खुला और एक कड़क आवाज गूंजी। गिनती कराओ वह वाडर्न था। मुन्शी ने अन्दर आकर अजय के पास जमीन पर डंडा बजाते हुए हुक्म दिया सुना नहीं उठो गिनती कराओ। अजय गहरी नींद में था हड़बड़ाकर उठ गया और लाइन में जाकर खड़ा हो गया। यहाँ की प्रणाली यह थी कि जब नाम पुकारा जाए तब हाजिर हूँ कहो और सिर झुकाकर बाहर निकल जाओ। अजय को भी यही सब करना पड़ा। हालांकि इसके लिए उसे मन पर बड़ा पत्थर रखना पड़ा। बाहर एक बड़ा ग्राउन्ड था। वहाँ दूसरी बैरकों के कैदी भी घूम रहे थे। कुछ ग्रुप में बैठे कुछ खड़े बातचीत में मशगूल थे। अजय भी निरर्थक चहल कदमी करने लगा। उसी समय दो आदमी अजय के पास आकर कहने लगे लगता है आप नए है क्या नाम है आपका और कब आए किस जुर्म में यहाँ आ गए। अजय ने पहले तो उन्हें बारीक निगाहों से देखा फिर अपने बारे में बताने लगा। मेरा नाम अजय है। मैं हिन्दुस्तान का हूँ। मेरा ओमान का वीजा एक्सपायर हो गया था। फिर भी मस्कत में रह रहा था। बस यही मेरी गलती थी। और आप कहाँ से है और आपका नाम क्या है?

एक ने बताया मेरा नाम रमेश है और जो साथ थे उनका नाम अशोक है। हम लोग दो माह से जेल में है। हमारा जुर्म यह है कि हम लोगों को एक फ्राड ऐजेन्ट ने नकली वीजा लगाकर मस्कत भेज दिया और हम लोगों से पचास-पचास हजार रूपये भी ले लिए थे। कमीनों ने यहाँ फसवाँ दिया। यहाँ आने के बाद एक माह बाद ही हम लोगों को गिरफ्तार कर लिया गया और दो महीने से यहाँ जेल में हैं। भाई साहब हम लोग पूना के हैं, लेकिन नकली वीजा लगाने वाला ऐजेन्ट मुंबई का था। उसने मुझे फंसवा दिया। कहते हुए जैसे कोई अंधा किसी से टकराने पर साफ रास्ता पूछ रहा हो वैसे ही ये लोग बेहद सदमे और परेशानी में थे। आंखों

में आंसू और अँतहीन भटकाव का रेगिस्तान उनकी बोली में था। अजीब सा डर। घर वालों की चिंता। उसने रोते-रोते ही अजय को बताया घर तो इंतजार कर रहा होगा कि हम लोग यहाँ कुछ काम करके पैसा भेजेंगे, लेकिन कहाँ से और कब? हम तो जेल पहुँच गए। अजय उससे कुछ कह पाता कि वह भी सोच में पड़ गया कि आखिर खुला आसमान वह कब देख पाएगा? होगा क्या उसका? उम्मीद की महीन सी किरण भी दिखाई नहीं दे रही थी। दूसरे दिन मुंशी लिस्ट लेकर आया। उसमें अजय और अन्य नये कैदियों के लिखे नाम पुकारकर बाहरले गया। सभी को एक चबूतरे नुमा जगह पर बैठा दिया। अजय कुछ पूछता उसके पहले ही मुंशी ने बताया यहाँ तुम सभी का मुंडन किया जाएगा।

यह सुनते ही अजय बहुत दुखी हो गया। उसने मुंशी की भरसक मिन्नतें की, मगर वह नहीं माना। बाल उसे प्राण प्रिय थे। उन्हें बचाने के लिए अजय गिड़गिड़ा गया लेकिन कोई लाभ नहीं हुआ। अजय के सिर पर उस्तरा फेर दिया गया। उसके सुन्दर लंबे बाल जमीन पर धूल चाट रहे थे। अजय को सबसे अच्छे अपने बाल लगते थे और उसकी पर्सनलटी का अहम हिस्सा उसकी हेयर स्टाइल ही थी। इन कमबख्तों ने उसे नस्तेनाबूत कर दिया। जैसे डूबता व्यक्ति पानी पर उभरी लहरों को भी पकड़ने की कोशिश करता हैं उसी तरह अजय ने भी नाई से भी गुहार लगा दी। नाई सरकारी तेवरों का अरारोट खाया अकड़ू था। उसने एक भद्दी सी गाली निकाली फिर कहा सीधे बैठे रहो नहीं तो बीस कोड़े ब्याज में खाओगे। उसकी धमकी असर कर गई। फिर अजय ने उफ नहीं की और अपने सुन्दर बालों की कुर्बानी होते चुपचाप देखता रहा। उसे अपने बचपन की वह घटना याद हो आयी जब वह 7-8 साल का रहा होगा तो उसके पिता ने नाई बुला कर कहा था इसकी कुल्लियाँ छोटी-छोटी कर दो। लड़कियों जैसे इतने लम्बे बाल हो गए हैं। अजय बाल न कटवाने की जिद पर अड़ गया तो उस नाई को लौटना पड़ा था। हालांकि उसके पिता जी घंटो नाराज बने रहे। कहते रहे कि यह लड़की बनेगी तब उसकी दादी ने आकर बचाव किया था कि बच्चे की

जान के दुश्मन हो गए हो अभी छोटा है। उस पर बड़े बाले अच्छे लगते है। फिर गाँव वाले घर में शान्ति हो गई थी। लेकिन आज उसे बचाने वाला कोई नहीं था। यही सोच कर वह रो पड़ा। और अपना चेहरा शीशे में देखा तो वह अपने आप को पहचानने की कोशिश करने लगा। वह शीशे में उभरी आकृति में स्वयं को खोजने लगा। अपने को पहचानने का उपक्रम बड़ा कष्टकारी होता है। इस आकार में मैं कहाँ हूँ। मैं ही हूँ या कोई और है। अजय अपने को टटोलते हुए मन से बेहद गरीब हो गया। उसका चेहरा इस तरह उसने स्वयं ही नहीं देखा था। बड़े बालों को वह लहराता। उसमें अंगुलियां फेरकर उन्हें ठीक करता। ऐसा करते हुए अजय अपने आत्मविश्वास को मांजता रहता। उसे हर बार लगता था कि इससे 'कान्फीडेंस बूस्ट' होता है। मगर अब क्या होगा? अजय के लिए जेल और उसके बाद यह दूसरा बड़ा झटका था।

जेल में चौथे दिन अजय बहुत व्याकुल था, भोर के बावले पंछी की तरह। न उसे कुछ सुझायी दे रहा था न स्मृतियाँ पीछा छोड़ रही थी और न ही समस्याएँ हलाकान करने से बाज आ रहीं थी। हर शाम वह देखता कि अंधेरा जिंदगी के गुंबदों पर छा चुका है शायद ही कोई कंगूरा बचे जिस पर अंधेरे का आधिपत्य न हो। स्मृति के कैनवास पर आभास देती आकृतियाँ गुदगुदा नहीं रही थी, चुभ रही थी कि वह कुछ कर क्यों नहीं पा रहा। वह आकांक्षा को लेकर बेचैन था। यहाँ कोई तरीका नहीं था सिवा चिट्ठी लिखने के। फिर कैदियों की चिट्ठी पहले चेक होने जाती थी कहीं उसमें ओमान के बारे में ऐसी-वैसी बात तो नहीं लिखी है। जरा भी शुबहा होने पर लिखने वाले को बुलाकर पूछा जाता। उसे विवेचना करनी पड़ती। अजय स्तब्ध था, फिर भी खत लिखने का मन संवरित नहीं कर पाया। खत लिखने लगा तो खत की जगह कविता ने ले ली। अजय ने आकांक्षा का पता लिखा, फिर उसे अनेक बार छूकर पोस्ट करने के लिए जेल प्रशासन को दे दिया। खत में उसने लिखा-

प्रिय आकांक्षा,

प्यार, आशीष!

शाम है बयार है
जाते पंछियों की कतार है
घरौंदों में इन्तजार है
और तुम हो॥

सूर्य जा चुका, लालिमा शेष है
बीत गये दिन के अवशेष है
कोलाहल पूरा है
और तुम हो॥

वीरानियों का मौसम है
उल्लास हर पल जल रहा है
रात है तारे हैं
और तुम हो॥

सीटियाँ है; सन्नाटे हैं
झींगुरों का गान है
हवलदार का डन्डा है
और तुम हो॥

प्रातः का इन्तजार
चांद नहीं हर रात
सपने अधूरे, करवटें निरन्तर हैं
रात के पौवारे हैं
और तुम हो॥

सूर्य उग रहा है
लालिमा पसरी हुई
प्रार्थना का वक्त है
और तुम हो॥

कोर्ट है जज है
भय है गम है
मन पाषांण है
और तुम हो॥

तुम्हारा ही
अजय

चिट्ठी लिख कर अजय लेटे-लेटे सोचने लगा कि कल पांचवा दिन है जेल में कल उसे कोर्ट पेश किया जाएगा। पता नहीं क्या सजा होगी। यहाँ तो कहते हैं कि अरब देशों में सजा का बहुत कड़क का प्रावधान है। यह बात जब भी ध्यान आती अजय सिहर उठता। उसे ढाढ़स केवल तब मिलता जब वह किसी को कहते सुनता कि वीजा एक्सपायर होना कोई बड़ा जुर्म नहीं है। इसलिए सजा लंबी नहीं होगी। मगर कितनी? न कोई बताता न उसके आकलन में यह बात आ पाती। यही वजह है कि वह अनवरत बेचैन रहने लगा। पांचवा दिन भी अजय के लिए पांच बरस की तरह आ रहा था।

चौथे दिन की रात गुजारने में अजय को बहुत मेहनत करनी पड़ी। वह स्वयं को समझा रहा था बस! यह रात गुजरी कि कल तो नतीजा आ ही जाएगा। घबराने की कोई बात नहीं। वह जितनी चेतना से यह बात अपने दिल को समझाने की कोशिश करता वह उतनी ताकत से 'बाउंस बेक' होती। थोड़ी-थोड़ी देर में वह अपने को और विवश, असहाय और भविष्य के अंधेरे में गुम होता पाता।

सुबह 5 बजे घंटी बजी और रोज की तरह बैरक का गेट वार्डन ने

खोला। थोड़ी देर बाद 2 पीस ब्रेड और चाय आ गयी। सभी ने चाय ली। चाय चल ही रही थी कि मुंशी एक लिस्ट लेकर आया। और उसने सूची में लिखे नामों को पढ़कर कहा जिनके नाम बोले गए हैं उन सभी की आज कोर्ट में पेशी है। लिहाजा सभी तैयार हो जाएं। अजय और मोहन पिल्लई का नाम भी पेशी के लिए था। कोर्ट एक घंटे बाद जाना था; लेकिन अजय तुरंत तैयार होने लगा। उसे कोर्ट जाने की शायद सबसे ज्यादा जल्दी थी। उसमें अब सब्र नहीं था। उसे तो ऐसा लग रहा था कि अविलम्ब उसे फैसला सुना दिया जाए। इसलिए वह सबसे पहले तैयार होकर अपने फट्टे पर बैठ गया और अपने बुलावे का इंतजार करने लगा। मोहन पिल्लई और दूसरे साथी भी कोर्ट जाने के लिए तैयार हो गए। कुछ देर बाद कोर्ट जाने के लिए पुलिस बैन आ गई और गिनती करके कोर्ट जाने वाले सभी बंदियों को पुलिस बैन में बैठा कर बैन कोर्ट की ओर चल पड़ी। काफी देर चलने के बाद एक अहाते में आकर बैन रुकी लेकिन यह जगह पहले हुई पेशी वाली जगह नहीं थी। वह ज्यादा बेहतर इमारत थी। यहाँ ज्यादा पुलिसिए भी तैनात थे। अजय की आंखों में अचरज पढ़कर मोहन ने बताया कि पहले लोअर कोर्ट ने हम लोगों को जुडिशियल कस्टडी में भेजा था और बड़ी कोर्ट में पेश करने की तारीख दी थी। मोहन को जब भी अवसर मिलता वह अजय को ढाढस बंधाता रहता। इसलिए भी कि वह यहाँ की भाषा, भूषा और कानून के बारे में थोड़ी बहुत जानकारी रखता था। पहले भी एकाध मामूली सी गलती पर जेल में हफ्ताभर गुजार चुका था। उसने अजय से कहा भी कि पहली गलती और बाहरी होने के कारण सजा ज्यादा बड़ी नहीं मिलेगी। मगर वह कभी सजा का अंतराल नहीं बात पाया।

यह भी एक वजह थी कि अजय बेसब्री से इस दिन अदालत का इंतजार कर रहा था। पुलिस वाले सभी कैदियों को लेकर कोर्ट रूम की ओर चल दिये। कोर्ट खुल चुके थे। सभी को कोर्ट रूम के बाहर एक बैंच पर बैठा दिया गया। कोर्ट के गेट पर एक पुलिस वाला खड़ा था और बाहर एक अरबी में नेम प्लेट लगी थी। थोड़ी देर में हम लोगों में से एक

का नाम गेट पर खड़े पुलिस वाले ने पुकारा तो दूसरा पुलिस वाला उस आदमी को अन्दर पेश करने ले गया। वह लौटा तो मोहन पिल्लई का नाम पुकारा गया। पुलिसिए मोहन को अन्दर ले गए। अजय में उत्सुकता, भय और कुतूहल था। लिहाजा, उससे रहा नहीं गया। एक शख्स जो पेशी से लौटा था उसने उससे बात की। इस पर उसने बताया कि जज ने उससे पूछा कि तुमने गुनाह किया है। मेरे मना करने पर जज ने पुलिसवाले को गवाह के लिए बुलाकर हफ्ते भर बाद की तारीख दे दी। अजय की सांसे ऊपर नीचे हो रही थी कि पता नहीं मुझे कितने दिन बाद की तारीख मिलेगी और कितने दिन और जेल में रहना होगा? बातें सुनकर अजय के हौसले के पंख कट गए थे। वह पर्याप्त डर चुका था। फिर भी उसने मोहन के लौटने पर जानना चाहा कि जज ने क्या कहा। मोहन उदास था, लेकिन अजय की घबराहट पर मरहम लगाने की गरज से बताया कि उसे 40 दिन की सजा और दस हजार रियाल जमा करने की सजा दी गई। इससे अजय का दिल बैठ गया। लेकिन उसके नाम की पुकार हुई तो पुलिसिया उसे भीतर ले गया। अजय के पैर उठ नहीं रहे थे। भीतर पहुँचा उसने जज को सलाम किया तो जज ने मुस्कुराकर उसका भी अभिवादन किया। अजय को जज का चेहरा पहचाना सा लगा।

जज का पहला सवाल हिन्दी में था। शब्द केवल शब्द नहीं होते उनमें कुछ और भी होता है। शब्दों की ध्वन्यात्मकता में एक तरह का कर्णप्रिय संगीत होता है। भाषा में पूरा जीवन और अनेक जीवन के साथ सभ्यताएं जीवित रहती है। हिन्दी सुनते ही अजय विचलित होने लगा। जज ने संकेत किया कि वह अजय को पहचान चुका है। उसने कहा भी कि अजय सा. आप कैसे फंस गए। आप वही है ना, जो अल्फलाज में ठहरे थे। उनके इतना कहते ही अजय को याद आ गया कि ये तो अली साहब हैं, जिन्होंने खद्दामा, कुक और ड्राइवर के लिए पासपोर्ट डिटेल दिए थे। अजय शर्मसार सा खड़ा था सिर मुड़ाए। सोच रहा था पहली मुलाकात इन्ही अली साहब से एक व्यापारी की तरह बड़े होटल में हुई थी। आज वही अजय उनकी अदालत में सिर झुकाए

आदेश की प्रतीक्षा में खड़ा है। अजय के पैरों का कथन, हाव-भाव का शैथिल्य और चेहरे पर अमावसी भाव देखकर अली समझ गए कि अजय बेइंतहा परेशां है, शायद और खड़ा भी न रह पाए। लिहाजा, पुलिसियों को आदेशित किया कि अजय को पानी पिलाओ और सामने बेंच पर बैठाओ। इतना पर्याप्त था पुलिसियों के लिए। वे समझ गए कि यह शख्स कोई जरूरी शख्स है। शायद बड़ा आदमी। फिर जज ने अजय को अपने पास बुलाकर पूरी बात सुनी। इस समय तक अजय थोड़ा नार्मल हो गया था। इतना कि आपबीती सुना सके। उसने सईद अल हाशमी के बारे में बताया। यह दर्द भी कि उसने अब तक उससे सम्पर्क भी नहीं किया। अजय ने अपनी चिंता भी बताई कि वह अब कैसे लेबर सप्लाई करपाएगा। अली सा. ने पूरी एकाग्रता से अजय की बात पूरी होते ही आदेश सुना दिया कि आपको अभी इसी वक्त तीन हजार रियाल जुर्माने पर रिहा किया जाता है। अजय ने कहा साहब मेरे पास 700 रियाल थे, उसे पुलिस ने जब्त कर लिए, फिर यहाँ रहकर तो मैं इतनी धनराशि जुटा नहीं पाऊंगा। कोई बात नहीं, जप्त पैसे तो आपको अभी मिल जाएंगे। जितने अभी चाहो उतने जमा कर दो शेष पांच दिन में जमा करवा देना। मगर इस बीच आपका पासपोर्ट यहीं रहेगा। आप पांचवे दिन लगेज के साथ यहीं आ जाइए। यहीं से पुलिस आपको पासपोर्ट भी देगी और एअरपोर्ट तक छोड़ भी आएगी। अजय समझ नहीं पा रहा था कि किन लफ्जों में शुक्रिया अदा करे, फिर भी उसने हिन्दी में कोटिशः धन्यवाद दिया और अदालत से बाहर निकल गया। मोहन बाहर ही बैठा था। वह उल्लास में मोहन के गले लिपट गया। घनघोर निराशा और पराजय से वह नई सुबह में कदम रखने जा रहा था। मोहन कुछ पूछता उससे पहले ही अजय ने उसे जज सा. से हुई पुरानी मुलाकात, उनका पहचान लेना और रिहाई सभी बातें एक ही सांस में सुना डाली। ये पांच दिन बदसलूकी, अपमान मरणासन्न कष्ट के पांच दिन थे। अजय खुद नहीं जान पाया कि उसने इतनी तकलीफ आखिर झेल कैसे ली। अपमान का वो जहर आखिर वह कैसे पी पाया

और जीवित रह गया। लेकिन अब उसकी एड़ियों में फिर बल आ गया था और मुट्ठियां ठीक-ठीक भींचने लगी थी।

अजय को माल खाने से उसका जप्त सामान घड़ी पर्स पैसे 700 रियाल सारी चीजे मिल गई। सिर्फ पासपोर्ट उन लोगों ने रख लिया। उसने शीघ्रता से टैक्सी पकड़ी और अपने आफिस की ओर चल पड़ा। दोपहर के दो बज चुके थे। पूरा मस्कत घरों में बंद हो चुका था। अधिकतर दुकाने बंद थी। यातायात धीमा था। इक्का-दुक्का गाड़ियाँ चल रही थी। मस्कत में गर्मी के कारण 12 बजे से 4 बजे तक शहर, प्रतिष्ठान मार्केट, आफिस बंद हो जाते हैं। सुबह 8 बजे से 12 बजे और शाम को 4 बजे से 8 बजे तक का है। अजय ने उतरकर टैक्सी का पैमेन्ट किया और अलअकीदा प्रिन्टिग प्रेस में जाकर आफिस की चाबी ली दफ्तर खोला और सबसे पहले उसने आकांक्षा को फोन लगाया। आवाज सुनते ही पहले तो रोने लगी फिर सिसकियों पर काबू न रहा तो फोन काट दिया। अजय ने फिर फोन लगाकर कहा अबकी फोन न काटना जान! मैं बड़ी मुसीबत से निकलकर तुमसे बात कर रहा हूँ। स्वाभाविक रूप से आकांक्षा भी चिंतित मगर सुनना चाह रही थी। अजय ने सब कुछ विस्तार से बता दिया। यह भी कि पांच दिन से पासपोर्ट रिन्यू न हो पाने की वजह से जेल में था। वह तो कहो ईश्वर को दया आ गई और अली सा. मिल गए। यदि वे पूर्वपरिचित न होते तो शायद आज भी बात न होती। मैं शायद अब भी सलाखों के पीछे होता और पता नहीं कब तक होता।

आकांक्षा अचरज मिश्रित दुख के साथ अजय को सुन रही थी। उसने भी न जाने कितने देवी-देवताओं को मना डाला। यहाँ से वहाँ तक मन्नतें मांग लीं कि एक बार किसी तरह अजय से बात हो जाए। आकांक्षा को अंसुआते समझते हुए अजय ने कहा- चिंता न करो! फिर नया सूरज उगेगा फिर शुभ घड़ी आएगी। वैसे अजय समझ रहा था कि अब तक आकांक्षा ने ब्रह्मा जी को जगा दिया होगा, तिरुपति अर्जी लगा दी होगी। भगवान पशुपति से मुलाकात का प्रक्षेपात्र मांग लिया होगा और वैष्णोदेवी से साथ रहने की प्रार्थना कर ली होगी। मगर यह सब तो वहाँ पहुँचकर ही पता

होगा। अजय ने मन में ही सोच लिया। वह हर तरह की बातें करके खुद भी सकून में आ गया और आकांक्षा का दिल भी हल्का हो गया। फिर उसने आकांक्षा की इजाजत ली कि अभी-अभी दफ्तर आया हूँ। पहली बात ही तुमसे की है। और लोगों को खबर कर दूँ, कुछ बात कर लूँ तो चैन आए। आकांक्षा भी सहर्ष राजी हो गई।

फिर अजय ने मुंबई आगा भाई को फोन किया। वे आवाज सुनते ही हत्थे से उखड़ गए। उन्होंने कहा भाई मियां तुम तो ऐसे गायब हुए जैसे गधे के सिर से सींग। वे बिना रुके अजय को खरी-खोटी सुनाए जा रहे थे। उन्होंने बताया कि फिलीपीन्स से फरीद आकर उनकी छाती पर बैठ गया है। ये वीजा कब आएंगे, इसका जवाब देते-देते अधमरा हो गया था। अजय ने कहा भाईजान मैं पासपोर्ट के नवीनीकरण न हो पाने की वजह से पिछले पांच दिन से जेल में था। क्या? उनके मुंह से इतना ही निकल पाया। अजय ने फिर बात की डोर संभाली और उन्हें कहा फरीद भाई को वहीं रोकें, मैं 4-5 दिन में सबके वीजा लेकर खुद आ रहा हूँ। आप उन लोगों को मस्कत भेजने की तैयारी करो। आगा भाई ने कई बार अपनी नाराजी जताने के लिए मुआफी मांगी। लेकिन अजय ने फोन काट दिया।

इसके बाद अजय अपने हुलिए को ठीक करने में जुट गया। पहले तो वह तसल्लीबख्श नहाया। फिर उसने अपने पसंदीदा कपड़े पहने, ताकि खोया विश्वास फिर लौट सके। वैसे यह काबिले तारीफ था कि जितनी जल्दी अजय काम पर लग गया, इतनी जल्दी इस बामे-उरुज पर चढ़कर यदि कोई फिसल जाता तो शायद ही उभर पाता। वह तो चंद घंटों में ही अपने लक्ष्य की ओर प्रवृत्त हो चुका था। तैयार होकर पास की मार्केट की तरफ बढ़ा ताकि सिर के गंजेपन को छुपाने के लिए कोई अच्छी सी कैप खरीद सके। इसी बीच उसने बाबूराव को फोन किया तो उसे पता चला कि सभी परेशान हो गए थे। ऐसे बिना बताए अजय जैसा शख्स तो कहीं नहीं जा सकता। हो सकता है कोई जरूरी बात आ गई हो तो इंडिया चले गए हो। बाबूराव ने बताया ज्यादातर लोग ऐसा ही सोच रहे थे। फिर अजय ने आपबीती सुनाई तो बाबूराव बड़ा दुखी हुआ। वह

धीरे-धीरे अजय से दिल से जुड़ चुका था। दूसरे दिन के लिए अजय ने बाबूराव को चेताया कि सभी से कबूस मस्जिद के प्रांगण में मिलने का कार्यक्रम रख लो। यह तुम्हारी जिम्मेदारी है कि सभी आ जाएं। सभी को यथा समय खबर भी हो जाए।

मगर साथियों को सूचित करना कि मैं तीन-चार दिन बार हिन्दुस्तान जा रहा हूँ। बाबूराव से इसी तरह सबको बता दिया। इस बार अजय से मिलने पुराने दोस्तों के अलावा कुछ नए चेहरे कबूस मस्जिद पर इकट्ठे हुए थे। वे इतने उत्साहित थे कि तय समय से पहले ही आ गए। सलाम दुआ के बाद तभी एक-एक का गले मिलना शुरू हो गया था। सारे लोग एक सुर में सईद अल हाशमी के व्यवहार की निंदा कर रहे थे। इतना ही नहीं उसे दोजख नसीब हो इस बात की कामना भी कर रहे थे। उन लोगों की साफ राय थी कि इस शख्स से किसी भी तरह की भागीदारी न की जाए। अजय तो पहले ही ऐसा सोच चुका था। उनकी सलाह सिर-माथे का अभिवचन देकर उसने सभी से निवेदन किया उसे कोर्ट में 3000 रियाल बतौर जुर्माना भरना है। मेरे पास इतने अभी नहीं है। जो भी साथी जितनी भी मदद कर सकता हो कल तक कर दे, मगर मैं लौटकर आऊंगा तभी रकम वापस कर पाऊंगा। अजय ने आश्वासन दिया कि वह जल्दी ही वापस आ जाएगा। साथियों ने इस बात को बड़ी शाइस्तगी से सुना और भरोसा दिया कि अजय आप कतई चिंता न करो। इंतजाम हो जाएगा।

अजय के लिए ये क्षण भी भारी थे। वह अपनी कूबत, जज्बे और लगातार परिश्रम के बल पर यहाँ तक पहुँचा था। एक विहंगम दृष्टि का पुरुष था, अजय, जिसे वह अपने वजूद को बनाए रखने में इस्तेमाल करता था। एक से दूसरे काम में छलांग लगा देना उसके लिए सामान्य बात थी। जैसे कहते हैं ना-'कब तक हवाएं शौक से खुद को बचाइए, मौसम का जो भी मशविरा हो मान जाइए' इसी तरह वह समय में उभरते मौसम को पहचान लेता और उसी आधार पर अपने काम का चुनाव करता। यह बात उसके व्यक्तित्व में ही थी। इसलिए लोग उससे जुड़ते रहे। वह मशविरों पर भी कान दिए रहता। एकाएक उन्हें खारिज नहीं करता था। इस सबके

बावजूद वह आज ऐसी परिस्थिति में था, जहाँ से बिना मदद के वह आगे नहीं जा पा रहा था। वह अजय जो कई लोगों की आर्थिक मदद करता रहा; आज अपनी इमदाद का इरादा रख रहा था। एक अखरती जुस्तजू थी, जिसे वह दोस्तों के दम पूरा करना चाहता था। और यही उसकी पीड़ा का कारण था।

जैसे-जैसे वह अपने दफ्तर पहुँचा। उसने यहाँ पहुँचकर उन सभी लोगों को फोन करके फिर से याद दिलाई कि वह स्वयं परसों जा रहा है। आप लोग अपने लेबर का वीजा लगवाकर उसे मुहैया करवाएं अन्यथा रमजान तक उन्हें यहाँ तक भिजवाना संभव नहीं होगा। सभी को रमजान पर जरूरत थी ही, इसलिए सभी ने कहा भाईजान! आप तक वीजा से-समय पहुँच जाएंगे, आप फिक्रमंद न हो। इन्हीं सबके साथ जज अली साहब भी अजय को आकर मिले थे। उन्हें भी लेबर की जरूरत थी। इसकी याद आते ही अजय ने उन्हें भी फोन किया। बड़े अदब से अजय ने उन्हें सलाम किया और याद दिलाया कि पांचवे दिन आप मुझे भारत भिजवा देंगे। इसलिए उससे पहले आपके चाहे गए लेबर का वीजा मुझे मुहैया करवा दें। जज साहब ने बड़ी आत्मीयता से कहा उन्हें याद था कि तुम्हें जाने से पहले वीजा देने हैं। मेरे पास आ भी गए हैं। तुम यहीं से तो जाओगे उन्होंने कहा तुम्हें उसी समय सारे वीजा मिल जाएंगे। अपनी बात समाप्त करते-करते अली ने अजय से पूछ लिया कि 'क्या उसके पास पैसों का इंतजाम हो गया है?'

'सर! शुक्रिया हो जाएगा। अभी तक तो नहीं।'

'अरे! कोई बात नहीं! उस दिन तक हो जाए तो ठीक वरना मुझसे ले लेना'

'मुझसे ले लेना' सुनते ही अजय की आंखें भर आई। उसे लगा कि बोलों के अक्षत चंदन में खर्च होते लोग कैसे समझेंगे कि दिल में, जहन में एक सा भाव और बर्ताव रखने वाले लोग भी हर समाज में होते हैं। इसलिए 'अरब्स' में 'मॉरलवेल्यू' नहीं होती। वे सिर्फ सामंती सोच के शोषक होते हैं, इक तरफा टिप्पणी है या बात का सामान्यीकरण है।

अचानक अजय के मुँह से निकल गया 'सर! आप तो देवता है।' अरे! नहीं, नहीं! फिर तो जज अली शुरू हो गए। वे हिन्दी अच्छी बोलते थे। उन्होंने बताया कि हिन्दुस्तान में एक संत हुए पलटू! उन्होंने लिखा 'नाव मिली केवट नहीं कैसे उतरे पार' प्रिय! अजय उस केवट की खोज में मुझे लगता है हर मनुष्य को दूसरे की मदद करनी चाहिए, यदि वह कर सकता है।

तुमसे जो हो गया वह 'ओव्हरलुक' या कहें 'ओव्हर डेपेन्डेन्सी' में हो गया। तुम्हें किसी ने बताया या कहा कि मैं करवा दूंगा, तुम उसका भरोसा करके बैठ गए। समय बढ़ता गया। यहाँ थोड़ी सख्ती है भी। कोई खास बात नहीं अजय! मन मैला न करो और यकीनन अगर व्यवस्था न हो तो घबराएं नहीं। सारी व्यवस्था मैं कर दूंगा। अजय ने भी अली साहब को कोटिशः धन्यवाद दिए। अब उसमें ऊर्जा बढ़ गई थी। उसे लगने लगा कि ईश्वर ने उसका हाथ छोड़ा नहीं। बल्कि ईश्वर ने उसकी पीठ पर हाथ रखकर आगे बढ़ने की प्रेरणा दी है। सांत्वना आपके भीतर फिर कुछ कर गुजरने का अहसास भर देती है। शाम से रात होने लगी अजय ने दो ब्रेड और चाय पीकर डिनर 'एस्केप' कर दिया फिर उसे आकांक्षा की याद उभर आई। बिल्कुल इस तरह कि 'कौन वह पुकार गई, आंगन में दिवरा सा बार गई, सांसों की छिटकी लट प्यास से संवार गई।' अजय इससे कभी राजी नहीं हुआ कि ऊष्मा और अंतरंगता की आपसी उपस्थिति एक-दूसरे को पा लेने के बाद शनै-शनै कम हो जाया करती है। काम्यता में रस ज्यादा होता है, यह सही है, लेकिन निरंतरता और सातत्य प्रेम को ऊर्ध्वमुखी बनाते चलते हैं। दुर्भाग्य यह है कि दिये के इस प्रज्ज्वलन की कहानी अभ्यास से नहीं सुनी-समझी जा सकती। वह तो अपने-आप जलता है। यदि जल गया तो घर को मंदिर बना देता है। अजय के मन-आंगन में आकांक्षा के नाम का दिया जला और उसने फोन लगा दिया। उधर से आकांक्षा की आवाज आई और इधर अजय आल्हादित हो उठा। वह तो जब-तब कहता रहता था कोई भी शख्स किसी के भी प्यार में पड़ जाए तो वह अपनी क्षमता से दो-गुना काम कर लेता है। वह सदैव

निरोगी रहता है। उसके भीतर सदा उत्साह जगता रहता है जैसे प्रकृति में। वहाँ कभी निराशा नहीं, शोक नहीं, एक अबाधित नर्तन होता है। अहर्निश। ऐसा ही नर्तन अजय में आकांक्षा की काल्पनिक अथवा आभासी उपस्थिति में होता रहता। आकांक्षा ने जीवन की तात्कालिक आवश्यकता से जुड़े सवाल पूछे और पीछे से उसकी माँ की तेज तारत्व की आवाज आ रही थी कि तुम कब आओगी? समय पर न सोने वाले बच्चे (ओबेसिटी) मोटापे के शिकार हो जाते हैं। फिर भी अजय कुछ देर और बात करता रहा, जैसे उसके शब्दों में आंगिक अभिव्यक्ति खोज रहा हो। अजय ने अली साहब के व्यवहार के बारे में भी बताया। आकांक्षा पुलकित हो उठी। उसने भी अजय से कहा कि किसी भी कौम के एकाध व्यवहार को लेकर उसे 'जनरलाइज' करना कभी ठीक नहीं होता। मेरा तो मानना है कि यदि किसी भी कौम में सरोकारी, परोपकारी लोग समाप्त हो जाएंगे तो वह कौम ही समाप्त हो जाएगी। भले ही यह बात समाज शास्त्रीय परिप्रेक्ष्य में वैज्ञानिक न लगे, लेकिन सामाजिक विश्वास इसी पर जीवित रहता है। अजय ने हामी भरी और सदैव की तरह कुछेक नेह-कवचों के बाद फोन रख दिया। फोन रख देने के बाद भी वह अक्सर बड़ी देर तक उसके शब्दाकारों की परिधि से निकल नहीं पाता था। जैसे उन शब्दाकारों से कोई चित्र बना रहा हो। अजय जब भी जिससे भी जुड़ता, पूरे मन से जुड़ता। उसके लिए वही अर्द्धविराम भी होता और पूर्ण विराम भी।

ऐसे ही उसके मन में यह बात घर कर चुकी थी यानी उसकी मान्यता बन चुकी थी कि प्रेम अपने बच्चे की तरह ही देह से अस्तित्व में आता है। इसलिए वह प्रेम को ईश्वर तुल्य मानता था। यही वजह थी कि वह मानता था कि इतनी भयावह तकलीफ और संकट से वह आकांक्षा के प्रेम की वजह से ही निकल पाया। प्रेम की सामर्थ्य अतुलनीय है। वह महज मनोरंजन नहीं है। धड़कन से धड़कन और परम अस्तित्व का संवाद है प्रेम! इसलिए यह व्याप्त होता है, लेकिन इसका अपना कोई स्वरूप नहीं होता।

वैसे अजय अब बेहद खुश था इसलिए कि वह सफलता की सीढ़ी

चढ़ रहा था। सफलता चारों ओर आपकी जीत के परचम फहरा देती है। सोचने लगा अजय अब कितने अवरोधक बचे है? शायद एक भी नहीं। मुंबई होता हुआ वह इंदौर पहुंच जाएगा। तमाम मित्रों में उसकी शान और साख बढ़ जाएगी और बढ़ जाएगा आकांक्षा का विश्वास! उन सभी को लगेगा कि जिस चाहत में अजय, मस्कत गया था, उसे उसने पूरी तरह से हासिल कर लिया। थोड़ी-थोड़ी देर में जुर्माने की रकम का ख्याल आता तो जरूर थोड़ा परेशान होता, मगर फिर अली साहब का भरोसा उसे ताकत देता कि यदि इंतजाम न हो तो मुझसे ले लेना। जैसे ही इस बात की स्मृति अजय को होती वह अली को आभारित धन्यवाद देता और पुरजोर ढंग से फिर काम में जुट जाता।

आज सुबह से अजय हर पल को अपनी मुट्ठी में पकड़ना चाह रहा था। दफ्तर से निकलकर उसने टैक्सी पकड़ी और वीजा इकट्ठा करने में लग गया। अजय की अनेक विशेषताओं में यह भी थी कि लगातार काम के बीच भी वह एक क्षण के लिए भी अपनी जड़ों से दूर नहीं होता। जड़ें रिश्तों की, जमीन की, भाषा की, परंपराओं की। किसी से भी नहीं। इसलिए वह अल होरी रेस्टोरेंट चला गया। वहीं एक कार्यालय था, जहां पासपोर्ट डिटेल जमा करने होते थे। अर्थात् किसी को यदि यहाँ नौकरी के लिए बुलवाना है तो उसके डिटेल जमा करवानी होती थी। वह अपने बड़े भाई आनंद को यहाँ सेटल करना चाहता था। इसकी एक वजह यह थी कि यहाँ एक बड़ी कंपनी में प्रबंधक का पद रिक्त था, दूसरी यह कि उसमें वेतन भी काफी अच्छा था। अजय को यह नौकरी अपने भाई के लिए सर्वथा उपयुक्त लगी थीं उसने सोचा कि आराम और ओहदा दोनों इस नौकरी में है, उनके लिए बेहतर रहेगा। एक बार फिर उनकी जिन्दगी में भी हरापन लौट आएगा। यूं भी वे घर से बेहद त्रस्त थे। घर उनके लिए सराय जैसा था। घर में घर जैसा कुछ था ही नहीं, न लौटने का मन, न बुलाता नेह, न दुलराता गेह। वे घर में होते तो सिर्फ समय काटते रहते। उनकी कमाई नाम मात्र की थी। एक यह भी वजह थी, जो हमेशा किल्लत के साथ किल-किल कराती रहती। आनंद भैया के बच्चे

भी थे, उन्हें लेकर भाभी अलग हो गई थी। हालांकि वे एक माने में कर्कशा थी, सिर्फ दूसरों पर दोषारोपण करके स्वयं को सही और अच्छा मानती थीं यही मूल वजह थी कि वे आनन्द भैया से दूर होती चली गई जैसे अनचाहे भी लहरें दूर होती जाती है और जीवन समाप्त हो जाता है। आनंद भाई पहले तो गांव से जरूरी अनाज, दलहन वगैरह ले आते। इसी से गुजर-बसर हो जाती।

जीवन की रोज-रोज मिलती तल्खी और अपमान से त्रस्त होकर उन्होंने गांव की अपनी जमीन का सौदा कर दिया और लखनऊ में बच्चों का एक विद्यालय खोल दिया। बच्चे तो पहले दिन से ही आने लगे, मगर कुछेक दिन में बच्चों की संख्या सम्मानजनक हो गई थी। जल्दी ही विद्यालय का नाम शोहरत पाने लगा। चार पैसे बचने भी लगे। मगर न जाने कब आनंद भैया, सुनंदा की कक्षा के छात्र हो गए। यद्यपि वे उसकी बच्चों वाली कक्षा में नहीं बैठते थे, लेकिन सुनंदा उन्हें धीरे-धीरे लुटे प्रेम की तिश्नगी से मनछवि के अनुदार प्रेम की ओर खींच रही थी। सुनंदा, आनंद के स्कूल की शिक्षिका थी। गदराई हुई मांसल देह में खुशबू का बसेरा थी सुनंदा। उसकी महक आनंद को अलग सी पुलकन और लहक से भर जाती। वह उसकी मेंहदी और महावर के लिए चिंतित हो उठे। लेकिन सुनंदा शहरी आभिजात्य वर्ग की सौम्य लेकिन आधुनिका थी। उसे पता था कि प्रेम की चौपड़ पर पांसे कैसे चलना है? वह नित नए पांसे से आनंद को सम्मोहित करती और वह उसके लिए और-और छटपटाने लगता। आनंद रोज सोचता कि उसकी जिंदगी की आंख का काजल सुनंदा ही है। उसकी जिंदगी के फफोलों की दवा महज सुनंदा है। सुनंदा जान चुकी थी कि वह आनंद का स्पंदन बन चुकी है। इसलिए वह हर दिन किसी न किसी काम में उलझाए रखती। ऐसा काम जिसका नाम स्कूल का होता, लेकिन उसका लाभ सिर्फ सुनंदा को होता। और असगुन चंद्रमा में जन्मा आनंद सुनंदा को पुटियाने में खर्च होने लगा। आयु से भी और धन से भी। प्यार के असफल हुए बोझ ने उसके कंधे झुका दिए थे, इसलिए बांहें फैलाने में उसे देर हो रही थी। नतीजा यह

हुआ कि वे सुनंदा के चिकुर-जाल में फंसते चले गए। उनकी प्राथमिकता सुनंदा और उसके परिवार हो गए। स्वाभाविक रूप से उनके अपने बच्चे उपेक्षित। वे छोटी-छोटी चीजों के लिए तरसते रहते और परेशान हो उठते। उन्हें आनंद का समय भी ब-मुश्किल मिलता। आनंद का पूरा दिन सुनंदा को सराहते और उसकी देख-रेख में बीतता। सुनंदा रोज किसी न किसी बात को बनाकर ऐसे पेश करती जैसे जीवन की सबसे बड़ी समस्या यही हो, और जिससे निपटाना आनंद का धर्म। आनंद की पत्नी को सुनंदा के बारे में सब कुछ पता था। शुरूआत में उसने आपत्ति की थी; लेकिन लड़ाई-झगड़े के बाद भी कुत्ते की दुम सीधी नहीं हुई। वह जब कुछ न कर पाई तो उसने आनंद का रास्ता छोड़ दिया। आनंद अपनी दैहिक आजादी में खलल नहीं चाहता था। इसलिए उसने भी इस बात की परवाह नहीं कि उसकी पत्नी कभी अपना पांव घर से बाहर भी उठा सकती है। वैसे आनंद की पत्नी कलही थी। जब सुनंदा के प्रेम ने अवतार नहीं लिया था। तब भी वह आनंद को खरी-खोटी सुनाया करती। छिद्रान्वेषण करना उसकी आदत में शुमार था। कोई भी पुरूष पराजित होकर किसी गेसू के पास नहीं रुक पाता। पुरूष विजय का नाम है। वह परास्त अनभुव को जीत में बदल सकने की संभावना के तकिये तक ही रुक पाता है, यदि उसे लग जाए कि हार उसका नसीब बन चुकी है, तो वह सिर्फ रबर भर रह जाता है। कमोबेश यही स्थिति आनंद की हो चुकी थी। आनंद प्रेम खोजता रहता उसे मिलती रहती खीझ, झुंझलाहट और अपनी कमियों पर छींटाकशी। इसलिए जब उसकी पत्नी बच्चों के साथ घर से निकल वहाँ से उसे अपने निर्भर होने का अहसास हुआ। लेकिन बड़ी जल्दी सुनंदा के फेर में वह फंस गया। कहते हैं-

'उड़ते-उड़ते आस का पंछी दूर उफक में डूब गया।
रोते-रोते बैठ गई आवाज किसी सौंदर्य की।'

आनंद को भी लगता था कि उसकी उम्मीद के पंछी ने क्षितिज तक जाकर आत्महत्या कर ली है; लेकिन वह उसे छोड़ नहीं पा रहा था। एक जबरदस्त ना-उम्मीदी के बावजूद वह फिलवक्त गहराते शोर को महज

एक चुंबन के सहारे निपटने की कोशिश करने लगा। यह जानते हुए भी कि जान के लिए चुंबन बेहद जरूरी है, लेकिन जान को सिर्फ चुंबन के सहारे बचाया नहीं जा सकता। आनंद को भी कोई अवसर नहीं मिल रहा था कि वह अपने को व्यवस्थित कर सके। उसके माँ और पिताजी सदैव इस बात से खिन्न रहे कि आनंद ने अपने हिस्से की जमीन बेच दी। उसकी जगह आनंद ने स्कूल खोल लिया था। माता-पिता सहज और धार्मिक प्रवृत्ति के थे। उनका मत कभी आनंद के विरोध में नहीं रहा। मगर वे उसके ठीक से सेटल न होने और घर की अर्गला के छिटक जाने से बहुत परेशान थे।

अजय को जब भी घर-परिवार की ये बातें याद हो आया करती, वह अपनी उद्विग्नता में भी घर की बेहतरी के उपाय सोचने लगता। उसे लगता कि वह ऐसा क्या करे कि माँ-बाबूजी प्रसन्न हो जाएं। अजय को आनंद के बच्चों की नींद पर गिरते सुनंदा के झरनों से सख्त नफरत थी। उसे सदैव उसका जिक्र कोरी बनावट लगता। उसकी कोई दिलचस्पी आनंद के अपने सरोकारों को लेकर नहीं है। इसलिए जैसा परिवारों में होता रहता है कि परिवार के ज्येष्ठ को यदि कोई शांति, सकून और प्रेम देता है तो अनचाहे ही उसके प्रति अ-सम्मान नहीं रह जाता, वैसा अजय के साथ नहीं हो पा रहा था। वह निश्चित मत का युवा था और उसका सुनंदा को लेकर उपसंहार यह था कि वह सिर्फ अपने बिनौलों को लेकर आसक्त है। उसकी आसक्ति की तुलना सिर्फ बेल से की जा सकती है जो घर की भीतर या बाहर खड़े बोझ में फर्क नहीं करती। उसे ऊपर चढ़ने की गुंजाइश चाहिए। किसी की भी छत हो उसे मतलब फैलने से होता है। यही सारी वजहें थीं कि अजय चाहता था कि आनंद किसी तरह उस बिल्लौसिनी की अतृप्त आकांक्षाओं से छूट जाए और काम के लिए मस्कत चले आएं। इससे एक साथ कई बातें हो जाएगी। सम्मानजनक पद संज्ञा, बेहतरीन वेतन, माता-पिता का आशीर्वाद और सुनंदा के प्रभा-मंडल से आनंद की सदैव के लिए मुक्ति। ऐसी मुक्ति जिसमें सुनंदा गमन के लिए कोई संभावित दरवाजा नहीं होगा। और आनंद भाई अपने भविष्य

की रूपरेखा भी बना पांएगे। ऐसा हुआ तो बच्चों का भविष्य तो कम से कम सुरक्षित हो जाएगा। आखिर वे बच्चे इसी परिवार के नौनिहाल हैं, उन्हें भी सभी की तरह पल्लवित होने के समान अवसर मिलने चाहिए। इसलिए आनंद के लिए खोजी गई नौकरी में तनख्वाह के अलावा मुफ्त आवास और मुफ्त हवाई यात्रा भी शामिल थी, ताकि उनकी कमाई में बरकत हो सके।

अजय ने दफ्तर लौटकर टैक्सी का भाड़ा देकर उसे रवाना किया और आदतन आकांक्षा को फोन लगा दिया। उसने आकांक्षा को विस्तार से बताया कि आनंद भैया का वीजा बन गया है। अब उन्हें मुसीबतों से मुक्ति मिल जाएगी। आकांक्षा ने भी अजय के इस कदम की सोल्लास प्रशंसा की। उसने कहा वैसे तो बड़ा शख्स उसे ही कहते हैं जो सदैव दूसरों की मदद करता है। लेकिन वह तो देवता होता है जो बिना हानि-लाभ, यश-अपयश की परवाह किए सबकी हर संभव मदद करता है। प्यार के देवता तो तुम थे ही अजय! आज मैं बहुत खुश हूँ कि तुम आज सर्वमान्य देवता भी बन गए। धानात्विक रूप में परिवार, समाज की छोटी इकाई है, जब आप उसकी परवाह करते हैं, तब वही सिखाता है कि कैसे इस स्वरूप का परिष्कार किया जाए और इस स्वरूप को समाज के सामने उजागर किया जाए।

'चलो-बस-बस! स्वीट हार्ट! पूरा समाजशास्त्र आज ही समझा दोगी?'

'अरे नहीं! मगर यह सच है कि तुम जैसे ही लोग एक अच्छे समाज और अच्छे घर को बनाते हैं।'

'अच्छा! रहने दो! बहुत काम है। काम की बात सुन लो कि मैं दो दिन बाद इंदौर आ रहा हूँ।'

'अरे! वाह!!...'

'वाह नहीं! यह बताओ तुम्हारे लिए क्या लाऊं।'

'तुम जो ला सकते हो वह तो मुझे मिल ही जाएगा।'

'मजाक नहीं!' 'सच बताओ।'

'अरे कुछ नहीं! जानू! इतना भेजते रहते हो। मुझे कुछ नहीं चाहिए।

वस्तुएं शायद अनुपस्थिति में प्रीत को व्यक्त करती रहती है, इसलिए महत्वपूर्ण हो जाती है, लेकिन उपस्थिति में तो प्रीत जरूरी हो उठती है। इसलिए वस्तु की कोई बात नहीं। अब तुम जल्दी से आने की तैयारी करो। सारा इंतजाम हो गया।'

'हाँ!'

'बस! तो फिर आ जाओ।'

अजय ने कहा तुम नहीं बताती तो कोई बात नहीं, मैं ही सोचता हूँ कि तुम्हें क्या अच्छा लगेगा? इसके बाद फोन कट गया। दफ्तर के बाहर हलचल तेज हो गई। बाहर से गाड़ियां आकर रूकी थीं। उसमें कुछ लोग अजय को वीजा देने आए थें ज्यादातर खद्दामा की मांगे थी। अजय के सलाम दुआ के बाद उनके पेपर्स चेक किए। उनमें वीजा, एअरटिकिट वगैरह की औपचारिकताएं थीं। इन्हें देखने के बाद वह अपनी सूची में भी निशान लगाता जा रहा था। यह दौर चलता रहा। लोग आते ही गए। एक समय तो ऐसा भी आया कि लोग कतारबद्ध नीचे तक खड़े रहे। रात के आठ बजे तक यह क्रम चलता रहा। करीब एक घंटे पहले से ही अजय की पेशानी पर बल पड़ने शुरू हो गए थे। इसलिए कि उसे 8:30 बजे कबूस मस्जिद पहुँचना था। वह काम इन सबसे ज्यादा जरूरी थी। वहीं तो सभी इकट्ठे हो रहे थे, उसके जुर्माने की रकम का सवाल था। आखिरी बचे दो लोगों को अजय रुखसत करता, उसके पहले ही फोन घनघना उठा। अजय ने फोन उठाया तो उधर से बाबूराव ही आवाज आई! अजय भाई! हम सभी आपकी एक घंटे से बेसब्री से इंतजार कर रहे हैं। अजय ने बताया मुझे भी लग रहा था, बड़ी देर से कि आप लोग कबूस मस्जिद पहुँच गए होंगे, मगर मैं कुछ कर नहीं पा रहा था। यहां वीजा देने वालों की भीड़ लगी थी। उन्हें तवज्जो न देना भी गलत होता। माफी दीजिए, मेरी वजह से आप सभी को बे-वजह इंतजार करना पड़ा। लेकिन बाबूराव जी! क्या ऐसा हो सकता है कि आप सभी यहीं आ जाए। यह मैं इसलिए गुजारिश कर रहा हूँ कि अभी-भी तीन लोगों को आना है। वे सभी वीजा लेकर आ रहे हैं। बेहतर यही होगा कि...हम सभी अजय

भाई के दफ्तर आ जाए। वे सब तो अजय से मिलने ही आए थे। उन्होंने तुरंत अजय का प्रस्ताव मान लिया। इधर, अजय उलझा हुआ था, लिहाजा उसका फ्रिज खाली पड़ा था। जैसे ही उन लोगों ने आने के लिए हामी भरी, अजय मार्केट निकल गया। वहां से उसने कोल्ड ड्रिंक की ठंडी बोतले, कुछ समोसे, नमकीन और जरूरी सामान लिया और तेज-तेज दफ्तर आ गया। उसके दफ्तर पहुँचते ही वे लोग भी आ गए। उन सभी का अजय के पास आना एक ढाढस भरी ऊष्मा का कमरे में दाखिल होने जैसा था। अजय की मेज ढेर सारे पासपोर्ट और वीजा से भरी थी। उन लोगों ने देखा तो अजय को खूब सारी बधाई दी। उनकी आंखों में अजय की सफलता का गर्व था। बिल्कुल ऐसा गर्व सिर्फ बेहतर दोस्तों में होता है। कुछेक नए दोस्त भी आए थे। वे कुतूहल और दोस्ती के इस समंदर को देखकर चकित थे और अपनी-अपनी दोस्ती के दरिया को उसमें मिला देने को उद्यत।

मिलन की औपचारिक चर्चा के बाद अजय ने सबसे पहले बाबूराव के रिश्तेदार का वीजा और एअरटिकट निकालकर दिया, तो बाबूराव की पलकें भाव विह्लल होकर भीग गई। उसने बहुत कोशिश की थी, मगर वीजा लग नहीं पा रहा था। उसकी स्थिति परिवार में बेहद खराब हो गई थी। जो कि भारतीय परिवारों में स्वाभाविक है। ये परिवार एक हद तक प्रतीक्षा करते हैं, उनके पक्ष में कोई बात नहीं हुई तो वे इतना सुनाते है कि व्यक्ति बहरा होने की उम्मीद करने लग जाए। वही हालत बाबूराव की हो चली थी। ऐसे में अजय ने उससे किया वादा निभाया। कोशिश तो बाबूराव ने पहले भी कई बार की, लेकिन लोगों ने उसे सब्जबाग ही दिखाए, किया कुछ नहीं। ऐसे में अजय उसे एक ऐसा शख्स लगा जिसकी कथनी और करनी में कोई फर्क नहीं था। अजय अपने पर किए एक एहसान का प्रत्युत्तर उसी शैली में आभारित भाव में दिया करता। इस दरमियां अनवर मियां ने सभी को कोल्ड ड्रिंक सर्व की और अजय को कड़क चाय। अजय, कुछ सोचते हुए बोलने को उद्यत हुआ कि दरवाजे पर दस्तक हुई। वे चार लोग थे। सभी अपने लिए खद्दामा की मांग करते

हुए वीजा साथ लाए थे। हालांकि वे सभी पहले अजय से मिल चुके थे। लेकिन वीजा आज देने आए थे। उनके जाते ही अजय ने कहा बाबूराव जी! अगर आप लोगों के यहां आने की जगह यदि मैं कबूस मस्जिद आ जाता तो इन लोगों का क्या होता? इनकी खद्दामा तो नहीं आ पाती। उसके इतना कहते ही जोरदार ठहाका लगा। उसके बाद सभी ने बिना कहे अपना-अपना शेअर जमा करवाना शुरू किया। अजय सभी के नाम के साथ उनकी दी हुई धनराशि भी लिखता जा रहा था, ताकि समय पर सभी को लौटाया जा सके। बहुत करीने से रियाल गिने जा रहे थे। यह काम उसने बाबूराव को सौंप रखा था। इन सभी लोगों में एक शख्स ऐसा भी था जिसे अजय से कोई काम नहीं था। उसे न तो खद्दामा चाहिए थी और न उसे वीजा लगवाना था। बावजूद इसके इन सारे लोगों में सबसे ज्यादा सहयोग राशि उसी ने जमा करवाई थी। उनका नाम आलम था। आलम का यह सहयोग अतुलनीय इस तरह था कि बिना किसी कामना के कोई किसी से भी नहीं जुड़ता। आम बाजार की आम बात यही है। समकालीन दौर में इसे ही 'प्रेक्टिलिटी' कहते है। लेकिन आलम ने साबित कर दिया था कि अपनापन किसी भी व्यक्ति में हो सकता है, उसके लिए उसे मानवीयता के पोथे नहीं पढ़ने होते। अजय ने उसे लपककर गले लगाया तो उसने अपनी हथेलियों से अजय की पीठ थपथपाई, जैसे कह रहा हो 'सबै दिन जात न एक समान'। कोई कुछ समझा नहीं, शायद इसलिए भी कि दोनों भाव की भाषा यानी मौन में संवाद कर रहे थे। सारा कुछ निपटते हुए रात के 11:30 बज गए। जाते-जाते कुछ साथी दूसरे दिन फिर मुलाकात करने का कहकर चले गए।

फिर रात थी, अकेलापन और आते-जाते विचार थे और था अजय! रोज की तुलना में आज पर्याप्त थक जाने के बावजूद अजय हल्कापन महसूस कर रहा था। शायद इसलिए कि उसके मन का बोझ उतर गया था। दिनचर्या के अंत होते-होते उसने आकांक्षा को फोन पर सारी जानकारी दी, फिर प्रेम का आदान-प्रदान हुआ और अजय सोने की कोशिश करने लगा। मगर मन बहुत हल्का हो जाए या अपने मन-चित

की बात घट जाए तो भी नींद आसानी से नहीं आती। बार-बार ख्याल आ रहा था कि बस अब से महज 72 घंटे बाद वह हवाई-जहाज में चढ़कर अपने मुल्क पहुँच जाएगा। अपनी सड़के, जाने-पहचाने रास्ते, पेड़ और दोस्त! अपने लोग तो मिलते ही है। थोड़ी ही देर में वह इंदौर में था। उस शहर में अजय ने अपने विचारों के सहारे खड़ा होना सीखा। अनगिनत चुहल, चुस्ती, मेहनत और सपनों के साथ चलने वाले साथियों की स्मृति से भरा शहर।

गति के नाम जब भी उसमें कुछ घुमड़ता, उसे अपना लैम्ब्रेटा जरूर याद आता। उससे वह इंदौर में ही नहीं घूमा था, आस-पास भी चला जाता था। उसे याद आ गया मांडू! रूपमती और बाजबहादुर की प्रेम गाथा का साक्ष्य! रूपमती अद्‌भुत सुंदरी थी और बाजबहादुर रूपमती और तबले का दीवाना! उसकी ताल पर रूपमती के पैर थिरकते और सम पर आते-आते दोनों एकाकार हो जाते। आज भी लोग प्रेम की उस रुनझुन को महसूस करके हिंडोला महल, जहाज महल जाते हैं। पिंकी उस समय अजय के करीब थी। अर्थात् मन से करीब थी। इसलिए मिलने का अवसर तलाशती रहती। न्यू पलासिया में अजय की एक मुंहबोली बहन रहती थी। वह अजय को राखी बांधती थी। वहीं पिंकी से अजय की मुलाकात हुई थी। वह भी पास ही रहती थी। पंजाबी परिवार की दूधिया लड़की! घर में माता-पिता के अलावा एक बहन और एक भाई था। पिता पुलिस में किसी बड़े पद पर थे। पिंकी की उपस्थिति एक पूर्ण लड़की की उपस्थिति थी। नपा-तुला सुतवा शरीर, पतले जर्द ओंठ, मृणाल बांहें, और बड़ी-बड़ी दिये जैसी आंखें। रंग इतना उजला था कि एक बार कोई देख ले तो उसे पहली बार इस बात का अहसास होने लगे कि सुबह होती कैसी है? दीप्तीवान! बातें तो शुरू में अजय और पिंकी में कम ही होती थी, लेकिन धीरे-धीरे समय भी मिलने लगा और संवाद भी बढ़ने लगा। अजय भी उससे कुछ अनकहा, कहना चाह रहा था और वह भी उत्सुक थी उस सबको सुनने के लिए। लिहाजा, एक दिन अजय ने प्रस्ताव दिया कि क्यों न हम लोग मांडू तक घूम आएं। वहां तक जो लोग भी जाते हैं, उन्हें अपना दिल

खोलने के लिए शब्दों से ज्यादा संघर्ष नहीं करना पड़ता। इसलिए कि वहाँ सब व्यक्त है। वहाँ की दीवारें प्रेमकथा का उपनिषद है। थोड़ी सी आनाकानी के बाद पिंकी ने लौटने के बारे में पूछा तो अजय ने कहा शाम तक आ जाएंगे। फिर क्या था, गुदगुदाती बेचैनी लिए लैम्ब्रेटा, धार, नालछा होते हुए मांडू पहुँच गया। इस दरमियां देह की हरारत और हसरतें बढ़ती गई। कहने-सुनने को कम और अहसास को ज्यादा था। जो बोल रहा था वह मन था, जो सुन रही थी, वह धडकन! दोनों यहाँ-वहाँ घूमते रहे नेह के नीड़ बनाते हुए कि लैम्ब्रेटा एक पत्थर से ऐसा कुछ टकराया कि उसका साइलैंसर कहीं टेढ़ा होकर दब गया। अब बात परेशानी की हो गई। स्कूटर स्टार्ट न हो। बड़े प्रयास किए जब सारे प्रयास विफल हो गए तो तय किया कि यहीं कहीं कक्ष लेकर रुका जाए। सुबह देखेंगे कैसे चलना है। पिंकी बेहद परेशान थी। रह-रहकर अजय को कह रही थी तुम जानते नहीं बड़ा बावेला होगा। मेरे पिता किसी की नहीं सुनेंगे, उन्हें जो समझ आएगा, करेंगे। माँ का रो-रोकर बड़ा बुरा हाल होगा। कमरे में पहुँचकर यह सब कहते हुए वह जोरों से रोने लगी। उसकी रुलाई में घर पहुँचकर घटने वाली स्थितियों की चिंता, अपने इस तरह पकड़े जाने का दर्द भी शामिल था। असल तो कोई गलती जानबूझकर नहीं करता, लेकिन हो जाए तो चाहता है कि उस पर पर्दा पड़ा रहे। लेकिन ऐसा होता नहीं।

आधी रात से भी ज्यादा समय तक वह रोती रही और अजय उसे समझाने का निष्फल प्रयास करता रहा। वह लगातार कह रहा था कि मैं हूँ न तुम्हारे साथ, तुम्हें कुछ नहीं होगा'। लेकिन उसका दिया विश्वास कुछेक पलों में आंसुओं के जरिये बह जाता। पता नहीं कब तक अजय मनाता रहा और रात गहराती गई। अजय भी समझ रहा था कि बखेड़ा तो होगा। समझने-समझाने के इस क्रम में दोनों इतने पास आ गए कि अजय की हथेलियां उसके गालों में गुनगुनाहट भरने लगी और उन नरमो नाजुक कपोलों की ऊष्मा हथेलियों को गर्माने लगी। ब-मुश्किल रोना रुका तो सोने का उपक्रम होने लगा। कुछ ही देर लेटे होंगे कि अजय ने उसके गाल को सहला दिया। उसके ऐसा करते ही वह अजय ने लिपट

गई। फिर तो धड़कनों ने कहा ये सुन रहे थे और जो देह कर रही थी, वे कर रहे थे। कोई कुछ बोल नहीं रहा था, लेकिन कमरे की निस्तब्धता में सिर्फ देह से उठते स्वर मचल रहे थे। अजय यकायक बाज बहादुर हो चुका था और पिंकी रूपमती।

सुबह हुई, नई-नई लेकिन अनेक समस्याओं से लदी-फदी। स्कूटर ठीक कैसे हो। थोड़ी ही देर मशक्कत की होगी अजय ने कि एक राहगीर ने पत्थर से ठोककर साइलेंसर को निकाल दिया। स्कूटर स्टार्ट हो गया, फर्क यह हुआ कि अब वह तेज़ आवाज कर रहा था जैसे आने वाली समस्याओं को जोर-जोर से गिना रहा हो।

जैसे-जैसे स्कूटर इंदौर की तरफ आगे बढ़ता जा रहा था वैसे-वैसे अजय और पिंकी में अनजान रिश्ता सा बन रहा था। वह कभी उसे कसकर पकड़ लेती, कभी अस्फुट स्वर में परेशान हो जाती तो कभी अजय उसकी कंधे या कमर पर रखी बाजू को सहसावर भरोसा देता कि तुम चिंता क्यों कर रही हो। मैं तो तुम्हारे साथ हूँ। जो होगा साथ-साथ होगा। पिंकी रिश्तों की नई नींतदो न तो आहत थी, न चिंतित। उसे तो महज घर से दूर बिना बताए रात गुजारने की फिक्र थी। वजह साफ थी कि रात के अनुवाद बिल्कुल साफ होते हैं, वह चाहे जितनी घनेरी हो। यूँ भी कहा जाता है बुरा सचमुच उतना बुरा नहीं होता जितनी बदनामी होती है। यही पिंकी की चिंता की घबराहट की बुनियादी वजह थी। वैसे तो अजय भी बेहद परेशान था, लेकिन वह साहस बटोरकर स्कूटर चला रहा था और रह-रहकर पिंकी को भरोसा देता रहता। इंदौर की सीमा में प्रवेश करते ही अजय का सामना पुलिस बेरिकेट्स से हुआ। मन धड़का और वह कुछ समझ पाता, उससे पहले ही कुछेक पुलिस वालों ने उसे रोक लिया। फिर उन्होंने पिंकी के पिता को खबर कर दी, शायद वे आस-पास ही रहे होंगे। उन्होंने पुलिस जीप से तेजी से खुद को बाहर निकाला और अजय के गाल पर झन्नाटेदार तमाचा रसीद करने के बाद पिंकी को जीप में बैठाया, फिर जाते-जाते अजय को हिदायत दी कि मेरे बेटे के सामने मत पड़ जाना वरना वह गोली मार देगा। अजय लगभग चेतनाशून्य हो

गया, मगर तेजी से स्कूटर चलाता आगे बढ़ गया। सिपाहियों ने भी उसे नहीं रोका। वह सीधे अपने कमरे पर आ गया। वहां भी उसका मन नहीं लग रहा था। अजय, पिंकी को लेकर भी बेहद चिंतित था। उसे रह-रहकर लग रहा था कि उसकी पिटाई हुई होगी। घरवालों ने खरी-खोटी सुनाई होगी। वह स्वयं को बेबस समझने लगा। उसने इस बारे में अपनी बहन से भी चर्चा की, वहीं तो अजय, पिंकी से मिला था। उसे सारी बात पता थी। अजय जब भावुक संवाद करने लगा तो उसकी बहन ने कहा "भैया! ये बड़े लोग हैं, तुम ज्यादा पचड़े में न पड़ो, यही ठीक है। ये लोग सिर्फ संपत्तिवान लोगों को ही मनुष्य समझते हैं। मुझे लगता है अब जल्दी ही ये लोग पिंकी की शादी कर देंगे।" इस पूरी चर्चा में अजय को संपत्तिशाली शब्द चुभ गया। यद्यपि अजय स्वयं अरचंत आकांक्षी था, फिर भी आज की परिस्थिति अलग थी। इसके बाद से अजय अपने काम को बढ़ाने में जी-जान से जुट गया। पहले उसने एम.जी.रोड पर अपना स्टूडियो बनाया। हालांकि उसमें साथियों की मदद थी, फिर भी वह खासा बड़ा स्टूडियो था और जल्दी ही चर्चित भी हो गया।

बावजूद इसके अजय को लगता कि मनुष्य की अपनी सम्पूर्ण स्वतंत्रता और संप्रभुता सिवा अत्यधिक धनार्जन के कैसे भी हासिल नहीं की जा सकती। अलग-अलग कार्य करने यहां तक कि उसमें निपुणता हासिल कर लेने के बाद भी यह दर्द पीछा नहीं छोड़ता कि रंग है तो स्वर नहीं है, यह है तो वह नहीं है। लेकिन अजय इस विषय पर कभी आशा से बात करता था, शायद इसलिए कि उसे उसका उत्तर मालूम था। वह एक हद तक धनाकांक्षा को ठीक मानती थी, उतना ही जितना जीवन को चलाने के लिए अनिवार्य होता है। आशा इसीलिए अनागत की प्रतीक्षा नहीं करती, वह तो नेह-दीक्षा की ही अभीप्सित थी। यही वजह है कि उसे जानने वाला कोई भी शख्स उसके चुंबकीय परिवृत्त से बाहर नहीं जा पाता था। अजय के अहसास में कई समधुर पायजेब थीं, मगर वह आशा की ड्योढ़ी से खुद को ऊंह की तरह बंधा पाता। उसे भी कोई बांधता नहीं, मगर एक बार उसमें यह पता चल जाए कि वह बंधा हुआ है, तो

फिर उठ नहीं पाता। अजय जब भी जो भी करता अपने केन्द्र में आशा को और आशा के केन्द्र में स्वयं को महसूस करता रहा।

इस बीच अजय के एक दोस्त ने कंस्ट्रक्शन का एक कार्यालय खोला। अजय भी वहाँ बैठने लगा। एक सुबह वह वहाँ बैठा था, उसी समय अजय का एक पुराना दोस्त, राहत भाई आ गया। उसने कहा "दोस्त! इस बार तो मैं चाहता हूँ कि जिन्सी में मेरा मकान तुम्हीं बनवाओ!" थोड़ी-बहुत आना-कानी के बाद अजय मान गया। हालांकि उसने इससे पहले इस तरह? का कोई काम नहीं किया था। वह तो कलाओं के अन्तर संबंध को खोजता नेह-नैवेध की तलाश में भटकता रहने वाला शख्स था, यद्यपि वह धनाकांढ था, फिर भी रेत, गारे से उसका कोई संबंध न था। धीरे-धीरे उसने इस दिशा में समझने की पर्याप्त कोशिश की, जरूरी जानकारियां जुटाईं और बेहद कम समय में ही मकान बनाकर तैयार कर दिया। अजय ने अब तक जितने रूपए एक साथ कभी अर्जित नहीं किए थे, उतने उसने एक ही काम में हासिल कर लिए। वह बेहद खुश था। फिर तो उसे लगातार इस तरह के प्रस्ताव आते गये और वह इस काम में जम गया। इसी दौर में स्थायित्व का भाव उसके मन में गहराने लगा। युवाओं में साबित करना, अपने को स्थापित करने की ललक, तब और बढ़ जाती है जब उसके पास धनागम के स्त्रोत में निरंतरता आ जाए। इसी के चलते वह आकांक्षा के करीब ही नहीं पहुँचा, उसने उसे संबंधों में बांध भी लिया। उसके बाद तो अजय व्यापार जगत की अंतिम पायदान पर पहुंचने के लिए उद्यत हो उठा। अपने ध्येय की प्राप्ति में भावुकता के गतिरोध न आएं, अतीत उसके बढ़ते पगों को पुनः अपने पास लाने की चेष्टा न करे, इसलिए अजय ने अपने अन्तर की घाटी के सारे अनुवेधों को तोड़कर आकांक्षा से विवाह का निश्चय किया। आकांक्षा के साथ उसे लगता रहा कि अब तक के उद्दीप्त उजासों को कम कर वह जरूरी द्वद्विपथ बना सकती है। आकांक्षा अपनी उपस्थिति और संवाद में यूनानी रंगमंच की तरह 'पेरीऑकतोई' दिखाने में सिद्धहस्त थी। उस समय कोच के बड़े-बड़े जरहों से त्रिकोण बनाए जाते थे, फिर दर्शको की चाही गई

आकृति दिखाई जाती थी। इस कला को 'पेरीऑकतोई' कहते थे ऐसे ही आकांक्षा अमीय के किसी भी त्रिकोण पर अभिलंब डालने में निपुण थी। इसी की परिणति विवाह में हो गई।

अजय व्यापार को लेकर बेहद आकांक्षी था। वह ऐसा कुछ कर गुजरने की इच्छा रखता था कि लोग उसका उदाहरण देने लगे। विवाह के तत्काल बाद ही वह मस्कत चला गया था। वहाँ से लौटते समय तक वह अपना एक मुकाम हासिल कर चुका था। पर्याप्त धन और बड़े व्यापारियों से, जो विदेशों में थे उनसे अजय के सजीव संपर्क हो चुके थे। मुंबई में साथियों की मदद से उसे बिना बनाए ही कार्यालय मिल गया। यद्यपि उसने अपना कर्मक्षेत्र बाद में मुंबई के बजाय दिल्ली को बना लिया। दिल्ली अजय के लिए आसान जगह नहीं थी, शायद इसलिए कि उसे यहाँ अब रहना भी था और काम भी शुरू करना था। आगाज़ वैसे भी आसान नहीं होता। उसके लिए भी नहीं था। लेकिन उसने कंस्ट्रक्शन का पीछा नहीं छोड़ा। इंजीनियर न होने पर भी अजय इसकी हर बारीकी को समझने लगा। छोटे-छोटे कामों से कब वह बड़े-बड़े कामों की तरफ बढ़ चला उसे खुद पता न चला। करोड़ों के सौदे अजय पन्द्रह-बीस मिनट की बैठक में कर देता था।

कुछेक बरस में ही अजय दिल्ली का स्थापित बिल्डर हो गया। अंसल और डीएलएफ की तरह लोग उसे भी जानने लग गए। लेकिन व्यापार के शुस्क गणित के बीच भी वह आकांक्षा को साथ लेकर अपनी करूणा को बचाए था। उसके मन में सम्पन्न व्यवसायी जैसा दर्प नहीं था। उसकी आत्यंतिक खुशी अब भी लिखने-पढ़ने में थी। उस फोटोग्राफी में थी, जिसे उसने अपनी तरूणाई में कभी सीखा था। अब भी वह फोटोग्राफी में हाथ आजमा लेता। ये पल उसे अपने नजदीक लाते। इन्हें वह अपनी व्यस्तता के बावजूद निकाल ही लेता। बरस में दो बार बिना विज्ञापन किए गरीबों में कंबल और जरूरी सामान का वितरण अजय और उसके परिवारियों का संकल्प था।

अजय अपनी पारिवारिक और व्यावसायिक प्रगति के बावजूद जब भी

यहाँ-वहाँ होता उसे लगता दिल के आइने में कभी कोई एक्सपायरी नहीं होती। काम से जब भी विरामित होता वह इंदौर की सड़कों पर होता। आशा की उन्मुक्त खिलखिलाहट, उसका अनकरीब होना और उसका तार्किक विमर्श कुछ भी तो नहीं भुला पाया था अजय! बरस बीतते रहे लेकिन वह उसे उसी तरह याद थी जैसा उसने कभी उसे देखा था। अनचाहे जितनी भी अनेक सूचनाएं आती-जाती रहती हैं। अजय को भी इंदौर की खबरें मिला करती थी। उसी में से एक खबर थी आशा के विवाह की। यूं विवाह की अनेक खबरें रोज ही आया करतीं, मगर उसके विवाह में मन वैसे ही उत्सुक हो गया। वह उसे कैसे रखेगा? ठीक से समझ भी पाएगा या नहीं। आशा की तरह अध्ययनशील तो शायद ही होगा। अपनी स्मृति से पीछा छुड़ाने को अजय अमरीका चला गया। कई दिन वहाँ रहा। बड़ी मित्र मंडलें थी उसकी वहाँ भी। कुछेक दिन में वह फिर वहाँ भी व्यवसाय में लग गया। वहाँ उसने करीब साढ़े पाँच सौ कमरों का होटल खरीदा था। इस होटल ने उसे अन्तर्राष्ट्रीय बाजार में बड़ी स्थापना दी।

इधर, आशा ने एक मामूली से शख्स से ब्याह रचा लिया। देखने में यह कुछ ऐसा ही था। जैसे कोई अपनी बारी आने से पहले ही थक चुका हो। आशा के माता-पिता पर्याप्त पढ़े-लिखे दंपत्ति थे, मगर दोनों दो ध्रुवों की तरह थे। कहते हैं आशा की मां उस दौर की स्नातक थीं, उस समय उनके पिता स्नातक नहीं थे। खैर! बाद में तो वे कानून स्नातक भी हो गए थे इस वजह से आशा खिन्न रहा करती थी। कोई भी फैसला लेना हो यदि एक ने हाँ कर दी है तो दूसरा अनिवार्य रूप से इनकार करता था। समय, कपूर की मानिंद उड़ता रहता है। आशा की देह पर तो उनके पति महोदय ने कब्जा जमा ही लिया, उसकी अन्य रूचियों और मित्रों पर भी उन्होंने पहरे बैठा दिए। वह कहीं जाती भी तो वे महाशय लदे-फदे होते। यह वैसा ही था जैसा हमारे सारे पौराणिक देवी देवताओं में पर्याप्त पुण्यायी और परोपकार के बाद भी वनवास हो भोगा। वैवाहिक संदर्भों की जैविक अर्थध्वनियों को जानने और समझने के बाद भी प्रेयसी के गर्भवती होने की सूचना सर्वाधिक कष्टप्रद होती है। ऐसी सूचना अजय के पास

भी दो बार पहुँची थी और उसे पर्याप्त विचलित कर गई थी। हालांकि उसने आशा की स्मृति से पल्ला छुड़ाने की गरज से दबी-जुबां कहना शुरू कर दिया था कि वह फिसलती बड़ी जल्दी थी। वैसे उसने कभी फिसलती शब्द को किसी को समझाया नहीं। फिर आकांक्षा ने अजय का साथ कुछ इस कदर दिया कि शेष सभी चेहरे क्रमागत रूप में नेपथ्य में चले गए। आकांक्षा ने उसके लिए न केवल बैंक की नौकरी छोड़ी, बल्कि सदैव अजय की प्रेरणा-पुंज बनकर रही। फिर चाहे दौर कैसा भी रहा हो। आकांक्षा की सदाशयता, क्षमाशीलता, प्रगतिशील विचारों के साथ यथार्थ को संभालने का तेवर अजय को यहाँ-वहाँ भटकने नहीं देता था। फिर भी, तकिये के गिलाफ पर आज डाली गई खुशबू सदैव कत आई नासपुटों की खुशबू से कम होती है। अजय की हालत कुछ इस शेर जैसी थी कि 'रुदादे गमे उलफत उनर्स हम क्या कहते, और क्यों कहते, एक हर्फ न निकला होंठों से और आंख में आंसू आ गए' असल में अजय भावुकता और व्यवसाय का मिश्रण था। व्यक्तित्व में ऐसा मिश्रण कदाचित कम ही होता है। व्यापारी और वह भी सफल उद्यमी ज्यादातर अपने व्यवहार और मिजाज में शुष्क और बदतहजीब, बदजुबां होते हैं, लेकिन अजय सदाशयी, विनम्र और भावुक संबंध लताओं में जीने वाला शख्स था। इसलिए वह आकांक्षा की मदद के प्रति भी आभारित रहता था। यही वह बिन्दु है जहाँ से अजय अपने अतीत को पूरी तरह भुला नहीं पाता था। फिर वह गांव से लाकर भाई को दिल्ली स्थापित करने की बात हो या इंदौर के पुराने दोस्तों के सरोकार, एक भी बात वह भुलाता नहीं। वे दोस्त भी हैरान होते कि एक तरफ अजय गगनचुंबी मकान और करोड़ों के फ्लैट्स बना रहा था, दूसरी तरफ वह गीताभवन के पास स्कूटर रिपेयर करने वाले असलम भाई को भी न केवल याद रखता था, उससे गाहे-बगाहे बात भी करता। इतना ही नहीं एक दो बार तो वह जाकर भी मिल आया था। पहली बार जब अजय इंदौर पहुँचा तो उसकी मर्सिडीज पहले पहुँच गई थी। वह विमान से गया था। वहाँ जाकर असलम भाई को तलाशा तो उनका बेटा रहमान मिल गया। थोड़ा चौंकते हुए उसने अपने अब्बाजान को अजय के

बारे में बताया, वे सरपट आ गए। बेहद आत्मीयता से वे अजय से ऐसे लिपटे कि दोनों कुछ देर अंसुआते रहे। असलम भाई एक तरह के दोस्त भी थे। वे अजय के करीब से गुजरी ज्यादातर घटनाओं को जानते थे। एक तरह से वे साथी थे। कुछेक से तो वे मिल भी चुके थे। अजय की लंबी कार देखकर वे अहोभाव में थे। आस-पास के एक-दो दोस्तों को आवाज़ देकर उन्होंने बताया भी कि देखो! अजय आज तक किसी को भूला नहीं। दिल्ली में इसने बड़ी शोहरत कमाई। अजय ने बड़ाई के सिलसिले को थामने की गरज से कहा 'असलम भाई! पोहे नहीं खिलाएंगे?' अरे! जरूर भाई जान! पोहे भी और चाय भी।' पोहे और चाय इंदौरियों का प्रिय शगल है। उसी पर ज्यादातर कहकहे हो जाते हैं। यहाँ भी दौर शुरू हुआ तो असलम भाई अपनी चमकीली आंखों में शरारत भर कर बोले 'अजय! अभी किसी पुराने दोस्त से मिले कि नहीं? "मिल तो रहा हूँ भाईजान!" कहते हुए अजय मुस्कराया तो असलम ने बात स्पष्ट करने की गरज से कहा, "अरे! मैं आशा की बात कर रहा था। उससे मुलाकात हुई?" "नहीं भाईजान! उसकी तो शादी हो गई।"

'हाँ! सुना तो मैंने भी था, और यह भी कि आदमी सोलहवीं सदी का है।'

'मतलब?'

मतलब यह कि लगातार पीछे पड़ा रहता है। उसे अपनी कुछ करने ही नहीं देता। उसने आशा के पुराने सारे दोस्त खत्म करवा दिए। अब उसका कोई दोस्त नहीं।

अजय थोड़ा भावुक हो गया, लेकिन चुप रहा थोड़ी देर। भाईजान ने बात जारी रखी कि वैसे वह तुम्हारे साथ बेहद खुश रहती और शायद तुम भी। फिर कई और लोगों की, आकाशवाणी की, फोटोग्राफी की सब तरह की ये बातें हुईं। लौटने लगा अजय तो असलम भाई ने गले मिलकर विदा दी और जल्दी मिलने का वादा भी।

लौटते हुए अजय सोचने लगा आज वह सफलता के एक बड़े पायदान पर है, लेकिन यदि वह इंदौर में ही रह जाता तो क्या उसकी सकूनियत

कम रह जाती, या कि उसे यहाँ सकून नहीं मिल पाता। अथवा उसे इस तरह नहीं सोचना चाहिए क्योंकि शहर की इस बसंती हवा ने तो उससे जाने का आग्रह नहीं किया था। वह तो अपने आर्थिक लक्ष्य को संघानित करने की गरज से इंदौर छोड़कर निकला था, उसे रह-रहकर 'तैरते तिनके झुलाती धार है' पंक्ति स्मरण हो आ रही थी और मन बेहद उद्वेग से भरा हुआ था। शायद इसीलिए कि आरंभ के भरे गए डग सदैव एक मनोरम अहसास से भरे भावों को जगाए रहते हैं। शायद इसलिए कि सब नया-नया होता है। ज़रूरी अध्ययन के बाद जीवनारंभ को सूर्योदय किसी को भुलाए नहीं भूलता। अजय के लिए भी यह बेहद मुश्किल था, शायद इसलिए भी कि उसका स्वीकार अब देश के बाहर भी होने लगा था, मगर मन के किसी कोने में वह इंदौर से भी स्वीकार चाहता था। उसने ड्राइवर से होटल चलने को कहा और बीते हुए दिन और गुजरी हुई रातों में खोने लगा। उसे लगा कि इतने दिन बीत गए मगर न रुचिआं कम हुई, न उनकी रिमझिम, जाने कितने दरिया पार हो गए लेकिन उन लहरों में कभी कोई कमी नहीं आई। मनुष्य चाहता क्या है? नाम, शायद हाँ, शायद नहीं। हाँ इसलिए कि आप नाम से अपने संपूर्ण अस्तित्व को एकाकार कर लेते हो और इसी से पुकारे गए हो। शायद नहीं क्योंकि कोई भी नाम समय की लहर पर अंतिम नहीं होता। जितनी लहरें उतने नाम! धन! शायद हाँ, शायद नहीं। हाँ इसलिए कि बिना धन के किसी भी व्यवस्था को चलाना असंभव है। इसलिए भी कि मनुष्य प्रकृति से दूर होता गया तो उसने बाजार खड़ा किया और बाजार बिना धन के कुछ देता नहीं। शायद, इसलिए कि अब भी अत्यधिक धन पुनश्च व्यक्ति को निर्धन की तरह अहसास कराता है कि सिर्फ धन से हर आकांक्षित उपलब्ध नहीं। शायद धन मनुष्य का अंतिम पड़ाव भी नहीं। यह तो वैसा ही है जैसा कबीर कहते हैं 'अंधा-अंधा ठेलिया दोनों कूप पड़ंत' वह सोचता जा रहा था और उसे अपनी उपलब्धियां निस्सार नजर आ रही थीं। यह सच है कि सुविधाएं सिर्फ धनार्जन से ही हासिल होती हैं, लेकिन सुविधाएं गंतव्य तक पहुंचने का साधन होती हैं, गन्तव्य नहीं। तो गंतव्य क्या है? उसके

विचार रुकने का नाम ही नहीं ले रहे थे कि उसकी गाड़ी होटल के पोर्च में पहुंची। उसके उतरते ही उसे सूचना मिली कि दो सज्जन उसकी प्रतीक्षा कर रहे हैं। वह मिलना टालना चाह ही रहा था कि वे दोनों उसके नजदीक आ गए। उनमें एक जनाब स्कॉट थे और दूसरे जनाब अंसल। उन्होंने कहा कि दिल्ली से पता हुआ कि आप इंदौर में हैं। स्कॉट की मुंबई से अमरीका की फ्लाइट है, सोचा यहीं मुलाकात कर लेते हैं। अजय उन्हें अपने कक्ष में ले गया। वहाँ ड्रिंक्स और डिनर पर बड़ी व्यापारिक चर्चा हुई। वे दोनों बड़े प्रसन्न थे, अजय भी उत्साहित था। बड़ी डील हुई थी। वे मॉल की श्रृंखला बनाने की बात कर रहे थे।

उनके जाते ही अजय पसर गया बिस्तर पर, लेकिन उसकी विचार श्रृंखला उसे फिर इंदौर में बीते लमहों की तरफ ले गई। इंदोर की स्मृतियां उसके मनद्वार की अनिवार्य देहरी थी। कभी अजय को लगता व्यापार के सांपों की अगवानी करते-करते उसके मन का चंदन बेवजह विषैला हो गया। वह उन सबके साथ बेहद ईमानदार और पारदर्शिता से जुड़ा था।

अजय तस्वीरों को भी जीवंत क्षण कहा करता था। उसे हमेशा लगता था कि यकीनन वह क्षण अभी सामने नहीं है, फिर भी क्षण कभी मरता नहीं। क्षण, समय की ही इकाई है। सोचते, सोचते अजय ने आशा को फोन कर दिया। नंबर उसके पास था। फोन उठते ही अजय ने कहा मैं शहर में हूँ, इस होटल में, गर मुलाकात...! इतने वर्षों बाद... आशा ने कहा फिर कुछ ठहरकर बोली वह तो पर्याप्त दूर है। इस पर अजय ने कॉफी हाउस का प्रस्ताव दिया, जिसे उसने सहर्ष मान लिया। दूसरे दिन सुबह ही निर्धारित समय और जगह पर अजय की मुलाकात आशा से हुई। आशा अब भी वैसी ही धीर-गंभीर चलती थी जैसे गहरी नदी चलती है। जैसे नदी खिलखिलाकर हँसती है वैसे ही आशा भी हँसती थी। दोनों परस्पर गूढ़ अभिवादन के बाद एक मेज पर बैठ गए। दोनों तरफ सवाल थे, मगर पूछ कोई नहीं रहा था। जैसे समझ रहे हों कि जीवन में कभी भोर होता है और कभी संध्या वैसे ही सहज भाव लाने की कोशिश में थे कि वेटर मेन्यू रख गया।

क्या लोगी? अजय ने पूछा।

डोसा! और आशा ने बेतकलुफी से कहा।

कॉफी।

अजय ने दो मसाला डोसा और कॉफी के ऑर्डर दिए। वर्षों बाद वे करीब थे। वर्षों बाद साथ होने और जीने का अहसास फिर स्थिति की वैध्या धरती पर गिर रहा था। आशा अपने संवादों में अक्सर कहा करती थी कुछ प्रश्न अनुत्तरित ही छोड़ दिए जाने चाहिए। इसलिए वह प्रश्न नहीं पूछा करती, फिर भी सामने बैठा शख्स अपना दिल उड़ेलने लगता या कहें अपने उत्तरों की दोपहर से ढलने लगता। अजय ने ही मुस्कुराहट बिखेरते हुए कहा अब भी नहीं लग रहा कि इतना अंतराल हो गया तुम्हें देखे-मिले। आशा ने चश्मे से अपनी पलकें अजय के चेहरे पर टिकाई और कहा अंतराल तो सदा अनुपस्थिति में लगता है, उपस्थिति में तो अंतराल होता ही नहीं। इसलिए ऐसा लगता होगा। लेकिन वह बहुत कुछ जानना चाहता था। बिना सीधे-सीधे कुछ पूछे। इसलिए उसने अपने बारे में बताना शुरू किया कि आजकल कंस्ट्रक्शन का काम कर रहा हूँ और तुम्हें जानकर अच्छा लगेगा कि काम इतना बढ़ गया हे कि देश के सभी महानगरों के अलावा कुछ और देशों में भी काम चल निकला है। आशा ने कोई टिप्पणी नहीं की तो अजय को अचरज जरूर हुआ, लेकिन उसने बात जारी रखी कहा कि बावजूद इन कीर्तिमानी कदमों के इंदौर कहीं गश्त में बसा है, वह छूटता भी नहीं और कुछ मांगता भी नहीं।

'ठीक कहते हो अजय! पहले आदमी किसी शहर में जाकर बसता है, फिर शहर उसमें बस जाता है। उसके रास्ते, पेड़, यहाँ तक कि ईंट-गारे से बने मकानात! लोग तो होते ही हें, जिनके सम्पर्क में वह शख्स आता है, लेकिन कुछ चेहरे भी होते हैं, जिन्हें वह तकरीबन रोज देखता रहता है, उनसे शायद उसकी वाकफियत भी नहीं होती, फिर भी लगता है वे उसे जानते हैं। जीवन इसी बे-बूझ पहेली का नाम है।'

'नहीं आशा! सचमुच! मैं अपने कांधे पर इंदौर का कर्ज अनुभव करता हूँ।'

'इंदौर का या इंदौरियों का'

'मतलब?'

'मतलब यह कि शहर तो अमूर्त होता है उसका नाम संज्ञा भर होती है, कर्ज तो मूर्त चीज है, ऐसे में किसका? किनका? कितना और कैसा जैसे सवाल उठ खड़े होते हैं।

'अरे! नहीं इस शहर ने अंगुली पकड़कर चलना सिखाया, इसलिए कह रहा था। चलो छोड़ो, यह बताओ और क्या और कैसा चल रहा है?'

'कुछ तो तुम्हें पता है उसी में खटती रहती हूँ। घर-बार और कॉलेज...'

'मेरा मतलब है सब ठीक चल रहा है? कहते हुए अजय ने हाथ बढ़ाकर आशा के कॉफी हाउस की गोल टेबल पर फैले हाथों को छू दिया।' उसने न हाथ छुड़ाने की हड़बड़ी की न यह जताया कि वह छुईमुई हो गई। महज इतना कहा कि स्पर्श संवेदना का धुआंधार प्रहार होता है। मुझे लगता है याद में भी सर्वाधि स्पर्श और उससे जुड़े आकार दिखाई देते है।

'अब भी इतना सोच लेती हो, कैसे? अजय ने पूछा,

'क्यों क्या हुआ? सोचने के समय संदर्भ बदल जाने से क्या फर्क पड़ता है। वे तो विचार हैं, प्रवाहित होते रहते हैं। बहरहाल, इतने वर्षों में मिले हो कुछ और बताओ।'

कब तक यहाँ हो?

'कल रात की फ्लाइट है'

'अच्छा!... तो प्रोग्राम क्या है?'

एकाध मीटिंग है। बाकी सोचता हूँ यदि तुम खाली हो तो कुछ समय साथ रहा जाए।

संभव है! मगर 11 से 3 के बीच ही। यही मेरे अमूमन बाहर रहने का वक्त है।

और शेष समय?

'शेष समय-जिसे घर कहते हैं उसमें बीतता है।'

अजय को आशा के उत्तरों में एक तरह की निराशा और संवास नजर आ रहा था। लेकिन उसने पूछने की अशिष्टता नहीं की। वह समझने में

यकीन करता था। शायद वे और बतियाते लेकिन इसी दरमियां अजय को होटल से एक कॉल आ गया। कोई साथी फिर उसका प्रतीक्षित था। उसने बताया भी कि वह मुंबई से आया था। अजय ने कहा उन्हें बैठाओ, मैं पहुँच रहा हूँ।

कॉफी खत्म करते ही दोनों उठ खड़े हुए। अजय ने कहा मैं तुम्हें 'ड्रॉप' कर देता हूँ। आशा ने कहा 'नहीं, आप की कोई प्रतीक्षा कर रहा है इसलिए आप जाइए कल ग्यारह बजे भेंट होगी। अजय ने आंखों ही आंखों में आभारित होते हुए पूछा मैं गाड़ी कहाँ भिजवा दूँ? अरे! नहीं! उसकी जरूरत नहीं। अब इस शहर में यातायात की कोई समस्या नहीं है। और हाँ! रात को फोन मत कीजिएगा।

अजय के 'अच्छा' कहते ही गाड़ी होटल की तरफ रवाना हो गई। अजय किसी व्यापारिक उद्देश्य से जा रहा था, लेकिन सोच रहा था आशा के बारे में। उसकी चहकन कम तो हो गई, लेकिन है अब भी वैसी ही। सरल, प्रेमीली, सहज बिल्कुल स्वच्छ निर्सर की तरह। फिर उसे किस बात का विवाद हो सकता है और यदि है तो कहीं वह भी तो उस विवाद का जिम्मेदार नहीं। नहीं-नहीं, वह क्यों और कैसे हो सकता है? वह क्यों नहीं जिसे आशा ने चुना या आशा स्वयं क्यों नहीं? उसके मन में विचार उठते जा रहे थे और वह उन्हें नए विचारों से जाता हुआ अनुभव कर रहा था।

उधर आशा घर पहुँचते-पहुँचते अजय के बारे में ही सोच रही थी। यह इतने बरस कहाँ रहा? रहा तब संपर्क क्यों नहीं किया? जब इतने बरस नहीं किया तो अब क्यों किया? अजय शायद अब भी बदला नहीं पहले जब वह यहीं रहता था, तब एक नई शर्ट भी खरीदता था तो उसे उसी समय पहनता और दिखाता भी था। मन तो उसका महीन था, लेकिन बाहर वह लकदक रहना और दिखना चाहता था। शायद यही बात उसे व्यवसाय की तरफ ले गई होगी। आशा का ऑटो घर के बाहर रुका, उसने उसका हिसाब किया और घर में खो गई। मगर उसे लगता रहा डूबे जलयानी के मलबे से जिंदगी उस पर क्रूर हंसी हंस रही है। उसकी आंखों के सकोरे भीग गए, लेकिन आदतन उसे उसने किसी पर जाहिर नहीं होने दिया।

अजय भी होटल पहुंच गया था। वे तीन-चार लोग थे। उनके पास अजय के व्यवसाय से संबंधित कई फाइल्स में प्रपोजल थे। वोदका और लंच पर बातें करते हुए शाम हो गई। वे लोग उसी के होटल में रुके थे। दूसरे दौर की चर्चा डिनर पर तय हुई, तब तक अजय फिर आशा के विचारों को तकिये से आता महसूस करने लगा। उसकी दशा वैसी ही थी कि 'सागर सारा ले ले, चाहे मुझे किनारा दे दे' सोचते हुए उसे झपकी आ गई। उठा तो फिर अपने काम में लग गया। पहले अपनी कंपनी के मैनेजर और टेक्नीकल एडवाइजर से बात की, फिर इसी बात को अपने एक विदेशी सलाहकार से समझा, फिर तैयार होकर डिनर के लिए उनकी प्रतीक्षा करता रहा। फिर व्हिस्की और डिनर पर सारा कुछ तय हुआ। कुछेक सुझाव लिपिबद्ध हुए। उन लोगों को सुबह ही निकल जाना था। आधी रात के बाद तक वे लोग चर्चाओं में बद्ध थे। उनके जाते ही अजय सो गया। उसका उत्साह दुगुना था एक डील होने का, दूसरा आशा के आने का।

अजय उठने के साथ से ही प्रतीक्षा करने लगा आशा की। सिवा 'बेड-टी' के उसने कुछ लिया नहीं था। वह आशा के साथ ही कुछ खाना चाहता था, लेकिन बड़ी देर हो गई उसे जगे हुए तो उसने आमलेट टोस्ट मंगवा लिए। मगर अब तक भी 10:30 ही बजे थे। करीब दस मिनिट बाद आशा का फोन आया कि वह सायाजी पहुँच रही है। अजय यहीं रूका था। ठीक 11 बजे आशा पहुँच गई। करीने से लिपटी साड़ी, ललाट पर एक लाल बिन्दी और आंखों पर काली फ्रेम का चश्मा और हाथ में एक पुस्तक। उसकी आंखें तो जैसे उजाले को मिले नयन की तरह थी। एक बार किसी पर पड़ जाएं तो वह देह ही सहलाता रहे, कुछ इस तरह कि बदन पर पड़ी चांदनी को सब जगह फैला रहा हो।

दस्तक होते ही अजय ने बड़ी गर्मजोशी से द्वार खोला। कमरा क्या था, वह पूरा सुइट था। खूबसूरती से जमा हुआ। उसे आओ, कहते ही उसने आशा के कांधे छुए और आशा, अजय को कजरारी आंखों से निहारती सोफे में धंस गई। थोड़ी-बहुत औपचारिकताओं के साथ क्या खाओगी जैसे प्रश्नों का पटाक्षेप हुआ तो अजय ने फ्रिज से विदेशी वोदका और

भुने हुए काजुओं का पैकेट खोल लिया। अजय को लगा वोदका बतरस में और रस घोल देगी। यूं वह दिन में पीने का आदी नहीं था।

अजय से रहा नहीं गया उसने पूछ ही लिया, "आशा तुम इतनी उदास क्यों रहने लगी हो?"

कोई खास बात नहीं अगर दिन के उजाले में भी पैर हर बार काई पर पड़ें तो बहती नदी के पत्थर नहीं बदले जा सकते, ऐसे में जब चलना ही नियति हो जाए तो कोई क्या करे? उदासी तो सहज भाव है। यह निराशा नहीं होती। उदासी में तो सिर्फ मन की भाषा मौन हो जाती है और शब्दों के अक्षर रह जाते हैं अनब्याहे।

अजय मंत्रमुग्ध सुन रहा था, सुन क्या रहा था, पी रहा था। हर उस लमहे को जो आशा के साथ घट रहा था। वह सोच रहा था कि चेहरा भले एक हो दर्पण कितने होते हैं, मगर कह गया आशा तुम्हारे साथ बिताए पल अब भी तवे पर जल गई रोटी की गंध जैसे नासपुटों में भर जाते हैं। आशा खड़ी हो गई। अजय की वोदका चल रही थी और दिल धड़क रहा था जोरों से।

अजय! तुम्हीं ने तो अपने अंदर के रंग न देखे उन पर सूट डाल लिया और चलने लगे मखमली परदों को बिछाकर। अब पूछताछ में भी क्या रखा है मुझे पता है तुम्हारा विवाह हो गया, तुम्हें भी पता है कि मैं किसी के घर की हो चुकी हूँ। इसमें क्या बताऊं कि उदास कौन कर गया और क्या पूंछू कि व्यापार की इस विजय पताका के बावजूद तुम स्वयं को भावुक दलदल में क्यों पाते हो?

अजय ने अपनी हथेली आशा के मुँह पर रख दी। वे दोनों इतने करीब आ गए कि शब्दों ने साथ छोड़ना शुरू कर दिया। फिर तो वे एक भी हर्फ न बोल पाए ओंठों से मगर आंसुओं ने बोलना शुरू कर दिया। धीरे-धीरे वे एक-दूसरे के सहारे गोल और गुदाज बिस्तर तक आ गए। अजय का हाथ आशा की पीठ पर था। दोनों की हालत कुछ ऐसी थी कि 'पंखुरी ने तो बहुत बांधा मगर, गंध ने माना नहीं यह दायरा' ऐसे ही शाम ढलने लगी। आशा को देर हो गई थी, इसलिए जल्दी-जल्दी उसने होटल छोड़ने

की तैयारी की। अजय चाहता तो न था कि आशा अभी चली जाए लेकिन विवश था। दो-तीन घंटे में उसकी भी फ्लाइट थी। आशा चली गई। न उसने दिल्ली आने का वादा किया न अजय ने दबाव डाला। आशा ने रिसेप्शन पर बोलकर टैक्सी मंगवाई और चली गई।

रास्ते में वह सोचने लगी समय की इन लहरों पर मनुष्यों का जरा भी वश क्यों नहीं? ज्यादातर तो वह मिल रहे थपेड़ों को ही अपने कर्म का फल समझता है। अजय से यहाँ आकर मिलना क्या जरूरी था? वह आज की स्थिति में अजय से क्या चाहती है? अथवा अजय उससे क्या चाहता है। ये सब बड़े जटिल प्रश्न थे, जिनका सीधा समीकरण पहले भी कभी नहीं बना था, और आज भी नहीं। कुछ देर में आशा अपने निर्दिष्ट पर पहुँच गई।

अजय सामान समेटने और होटल से यात्रा का उपसंहार करने में तल्लीन रहा, फिर एअरपोर्ट के लिए रवाना हो गया। इस समय जरूर उसे लगा कि उसकी मुठ्ठी से चाहत भरी रेत फिसल गई है। उसे इस कदर जुड़ना था भी या नहीं। वह उसे कुछ दे नहीं सकता इस लाचार के बावजूद उसे आशा का नैकट्य भला और प्रीतिकर लगता है क्यों? इस क्यों का जवाब उसे कभी नहीं मिला। इंदौर से दिल्ली महज एक घंटे की फ्लाइट है। दिल्ली पहुंचकर वह घर और शेष कामों में उलझ गया। दूसरे दिन अशोका में एक बड़ी पार्टी थी। अजय की कंपनी के साथ अमरीकी कंपनी सहयोग में अनेक मॉल्स की श्रृंखला तैयार कर रही थी। इसी पर समझौता पत्र लेकर वे लोग अजय से मिलने इंदौर आए थे।

पार्टी क्या थी अनेक देशी, विदेशी लोगों के साथ विशिष्ट राजनेताओं का जमावड़ा था। आरंभिक चर्चाओं और ठहाकों के साथ जब अजय के हाथ में ग्लास आया तो लोग देखकर हंस रहे थे कि वह भीड़ से थोड़ा हटकर अकेला खड़ा है, विचारमग्न! व्यापार के रथ पर कीर्ति पताकाएं फहराते दौड़ता अजय शायद इंदौर की सड़कों पर सकून खोजता खड़ा है, अकेला! भीड़ में भी अपने विराम के सहारे!!!

■■■

www.ingramcontent.com/pod-product-compliance
Lightning Source LLC
LaVergne TN
LVHW011812181026
850499LV00040BA/1361
* 9 7 8 8 1 9 4 6 5 1 3 1 4 *